超自然

英米文学の視点から

The Supernatural and English Literature

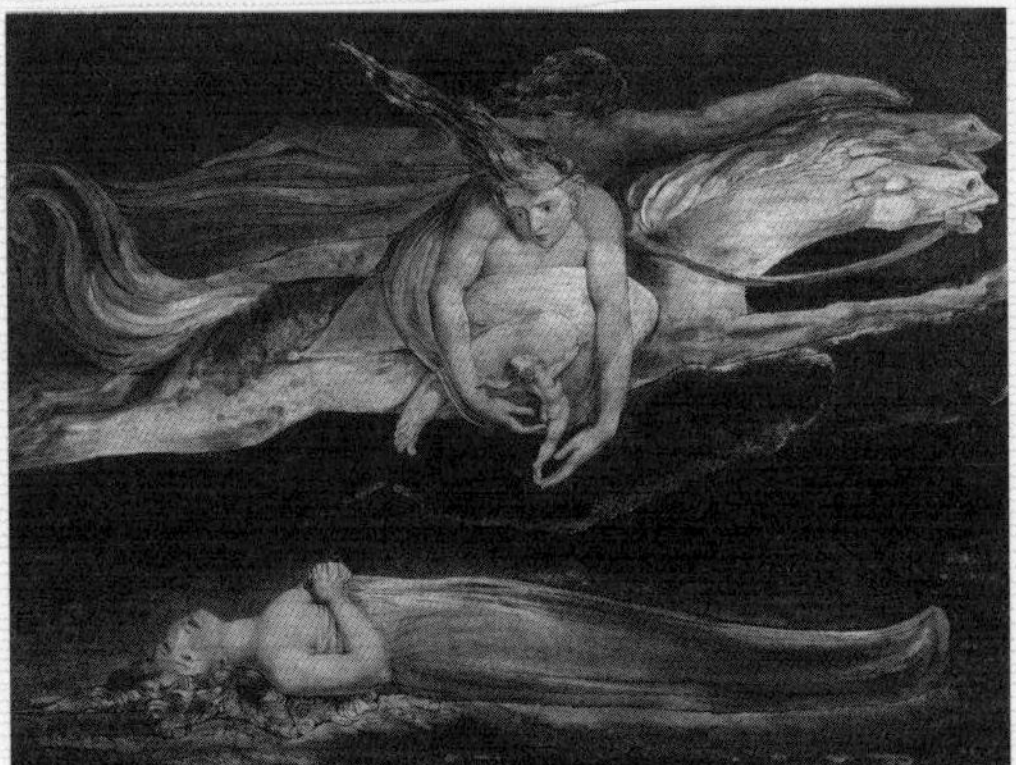

文学と評論社編

英宝社

まえがき

村田　辰夫

「想像力」(イマジネーション imagination)は文学の花であり、果実である。その花や実は、大地の大自然(nature)に根を張り、そこから滋養をえて豊かに育つ。大地の地質が変わると、おのずから咲く花の色や様相が変わる。わたしたちが、この文集で注目した『超自然――英米文学の視点から――』は、この観点から生まれたものである。

「自然」の概念は一定でない。時代によって変化する。英文学の底流には二つの流れがある。ヘブライズムとヘレニズム。そこでは、自然のとらえかたが異なる。神の創造による大自然(ここには人間も含まれる)の考えと人間の知性が描く物的な永遠、無限の大自然の後者とでは、そこに住む個人のおのずから「自然」に対する接し方が異なる。もちろん、こうした基本的な構図は、時代の変遷とともに、それぞれの時空で住む人の対応の変化を生む。まして自己を取り巻く環境を鋭く感知する文学者にあっては、それぞれ独自の表現をとることは言うまでもない。

巨視的に見たこうした時代、時代の「自然観」の変遷も、われわれは当然、視野に入れなければならないが、それは、単なる過去の出来事としてだけではなく、今日、現代におけるわれわれが、どのような「自然観」を内に蔵し、どのようにそれと対峙しているかの問題にも通じるものである。

幸い、わたしたちのグループは、目次が示すように、時代的には、中世のチョーサーから、十六・七世紀のシェイクスピア、十八・九世紀の詩人や作家、また二十世紀のジェシカ・カワスナ・サイキに至るまでの英米文学に興味をもつものが集まっている。そしてそのそれぞれが対象とする作家のなかで、「想像力」が描き出す世界に注目し、ときには「妖精」を、ときには「魔術」を、ときには「海の自然」、「夢」そのものや、「神の姿」との対峙など、詩、劇、小説、さらには論評にもおよぶ広い範囲のジャンルに跨り、文学者の武器である「想像力」の顕現を共時的にも見つめることとなった。浅学菲才の点はいろいろのご教示を賜りたいと願うと同時に、この文集が読者の方々になんらかの興味と刺激を与えられたらと、同人一同、深く思う次第である。

超自然　目次

超自然

——英米文学の視点から——

I　十八世紀以前

妖精の魔術
——騎士と老婆の結婚譚——

石野　はるみ

チョーサーは『カンタベリー物語』において結婚譚を多く取り上げている。[1]その中の「バスの女房の話」はケルト神話を翻案して、バスの女房が語る結婚の理想が描かれている。バスの女房はこの話の前段の「序」では生涯の五度にわたる結婚生活にまつわる苦労話を披露し、中世の男たちの女性嫌悪感や女性劣位論議を強く非難している。勝気な彼女の誇張の中にも、二十歳年下の学僧との苦い結婚生活の経験によって現実から何らかの学びがあったことが察せられる。これに続く「お話」で女房はファンタジー溢れる昔話を紹介する。この昔話は現実にはありえない反現実のものであり、現実を裏返した世界である。この話では女房の実人生ではとうてい実現できないような、理想の男女関係が語られている。

チョーサーはこの女房の語りにアーサー王伝説にあるケルトの妖精たちを登場させ、妖精の魔術によって現実世界を反転させ、騎士と老婆との結婚という現実にはありえないことを可能にしている。中世封建制度の社会に厳然としてある身分差、男女差、貧富の差などを超えることがどのようなことであるか、それが妖精の魔術を介して示される。チョーサーは現実の真逆としての反現実を目前に差し出して、当時の社会的な権力構造がどのようなものかをより鮮明にしている。またほとんどありえないような理想的結婚の成就として、異質なものの調和、融和、共存が描かれる一方、騎士と卑賤の老婆の描写の文体も、異なる言語の混在として表現されている。異質な語源を持つ語が並列され、また調和して取り入れられており、ブリトン島の古くからの言語が他言語を吸収していくさまがみられる。雄弁なバスの女房が妖精に託して語る不思議な物語には、妖精の魔術ばかりでなく、作者の言語魔術が展開している。バスの女房のユーモラスな口調にカムフラージュされた反現実の物語はそれにもかかわらず現実の世界が想起されるものである。中世英国社会への異議が示唆され、また同時にそこには時代を写す新たな言語が生成されている。物語中で扱われる強姦罪についてはチョーサー自身が婦女誘惑罪（reputes）の訴訟で訴えられたという記録文書が残っているが、事実は不明のままである（ブルーア　四八二）。

女房はアーサー王の御代の妖精がブリトン島に満ち溢れていたキリスト教布教以前の出来事を語る。アーサー王の家臣である若い騎士が鷹狩りの帰途に若い乙女を凌辱し、強姦罪に問われてアーサー王宮廷で裁かれることになる。斬首刑になるところ、王妃が王へ申し出て王妃に身柄が一任される。王妃は騎士にある問を出して、正しく答えることができれば命を助けると約束する。その問とは「女が最も望むことは何であるか」というものであり、正しい答を見つけるために十二か月と一日猶予が与えられた。騎士はブリトン島全土をめぐって答を探そうとする。人々はさまざまな意見を述べるが、正答らしきものはわからないままに、宮廷へ帰る時がやってきた。森で妖精たちが踊っているのに出会い、近寄るとそこにはただ一人の老婆がいた。老婆は騎士が困っている様子なので、騎士の求める正しい答を教えると言い、騎士はその報いとして老婆のどのような求めにも応じると誓う。二人は宮廷に到着し、騎士は貴婦人たちと王妃の居並ぶ裁きの場で、老婆に教えられた答を言った。それは「女は夫や恋人の上位に立ちたいと望んでいる」という答であった。答はその場にいるすべての高貴な身分の女たちを納得させた。騎士の命は助かるが、その場にいた老婆が王妃に申し出て、騎士が老婆に約束した誓いを守ってほしいと言う。老婆はその場で、答を教えた報いとして、騎士に結婚してほしいと求める。騎士は狼狽するが、約束をたがえることはできず老婆と結婚する。新婚の床で、老婆は騎士の焦燥をみてとって、自分と騎士と結婚においての障害となる身分差と貧富差、老醜が克服しうるというものだという議論をして説得する。そしてあることをたずねる。それは妻として、若く美しく気持ちの定まらない浮気な女性がいいのか、それとも年を取り見栄えもしないが、夫に忠実に一生涯尽くす女性がいいのか、どちらがいいのかという質問である。騎士は答に苦しみ妻に、妻が決めてよい、自分はどちらにしても妻の判断に従うと言う。「あなたの望むようにしましょう。あなたの望みは知っています」と言った妻は翌朝、若く美しく変身しているうえ、忠実な妻になると言う。その後この二人は幸せな一生を送った。この話を終えたバスの女房は、ケチで機嫌の悪い老いた夫でなく、優しく若い男性を夫としていただけるように神に祈る。

この小論では封建制社会のもと、夫と妻、支配される側と支配する側の関係である権力の問題を取り上げ、身分格差への老婆の説得に注目し、また理想の結合であるこの結婚は、言語的にも表現されていることを明らかにしたい。異なるもの同士の調和や融合のテーマは、異なる語彙と文体の調和としても表現されている。

アーサー王物語群には、ロマンス・ジャンルとしてガウェイン卿の結婚を扱ったいくつかの民話があるが、老婆との結婚と老婆の変身というモチーフは同じである（Correale and Hamel 405-09）。チョーサーと同時代のジョン・ガワーの『恋する男の告解』中にある「フローレントの物語」では敵方の城主の息子を殺したためにその罰として、殺された当人の祖母の問に答えようとする（ガワー　六二―七一）。ジョン・ガワーの翻案では発端となった殺人という行為を、チョーサーの翻案は、乙女の凌辱という騎士の女性に対する暴力的行為とする。問を与え、罪の帳消しの判断を行うのはガワーのように祖母ではなく、主権者王にあり、その裁判権を一任された王妃になっている。

「フローレントの物語」もこの話でも老婆の変身によって騎士の騎士道的精神が試され、最後に騎士が何かを学ぶという枠組みは同じであるが、フローレントの学びはあくまで宮廷愛のレッスンの枠を超えない。教訓として恋を得るためには恋人にあくまで従順でなければならないと説かれている。一方チョーサーでは、騎士が学ぶのは騎士道精神を超えたものである。話は男の暴挙や力の支配に対する女の抗議と異議申し立てとなっていて、騎士がそのことを理解し納得できるかどうかに話の焦点が当てられる。それは女を虐げた騎士が、女とともに和合して生きることがどのようなことかを知るレッスンである。身分差の倫理に代わる平等と共存の倫理を理解することであり、また幸せとなるための世の知恵を学ぶことであった。

アーサー王物語群の中に、宮廷の円卓の騎士たちは位階によって座が決められるのではなく、同等な者として円卓を囲み座の上位下位がない、すなわち身分の平等があったという言い伝えがある。チョーサーの若い時代、王であったエドワード三世はアーサー王の伝統を誇示しガーター騎士団を結成して、王の権威と騎士たちの平等性双方を重んじようとした（ブルーア　一九八一—二〇一）。またケルト伝説は母系神話であり、彼らの神は女性神であるが故に、女性の影響の強い社会的伝統を持つ（レイヤード　一七一—二六）。このお話の妖精は先住民ケルトの地母神的な存在であると推測される。チョーサーの翻案では、騎士の罪を裁可できるような権力を行使するのは、王妃と貴婦人である。乙女の代弁者とも言えよう。女に対する無法な力の行使は、それに見合うかのように、女に移譲された権力のもとに罪科が判定され、有罪かどうかが決定されることになる。騎士に憐れみをかける王妃は、罪科の判断のために騎士に女が一番望むことは何かの答えを見つけるよう命じた。これは女が望まないことをしてしまった騎士に、女の視点に少しでも近づくための学びをさせる意図として考えられる。ここでまず王妃の問に対する騎士の答を検討し、支配する権利、権力について考えたい。騎士に答を授けて、騎士を助けた老婆は実は妖精であるが、この老婆の教えてくれた答を、あたかも優等生が暗唱するように自信を持って、騎士は王妃と居並ぶ貴婦人たちの前で次のように述べる。

まことに女は恋人にかぎらず夫を支配する権利（sovereintee）を望んでおり、夫に対して上位に君臨（in maistrye him above）したいと思っているのです。これこそあなたさま方が最もお望みになっておられることです。（WBT 1038-40）

ここでは支配する権利、主権（sovereintee, Sovereignty）の語がどのように使用されているのだろうか。原義は最上のもの、最もすばらしいもの（supremacy）であり、Sovereign は最高の統治権を持つ支配者（ruler, lord）である。老婆は王妃に自分が騎士に答を教えた者であると申し出て、裁可を下した当事者である王妃に訴えるが、そのとき老婆は「御位高きわが王妃さま」（my soveren lady queene）と叫ぶ。それは最高統治者である王の妃の呼称であり、王の統治権を委ねられていること、騎士の生死与奪の自由が王妃に握られていることを意味する。

この騎士が女は何を望むのかを答えることができたのはいわば一次試験合格である。さらにそれが真に何を意味するかについて身をもって知るための試練が待ち受けていた。まず妻となった老婆（妖精）との一連の対話の中で、人の品性は家柄や身分の上下ではかられるものではないということを深く学ばなければならなかった。さらに重要なことは、騎士が老婆との結婚の現実に直面して、女が一番望むことが何かを自らの体験として捉えることであった。

結婚式の夜、騎士の妻は、身分差、貧富差、年齢差などについて騎士を説得し納得させた。その点については後述する。その後に、騎士にこの世で望んでいることを叶えようと、自分が醜く年老いて、貞節で夫の機嫌を損ねない妻になるのか、若くて美しく、浮気な妻になるのがいいのか、どちらかを選ぶようにと言う。これまでの妻の身分格差への筋の通った議論に心改まったかのように、この選択を求められて、騎士は頭を抱えながらも「わが奥方であり、わが愛する人、わたしの親しき妻よ」と呼びかけた。騎士が初めてこの老婆を妻と呼び、ここで妻の人格を認め、受け入れるのである。二者択一を迫られた騎士の返事と妻の応答が続く。


（騎士は）しかしついにこのように言いました。

「あなたの賢明な指図（governaunce）にわが身を委ねようと思う」

「あなたにとって、またわたしにとってもどちらが最も悦ばしく、最も名誉あるかをあなた自身で選んでほしい」（中略）

「それではわたしが貴方を支配する（gete of yow maistrye）ことができると言うのですね」と妻は言った。

「わたしが選び、貴方の上に立って（governe）わたしの思うようにできるというわけですから」

「妻よ、その通りなのだ。そうすることが最善のことなのだ」

と騎士は言った。（WBT 1229-38）

Governaunce, Governe, get of your maistrye の語句が使用されて、おのおの、「統治」、「治めること」「支配する立場に立つ」を意味し、前述の語 sovererign とは類語である。夫と妻の関係はここで、妻が上位、夫が下位となる。男である夫が上位、女である妻が下位であるという、西洋の長い歴史の中の通念が逆転させられる場面である。

騎士は当然夫として結婚生活の決定権を握っているのであるが、二者択一の問を与えられたときに、再び最初の問に直面するのである。女が一番に望むことに対する回答、恋人や夫の上位に立ちたいという回答は、この場面で騎士の生涯にかかわるものとなる。醜く年老いた老婆との結婚がどのようなものであれ、受け入れなければならない状況下、騎士は不承不承ではあるが、男性と女性の従来の関係、また男性上位の力学を自ら捉え直すことになった。

騎士が妻への評価や結婚観をこのように一八〇度転換する以前には、彼はこの結婚に対してどのように考えていたのだろうか。老いた妻の巧みな話術によって、騎士の心が変化していく。その様子を見ていこう。最初騎士は自ら望まない結婚をしてしまい、表だった式もせずに、新床ではいらだつ。妻はそのような夫の拒否の態度をとがめて、なぜそうなのかと理由を聞くと、騎士は「お前はそんなに醜いし、また年寄りではないか。それに卑しい身分の出身だ。わたしがあがいて、のたうちまわるのは何の不思議があろう」と身分や貧富の差、老い、美醜、という妻を受け入れられない三つの理由を答える。騎士はアーサー王宮廷で王妃から目をかけられる若い貴族の子息であり、若くも美しくもなく、身分格差や貧富格差のあるこの老婆との結婚は、彼にとって理不尽すぎると思われる。しかし老婆は彼の言い分に対して、巧みに反論を唱え、ふたりの間の格差という考えを次々と打ち破っていく。実は妖精である妻はブリトン島の森にいて、ケルトと侵略軍であったローマとの文化的融和を知るかのように、大陸の古代の知恵やキリスト教の核心について語るのである。

まず、身分格差については、出身家系によって人間の品性が決まるものではないと、ローマの賢人たち、セネカやボエティウス、ダンテに言及する。気高い品性というのは貴族の家系といった血筋によるものでなく、立派な行い（gentil deed）によるものである。すなわち高貴な人格（gentilesse）は相続されるものでなく、神、信仰に由来するものと述べる。蛮行を行う貴族の子息たちは、祖先がたとえ気高い人物であったとしても自身は卑賤の身である。乙女への蛮行を犯してしまったこの騎士はこのような議論に答えようがないだろう。

貧しい老婆は、貧富格差について、貧しさは恥じるべきものではないと、貧乏を楽しんだローマ人ユウェナリスについて述べる。また聖書に言及してイエス・キリストの清貧の生活を見習うべきであるとする。キリストの清貧を強調する思想は当時の英国社会において異端的と見做される。この異端的な老婆（妖精）は宮廷への批判的眼差しを持つ。老いに対しては、品性ある立派な人なら敬老の気持ちを必ず持っていると良識に訴えて反論する。最後に醜い妻は、寝取られる心配がない貞節の砦であると言う。このような老婆の言説と教訓は若く未熟な騎士の心を十分動かすものであった。妻とのやり取りを経て、騎士は自らの未熟さに思い至ったのである。

そして前述のように、妻としての在り方に対する夫側からの望みを尋ねられたのであるが、端的には妻に期待するのは、容貌それとも内面性か、という二者択一の問であった。騎士は答を全面的に妻の判断に委ねて妻の上位を認め、騎士と老婆は和解して結婚が成立した。初夜を経た翌朝に騎士が老婆を見ると、妻は夫の願いをすべて叶えて、若く美しく、その上に貞節な女性となっていた。妖精の魔術によってすべてがめでたしと収束する。魔術を通して男性が支配し、女性が支配される関係が逆転し、その結果、平等性が確認されて、夫である騎士の品性は高められ、妻の方では自分の人格が認められた。ここで語り手の女房は、昔話の中で夫、妻双方に利のある関係を夢想している。この仮の世界で男性の願いも代弁しつつ、女房や他の大勢の同時代の、そして時代にかかわらず、男性上位社会に生きる女性たちの心の奥底にある願望を実現させた。妖精の妻の、また語る女房の、権力に対する臆することない饒舌やこの地位逆転願望については、この時代の権力への抵抗の問題とかかわる。実際、王エドワード三世やリチャード二世の専制に対抗する議会の多様な議論があり、また領主の人民への支配権とその横暴に対処しようとする人民の動きがあった。王侯貴族に平民と農民が反旗を翻した農民一揆の勃発という事件（一三八一年）とこの作品（想定制作年、一三九〇年代）が洞察している権力の問題は、どこか通底する内容ともなっている。

やや喜劇的に描きながらも、結婚について深く考察しているチョーサーは、老婆と騎士という全く異なる者同士の結婚のテーマを文体と言語操作においても表現している。作品内容と文体がどのように呼応しているのだろうか。ここでは老婆に象徴される村の古く貧しいローカルな英語が、ラテン中世の宮廷文化とキリスト教の伝統にある言語やフランス、ブルターニュ地方を含む、アーサー王伝説の言語と結びつき融合することによって、老婆の変身のごとく、新たに美しく豊かな言語として生まれ変わる様を見ていきたい。この異なる者同士の融和の物語の歴史的背景として、ブリトン島には多文化、多言語伝統があることに再度注目する必要がある。

文体についてはバスの女房、また老婆の話すことばとしては低位な言語スタイル（low style）となり、一方、騎士や王妃などの、上層階級はラテン語フランス語の影響を受けた高位の言語スタイル（high style）となっている。使用の適正範囲（propriety）から見て一般的にはラテン語系は異文化性、隔絶性、礼節性をあらわし、古英語系は親近性、具体性、直接的表現として見ることができる（Burnley 177-200）。

そのような文体を構成する使用語彙は、主にラテン語やフランス語グループと、古英語（ＯＥ）を中心とし北欧語、またフランス語の影響を受けつつ自国語として生成されてきたアングロノルマン語の混成グループである古英語系、すなわちブリトン島の従来からある言語グループとして二分され、両者を混在させて文学的な表現の工夫がなされている（Cannon 55, Burnley 135）。異なる文化の影響を受けた語彙の併用は、騎士と老婆という取り合わせに見合うもので、高貴さと卑賤さ、フランス風宮廷風文化とケルトやゲルマン、アングロサクソンのブリトン土着文化の組み合わせといった異なる者同士の結びつきを象徴している。同時にそこにチョーサーのブリトン島の古い卑賤の言葉であるＯＥ系言語への尊重を見ることができる。ＯＥ系をより重視して、土着化しているアングロノルマン語とともに、ＯＥ系に新しい概念をまとめわせ潑溂とした言葉として用いたいという作者の意図が推察される。

では文化的背景からＯＥ系統の語群とラテン、古仏語系統の語彙はどのように二分化されて使用されているのだろうか。ブリトン島の古い昔の村や生活を表現する語として使用されているＯＥの語彙例は、「妖精」（elf, elf-queen）「緑の野原」（grene mede）「森のそば」（forest syde）「緑の灌木」（grene bush tree）「村」（Thrope）「納屋」（berns）「家畜小屋」（shipnes）「酪農場」（dayeryes）「町」（burghe）「台所」（kichenes）「寝室」（boures）である。

外来の文化を表すラテン、フランス語から借用されている語彙のうち、キリスト教関連語例は、「教区托鉢僧」（lymytours）「慈善」（charitee）「祈祷」（prayers）「朝祷」（matins）「巡回」（lymtacioiun）「悪霊」（incubus）である。またラテン語系統で貴族、ラテン文化関連語彙例には「宮廷」（court）「貴婦人の被り物」（coverchif, calle）「会する」（assemble）「命ずる」（command）「聴衆」（audience）「質問」（questioun）「一般に」（generally）「正義」（justice）がある。

次にラテン系とＯＥ系を共に使い、ラテン語系を同義語のＯＥ系に言い換える例として以下のものがある。「妖精」（Fayerye, elf）「悪霊」（incubus, elf）「訴え」（oppression, pursute）「若い騎士」（bachelor, knight）「法」（statut, lawe）「人」（persone, body）「求める」（requere, ask）「徳ある」（virtuous, noble）

ラテン系の言語を一つの概念として表す一方、それを多くのＯＥ系によって具体的な説明がなされている例は前述の「主権」（sovereynette, for to been in maistrie hym above）や「統治」（governance, have gete of yow maistrie）の他、「祈祷」（maryns, seth hooly thynges）「償う」（amende, so wel ye myghte bere yow unto me）などである。

この作品では主権の問題と共に重要なテーマとして「高貴さ、階級、家柄や身分」（Gentillesse）について問われている。チョーサーはこの抽象概念を人の平等性という視点から、身分や家柄の意味を脱して人間の品格として表現している。この概念はＯＥ語彙を用いた修飾語法（explication）が適用され具体的説明がなされている。

特にGentilityの定義がなされている箇所は、ＯＥ伝統に依っている語彙の上位性が認められる。またラテン由来の語彙をＯＥによって説明しようとするとき、ＯＥ系の革新と洗練がなされている。このキーワードを、ブリトンの妖精はどのように説明しているのだろうか。ラテン系をＯＥが取り囲んでいるが、そこにはＯＥによるGentilityの定義の拡大や移し替えがある。Gene系統（語源は血族）のラテン由来の語を移し替えようとすると、ＯＥ語群中で「族」を語源とする語や類似語が派生し、増し加わり「繁殖」していることがわかる。その結果読者は、そのようにして移し替えられたＯＥ語に、機能性や審美性が備わっていることを再発見する。

次に具体例をあげよう。Gentilityのラテン語源「種」Geneの関連語として、ラテン語源の語とＯＥを、共存、混在させている例としては、ラテン系の「国」（nacioun）「自然性」（naturally, natureel）はＯＥ系の「種族」（kind）や「家」（hous）と併記されている。

Gentileeseが高貴の家柄の意味で使用される文脈において、ラテン系と、ＯＥ系の同義語や類似語を並列する例としては「立派さ」（Prowesse, goodnesse）「血族」（lynage, line, or branch）または（lynage, our place, hous）「機能、行為」（operacioun, dedis）「引き継ぐもの、遺産」（heritage, old richesse）「所有」（possessioun, richesse）「祖先」（auncestre, elders）「寛大さ」（genterye, bountee）などがある。

またgentilityに関連するラテン系の抽象語に対して、ＯＥ系で修飾し具体的イメージや語の解釈を入れて、独特の文体を作っているのは次の例である。

Arrogance—is not worth a hen.（WBT 1112）
「傲慢さ——それは騒がしいメス鳥にも劣る」
Prowesse of man—for God, of his goodnesse,/ Wole that hyn we clayme oure gentilesse;（WBT 1129-30）

「人の優れた性質――それは神が恵みによって人に与えるものでそれがわたしたちの品性である」

Tempore thyng – that man may hurte and mayne…. Planted natureelly….（WBT 1132-34）

「この世のこと――それを人が損じたり台無しにすることもあるような自然性にあるもの」

Gentilisse – faire office/ They myghte do no vileynye or vice.

– Taak fyr and ber it in the derkeste hous…/ Yet wole the fyr as faire lye and brenne / As twenty thousand men myghte it biholde,

– fyr, lo, in his kynde.（WBT 1137-49）

「品性の高さ――それは公平なやり方、邪悪なことや罪を犯さないこと

――火に例えると、それは火をともし、暗い家にもってくると、多数の人たちがそれを目にするくらいに明るく燃えあがるようなものである。

――火と同様、それは自ずとそういうものであるからその性質からそうなるのである」

Gentillisse – nys but renom / Of thyne auncestres….（WBT 1159-60）

「高貴の身分――それは祖先の名声にすぎない」

Gentilisse – cometh fro God allone.

– of grace;

– no thing biquethe us with oure place.（WBT 1162-64）

「高貴さ――それは神のみから来るものであり、

――恵みとしてある。

――それはわたしたちの家柄として与えられるものではない」

以上のように文体と言語表現は、物語の内容や騎士と老婆の結婚のテーマとに密接に関与している。古英語の語彙に大陸の文化、ラテン中世の語彙が流入している現象となっている。大陸的概念語に古英語のわかりやすい口語的表現を取り合わせて、イメージを膨らませることが可能となっている。古英語が同等の価値をもって、ラテンの衣をまといふたたび新鮮な言葉として蘇ってくるかのようである。結婚の豊穣とも似通って、チョーサーはブリトン島の古英語を母体としつつ、あたかも古英語に他の文明の息を吹きかけるようにして、古英語に新たな生命を授けている。

「バスの女房の話」には、妖精の魔術によって、現実にはありえない男と女の関係が出現する。このファンタジーは女房の脳内トリップであるとしても、作者は女房に託して、ブリトン島の女神である妖精を蘇生させて、彼の生きている時代の現況を写している。読者は、この作品をバスの女房の騙りとして楽しく受け止めつつ、妖精の魔術と、チョーサーの言語魔術の煙に巻かれ、男性と女性の関係のみならず、王権が支配する中世社会の政治と言語、およびその背後にある権力構造にまで思い至る。また同時にこの作品は多様な文化を吸収してきたブリトン島の歴史や伝説を回顧することによって、アーサー王からの継承と見做されていた国家の自己証明にもなっている。「バスの女房の話」には妖精の魔術によって反現実世界が描かれ、バスの女房の果敢な挑戦は、喜劇的語りとファンタジーによって差し出されて、作者の現況の世界に対する密やかな挑戦となっている。

注

（1）Chaucer, Geoffrey. *The Riverside Chaucer*, Ed. Larry Benson, 3rd ed. Boston: Houghton and Mifflin, 1978. 本論文の「バスの女房の話」（*The Wife of Bath's Tale*）からの引用はすべてこの版に拠る。表記をWBTとする。和訳は筆者による。

引用文献

Burnley, David. *A Guide to Chaucer's Language*. London: Macmillan Publishers Ltd, 1985.
Cannon, Christopher. *The Making Of Chaucer's English*. Cambridge: CUP, 1998.
Correale, Robert M. and Mary Hamel. *Sources and Analogues of the Canterbury Tales II*. Cambridge: D. S. Brewer, 2005.
ブルーア、デレク『チョーサーの世界――詩人と歩く中世』海老久人・朝倉文彦訳　八坂書房　二〇一〇
ガワー、ジョン『恋する男の告解』伊藤正義訳　篠崎書院　一九八八
レイヤード、J『ケルトの探求』山中康裕監訳　人文書院　一九九四

参考文献

Barber, Richard. Selected and Introduced. *The Arthurian Legends: An Illustrated Anthology*. New Hampshire: The Boydell Press, 1979.
Wynne-Davies, Marion. *Women and Arthurian Literature Seizing the Sword*. London: Macmillan Press Ltd, 1996.
キャヴェンディッシュ、リチャード『アーサー王伝説』高市順一郎訳　晶文社　一九八六

もののけの舞台
――シェイクスピア時代の超自然現象――

上村　幸弘

はじめに

地獄が大きな口を開け、天使が神のメッセージを伝えに来る。老若男女を夢中にした中世サイクル劇。旧約・新約聖書のみならず、外典や伝説までも呑み込んだ一大イベントは、復活祭が過ぎるとイギリス各地を賑わした。約二百年続いたと言う。十六世紀前半、宗教改革の潮流の中でこのサイクル劇は急速にその勢いを失う。シェイクスピアのロンドンはもう目の前だ。ただし、その前に死神が万人《エブリマン》を召喚する。中世後期のイギリスの人々は舞台上の非日常を愛し、商人気質、職人気質が仕切る悪魔や死神が跋扈する舞台に嵌った。それが日常と非日常が表裏一体の関係にある所以である。本稿が扱うのは、市井の信仰がカトリックとプロテスタントの間で揺れるさ中に蠢く「もののけ」たちである。もののけは亡霊、精霊、妖精、妖怪の類。魔女、魔法使い、降霊術師など、特殊な能力を持ちながら社会の周縁に生きた者たちもここに入れる。しかし、もののけの思い憚る幻出は、悪魔が山車《パジェント》の上で力を振るう時代とは異なり、そのまま民衆の信仰の揺らぎを表している。見えるものを見えないと指導する勢力があった。見えないものを見ようとする者たちが舞台を創った。清教徒《ピューリタン》が止めを刺すまで、両者に暫しの均衡の猶予があった。それがイギリス・ルネサンス演劇の栄華である。
両者の鬩ぎ合いの中に混在する価値観を検証するため、『マクベス』そして『夏の夜の夢』で起こる不思議な物語から、もののけたちの存在理由を探って行きたい。

一 魔術

ひとまず『オーベロンの書』とでもしておく。二〇一五年、ダニエル・ハームズらによって編纂されたエリザベス朝魔術の原典である。ワシントンＤＣのフォルジャー・シェイクスピア・ライブラリーの地階に眠る写本を掘り起こした労作だ。一般読者の更なる発掘にも繋がるとして、シェイクスピアでお馴染みの妖精王オーベロンの名を取ったと言う（Harms 2）。もちろん、オーベロンの霊を呼び寄せる呪文も収められている。同館がこのような写本を蒐集していたことも驚きなら、十六―十七世紀にイングランドの魔術師が実際に用いていた生々しい呪文を目の当たりにするのも驚きであった。当時の演劇界においてはクリストファー・マーロウの『フォースタス博士』の黒魔術がつとに有名であるが、シェイクスピア作品にも降霊術が出てくる。

ここでさまざまな関連儀式が行われ、魔法陣が描かれる。ボリングブルックかサウスウェルが「われ汝を召喚す」などと呪文を唱える。雷鳴と稲妻。霊がせり上がってくる。

（『ヘンリー六世・第二部』一幕四場[1]）

グロスター公爵夫人エリナーが呪術師を使って悪霊を呼び寄せ、国王や側近たちの未来を質す場面のト書きである。「さまざまな関連儀式」、「われ汝を召喚す」など、表記に曖昧な点が多いことをこれまで気にも留めなかった。しかし、『オーベロンの書』に見られるように「召喚する前に膝をつき、その膝を東の方角に向けて、次の詩篇を熱心に唱える……」[(2)]（Harms 473）等々、当時の降霊儀式は厳格にマニュアル化されていた。シェイクスピア時代の人々にとって、「さまざまな関連儀式」は周知のことであり、ト書きは所作の省略が可能なほど身近なものであったことを示している、と言えるかもしれない。

魔術や魔法はエリザベス朝の社会環境下で至る所に存在した。それは民衆の心の中ではカトリック信仰と結びついていたのだ。確かに、いかがわしい風俗などをこうして一括りに分類しようとするのは一般的な社会傾向ではあるが、魔術文学などは、修辞学上および技法上の重要な要素として、カトリック神学とその習慣に大きく依存していた。教会の祈祷、聖人の名称、霊に対応する聖職者の特権的地位等、こうして馴染んできた数百年に及ぶカトリック的な要素は、国の政策の変更によってさえ撲滅されることはなかった。特に当時の文学作品の多くが一般に公開されなかったからなおさらである。（Harms 4-5）

『オーベロンの書』の編著者はこのように述べて、エリザベス朝におけるカトリックと魔術の結びつきを強調しながら、暗にプロテスタントの信仰レベルの深度に疑問を投げかける。

他方、逆の見方もある。十六―十七世紀をピークに、信仰に基づく超自然への依存は急速に減少していったと言うのだ。キース・トマスによれば、「人々が亡霊を見なくなったとすれば、それは客観的にありえないと考えられるようになったからだけではなく、社会的妥当性を喪失していったからである」（Thomas 724）。

トマスはイングランドの中世からルネサンス期における超自然現象の盛衰を宗教改革の観点から論じる。宗教改革により、制度のみならず、信仰の在り方が人々の生活の中まで浸透するには百年以上の歳月を要したが、この間妖精は漸次姿を消し、亡霊は見えなくなった、と言う。カトリック聖職者による悪魔祓いなどの秘儀が禁じられ、超自然現象が迷信とされるようになったためである。したがって、社会的妥当性とは、この場合、プロテスタンティズム浸透の謂いである。「注目すべきは、カトリック思想は決して魔術と同義ではなかったが、当時のイングランドのプロテスタント神学者にとっては、両者は多くの点で密接に結びついていた。少なくとも、両者とも危険で破壊的な迷信であると見なされていた」(Sharpe 16)。

こうして、魔術の存立に関するカトリックとプロテスタントの立場は正面から衝突する。

二　亡　霊

ニコラス・ブルックは『マクベス』の上演について、舞台上のイリュージョンの機能を九つに分類した。[3] そのうち、「バンクォーの亡霊」の解釈を咀嚼しながら、心霊現象に対するシェイクスピアの姿勢を考える端緒にしてみたい。

魔女の予言通りスコットランド王位についたマクベスは、やはり魔女によって子孫がスコットランド王になると予言されたバンクォーに刺客を放つ(三幕三場)。その直後のフォレスト城での夜宴の席に、暗殺されたばかりのバンクォーの亡霊が現れる(三幕四場)。マクベス自身も最初は気づかなかった。しかし、席に着こうとすると、空いている場所がない。「お座りください」と促された席には、バンクォーが座っていた。夫人にも、他の客人にも、バンクォーは見えない。マクベスは取り乱す。

マクベス　……まるで自分が
別人であるように思う。
こんな姿を見て、
恐怖で青ざめているのに、
お前たちは頬の色さえ失わないのか。
ロス　どんな姿が見えるのですか。
夫人　話しかけないでください。ますます酷くなりますから。
聞かれると状態が悪化するのです。
（三幕四場一一一―一一七）

マクベスが慎重なのか、夫人が抑え込んだのか、それともシェイクスピアの計算なのか。最後までマクベスは見えているものが「バンクォーの亡霊」だとは口にしなかった。この一線を超えないことにより、取り乱したマクベスの行為が「若い頃からよくある一時的な発作」（五二―五四）と繕えたのと同時に、観客にはマクベスに見えているものが亡霊なのか錯覚なのかという、曖昧さの余地を残す原因となる。

この状況は一見『ハムレット』のガートルードの寝室の場（三幕四場）に似ている。父王の亡霊がハムレットには見えて、母ガートルードには見えない。妻にその夫の亡霊が見えない理由は、ドーヴァー・ウィルソンが言うように別のところにあるのかもしれない。つまり、不貞を犯した妻には、夫の霊が見えないという通説が当時定着していたというのである（Wilson 254）。観客はどうか。初演されたグローブ座（一六〇〇年）で観劇していた観客の目には、物理的に（？）霊の姿は映ったのだろうか。第一・四折版（一六〇三年）でも第二・四折版（一六〇四年）でも、亡霊の声のみという演出の形跡はない。観客とハムレットに霊の存在を共有させないということであれば、舞台下との会話という手段も当時はあったはずだ。しかし、ガートルードの寝室の場のト書きはいずれの古版本も「亡霊登場」である。これがバンクォーの亡霊登場と意味が異なるのは、ハムレットに見えているものが、亡霊なのか錯覚なのかという、曖昧さの余地が少ない点にある。ハムレットは母ガートルードと亡霊の存在について情報を共有しているからだ。ガートルードには見えていないはずなのに、ハムレットの様子から気配を察し、母は「心が真っ二つに引き裂かれた」（三幕四場一五六）のである。ガートルードは別の目で夫の姿を見てしまったのか。

バンクォーの亡霊は無言である。この点が先王ハムレットの亡霊とは異なり、解釈を難しくさせる。つまり、バンクォーの亡霊は、「宙に浮かぶ短剣」（二幕一場）同様、物理的なイリュージョンを伴わない幻覚であるとも考えられる。実際、現代の舞台ではここでバンクォーを登場させない演出も多いと言うが、エリザベス朝の舞台では、亡霊が実際に登場したようである。時代がやや下る一六一〇—一一年、サイモン・フォーマンがグローブ座で『マクベス』を観劇し、バンクォーの亡霊が舞台に現れたことを記録している。様々な理由により、舞台上には亡霊が見えない者もいる。しかし、亡霊を物理的に登場させるのがシェイクスピア流なのであろう。心理的な錯覚の余地を残しながらも、霊を可視化する手法をシェイクスピアは選ぶ。見えないとされるものを見てしまった観客の居心地の悪さを嘲笑うかのようだ。

この亡霊や幻影の様々な見え方は、そもそもマクベスとバンクォーの前に現れた三人の魔女の見え方（消え方）と通底するところがある。

バンクォー　まるで水のように、地面が泡立つと、
　　　　　　奴らは泡となって、どこへ消えてしまったのか。

マクベス　大気の中へ消えた。肉体と見えていたものが溶けて
吐息のように風に紛れて。
（一幕三場七九―八二）

同じものを見ていたはずが、二人の描写はまるで異なる。ブルックは「魔女が実際に煙に紛れようと、トラップの下に隠れようと、あるいは飛び去ろうと、このように見えるということなどありえない。見えているものが理性的に信頼足り得るものではなくなっている」（Brooke 4）と述べ、次のバンクォーの言葉を引用する。

バンクォー　ここにいた奴らは我々の言葉通りの者なのだろうか。
あるいは毒人参を食べさせられて
理性が機能しなくなったのだろうか。
（一幕三場八三―八五）

こうして、言葉が目の前の現実を写すことができない事態が起こる。同時に、観客の意識をも巻き込んだ心霊現象の現前化が、心理学的な説明を妨げる要因ともなっている。錯覚を演出する方法ならいくらでもあった。改めて言うまでもないが、シェイクスピア時代の舞台の約束事としては、心の声を大声で叫んだり、見えない亡霊の声を舞台下から発することもできたし、「宙に浮く短剣」のような演技技術も開発されていた。さらに、亡霊の存在そのものを「まさに脳が生みだしたもの」（『ハムレット』三幕四場一三七）として切り捨てる冷静な判断力もあった。こうした環境の中で、もののけが舞台を跳梁する経緯を別の角度から検討してみたい。

三　妖精

『夏の夜の夢』では、妖精と亡霊は同じ時空を生きている。パックは亡霊が目の前にいるかのように次の如く描写している。

オーベロン様、急いでことを運ばねばなりません。
月の女神の馬車が雲を切り裂き、
暁の明星が遠くで輝き始めました。
その到来でうろついていた亡霊たちも、
こぞって墓場へと帰ります。十字路や水中に葬られた
呪われた霊もすべて
蛆の湧く寝床へと戻って行きました。
その恥ずかしい姿が照らされるのを恐れて、
わざわざ光から我が身を遠ざける者どもは、
永久に漆黒の闇と連れ添う運命にあるのです。
（三幕二場三七八―八七）

ここに出てくる闇に蠢く亡者たちは、通常の墓場に葬られた者と、自殺者として墓に埋葬されなかった者の二種類である。しかし、パックの見ている亡霊たちは、先王ハムレットの亡霊とは根本的に異なるという見方がある。

我こそは汝の父の霊なり、
夜間しばしの彷徨を定められ、
昼間は業火の中で苦行の身、
生前犯した悪行が
煉獄の炎で浄められている。

（一幕五場九―一三）

天国と地獄の間に煉獄があり、生前罪を犯した者が煉獄での苦行の後、天国か地獄かのいずれかに振り分けられるという考えは、カトリックの宗教観である。一方、プロテスタントは煉獄の存在を否定しているため、人間界に彷徨う亡霊は悪魔の仕業であり、その目的は人間の魂に取り憑いて、悪へと導くというものである。ホレイショの当初の見立てはそのようなものであった。先王ハムレットの亡霊は悪魔の化身かもしれない。

亡霊であればこんなことを告げるために
わざわざ墓場から出て来るはずもありません。

（一幕五場一二五―一二六）

ホレイショは悪魔の仕業である可能性を積極的に認めている。パックの見ている亡霊ではないということだ。オーベロンも直ちに「我々はそういった類とは別種の霊である」（三幕二場三八八）と述べている。「別種」（another sort）とは何を意味しているのだろう。アテネ近郊の森。そこに結界を張るオーベロンは、いずれも出自の異なる妖精たちの王である。オーベロン自身はフランスのロマンス『ボルドーのユオン』に登場し、タイターニアはギリシャ神話の巨人タイタンの娘で、月の女神アルテミスの異名。パックはイギリス土着の妖精で、ホブゴブリンとも呼ばれ、本来は悪魔的な性質である。「別種」と一言で括れるほど、アテネの森の妖精たちの構成員は一様ではない。時代も国も異なるもののけが集められているのだ。

『夏の夜の夢』は一五九〇年代半ばの作品にして、すでに晩年のロマンス劇を思わせる臭いがある。アン・バートンに同感である。「冒頭のアテネは、古代ギリシャのようでもあり、チョーサー風のちょっと奇妙な中世の宮廷のようでもある。しかし、終盤、恋人たちがアテネに戻ってくると、そこはエリザベス朝の邸宅へと変貌を遂げているかのようだ」（Barton 218）。晩年のロマンス臭というのは、時空を奔放に操る手法である。

四日間の昼はあっという間に夜に染まり、
四日間の夜はあっという間に夢見て終る。
（一幕一場七―八）

ヒッポリタは新月の出る四日後の結婚式まで、時は瞬く間に過ぎて行くと言う。これが図らずも現実となる。シーシウスとヒッポリタは実際には三日後に結婚するのだ。伝統的にシェイクスピア劇の時間の不整合な流れは、「二重の時」ということで処理されている。実際に発せられた言葉より、多少、長くても短くても、それは登場人物の心理的な感じ方であるというわけだ。確かに、その通りであると思う。しかし、バートンが指摘する冒頭と終盤の舞台が醸す空気感の異変。これには別のトリックが仕掛けられているのではないか。

オーベロン、タイターニア双方の出自はともあれ、二人ともつい最近までインドにいた、とシェイクスピアは言う。オーベロンはインドの奥地で人間の女性に求愛し、タイターニアはインド人の女性信者から少年を預かった。シーシウスとヒッポリタの結婚式が終わると、タイターニアは再びインドに帰るのだろう。シェイクスピアの頭の中にあるインドが、地理的にどういうことになっていたのかは知る由もないが、[4] これも心理的な距離ということにしておこう。二人は簡単にギリシャとインドを行き来している模様だ。妖精は自由に時空を飛び廻る。

地球をひと廻りして参ります
四十分で。
（二幕一場一七五―七六）

パックがオーベロンに指定された場所にハーブを取りに行く。キューピッドの放った矢が落ちた西の国だ。四十分どころか、数分のうち（七十行後）にパックは、おおよそ十メートル四方の板張りの舞台の上に戻ってくる。シェイクスピアも、当時の観客も、恐らく知らなかったアテネ―ロンドン間の直線距離（約二、四〇〇キロ）、そして、地球をひと廻りする（最短四〇、〇〇〇キロ）ということの現実の凄まじさ。もう少し、突っ込めば、ロンドンに行って帰ってくることと、地球をひと廻りすることが同等の価値しか持たないこの時空の認識は、妖精の特殊な能力に帰すべきか、ということである。

一五七七年十一月、フランシス・ドレイク率いる五隻のイギリス艦隊が世界一周に向けてプリマス港を出港。三年後の八十年九月、旗艦船ゴールデン・ハインド号がただ一隻プリマスに帰港した。制海権で半世紀以上も先を越されていたスペインにようやく追いつき、無敵艦隊撃破で形勢が逆転した。ジョージ・ガウワーの作とされるエリザベス一世の肖像画は「アルマダ・ポートレイト」（一五八八年）と称され、女王が掌の内に地球儀を転がしている。確かに、一五九五―九六年の上演とされる『夏の夜の夢』で「地球をひと廻り」するというパックの表現は単なるフィクションではなく、イングランドが地球を掌の内に収めつつある時期ではあった。オーベロンとタイターニアのインド行きも、当時の西ヨーロッパ人にとっては、喜望峰回りのスパイスの直接取引がすでに始まっており、身近な現実となりつつあった。確実に、未知の世界との距離は縮まっていた。しかし、仮にそういった現実が背景にあったにせよ、シェイクスピアや喜劇の登場人物たちが先を急ぎたがる理由としては説得力に欠ける。「森の中ではすべてが歪み、人間は完全に方向を見失う」（Paolucci 321）。

ねえ、ハーミア、歩き続けて疲れただろ。
実を言えば、道に迷ってしまってね。
君さえよければ、体を休めて、
朝日の訪れを待ちたいんだけれど。

（二幕二場三五―三八）

眠りについたのも束の間、ライサンダーは突然目覚めて、ヘレナのためなら炎の中にも飛び込む、と言い出す。朝日の訪れを待たずに、先を急ぐ。彼はハーミアを置いてヘレナを追い始める。言葉が現実を写せなくなってきている。

開幕当初のシーシウスの言葉も、重いはずであった。それがこの芝居の推進力となったからだ。

さもなくば、アテネの法がおまえを
死刑に処すか、尼寺へ送り込むことになる。
決して為政者にも手加減できないのが法だ。

（一幕一場一一九―一二一）

秩序を維持するためには、情よりも法を優先させることが為政者の務めであるとシーシウスは明言していた。

ハーミアの父イージーアスの訴えの法理上の正当性を認めたのだ。「シーシウスは一見、理性的な調停者の役割をこなしているようだが、実際には、恋人たちの状況を適確に分析することができず、後に前言を翻すことになる。夢の出来事が彼の現実感覚を変化させたのだ。ちょうど、観客の現実感覚を変化させたように」（Garber 65）というガーバーの指摘は鋭い。

イージーアスよ、お前の意思を抑えつけさせてもらう。（四幕一場一七九）

しかし、夢の中の出来事がシーシウスの現実感覚を変化させた、と言い切るためには、いくつかの問題をクリアしなければならない。それはシーシウスが見た夢ということになる。

四　夢

複数の人間が同時に同じ経験をしても、立場の違いによって、感じ方が異なったりすることは日常生活でもよくある。もちろん、同じように感じることがあっても何ら不思議ではない。では、夢はどうだろう。複数の人間が同時に同じ夢を見て、同じように感じることなどあるのだろうか。設定された舞台はオーベロンが蟠踞する森。シェイクスピアの壮大な実験が始まる。時空が歪み、そこに紛れ込んだ人間たちは、方向を完全に見失い、今まで見えていたものが見えなくなり、言葉の意味がずれる。

実に珍しい夢（vision）だった。おれは夢（dream）を見ていたんだ。どんな夢だったかはとても口では言えない。人間の言えることじゃない。この夢の説明をしようなんて奴がいたら、そいつは阿呆に決まっている。確かに自分は、ん〜、確かにこの手の中に、ん〜。

（四幕一場二〇四―七）

ボトムは見ていたものを思い出せない。珍しい夢を見ていたと言っているにもかかわらずである。夢の記憶は自然に薄れるものではあるが、それを言葉にしようとした瞬間に言えなくなってしまう、という喜劇的な演出でもある。がしかし、これは妖精との遭遇が言葉では表現できないという、人間の反応の一形態を表しているのではないだろうか。だとすれば、シーシウスとヒッポリタが聞いた話はどうなるのだろう。

ヒッポリタ　ねえ、シーシウス、恋人たちの話は不思議だわ。
シーシウス　真実を話しているというより、不思議な話だな。
　あの手の奇怪な話や、妖精の話はどうも信じられん。

（五幕一場一―三）

本当に恋人たちに妖精が見えていたとしたら、物語全体が転覆してしまいそうな話だ。せめて、ハーブで魔法にかけられたライサンダーとディミートリアスには、ボトムと同じ程度に記憶を失っていてもらいたいものだ。一方のハーミアとヘレナは、妖精の魔法にかかることもなく、疲労困憊の中で覚醒する。

ハーミア　ものごとに目の焦点が合わないから、
　すべてが二重に見える。
ヘレナ　　　　私もそう、

ディミートリアスという宝石を偶然拾ったけれど、
自分のものなのか、他人のものなのかわからない。

（四幕一場一八九―九二）

ハーミアにはライサンダーが二人に見える。ヘレナはディミートリアスの愛の言葉に確信が持てない、ということだろう。では、この四人は森の中で何を見たのか。

森の中の経験という大きな夢と、その中で見る小さな夢。逆説的にこんな風に言えるかもしれない――しかし、彼らは目を開けていたのだ、と。これがvision（夢）というキーワードの基本的な捉え方である。その語は何度も芝居の中に現れては、dream（夢）という言葉の語感を意図的に薄めてゆく。つまり、dreamは「さして重要ではない」「一時的な」ものと位置づけられていく。（Garber 60）

ガーバーが指摘するように、visionとdreamは本来位相の異なる夢であるが、現実として展開するvisionを、dreamと同義に用いることによって、dreamの持つ多義性が収斂し、やがて目の前で起こっているつまらない出来事を指すようになる。ライサンダーとディミートリアスの心変わり。彼らが見る小さな夢にハーミアとヘレナは戸惑う。二人の少女は大きな夢の中にいたからだ。「確かに何らかの力が働いて、ハーミアへの愛は雪のように解けた」（四幕一場一六五―六六）と言うディミートリアスの言葉に、ヘレナは確信が持てない。ディミートリアスという宝石は、本当に自分のものなのか不安なのだ。これで、果たして、二人は同じ夢を見ていたと言えるだろうか。

この現象は、タイターニアにも起こる。

オーベロン、私は何という夢（visions）を見ていたのかしら。
ロバにでも恋したのかと思ったわ。

（四幕一場七六―七七）

目を開いて見ていた夢（visions）が、まさに現実のロバとして横たわっている。夢と現実がここで一瞬擦れ違う。しかし、タイターニアとボトムが見た小さな夢（vision）の中で、ボトムは「紳士」（gentleman）と呼ばれ、「人間」（mortal）として扱われていたことを思い出せば、妖精たちの前に現れた奇妙な生物と彼らの言葉は一致しない。オーベロンの結界の中ではもののけたちですら、見えているものと言葉にずれが生じる。

シェイクスピアは観客に三枚のパネルを見せる。一枚目はアテネの宮廷。二枚目はアテネ近郊の森。そして、三枚目は再びアテネの宮廷。しばらくは、ジェイムズ・L・コールダーウッドの説に寄り掛かろう（Calderwood 409-11）。ドイツの肖像画家ハンス・ホルバインの描いた『大使たち』に埋め込まれた奇妙な絵柄は、左斜め下から覗くと頭蓋骨が現れるというアナモルフィズム（anamorphism）、すなわち歪像作用を応用した一種の騙し絵である。描かれている二人の大使の表情の穏やかな第一印象は、隠された頭蓋骨に気付いた瞬間、もう元の印象には戻れない。歪像効果は、こうして鑑賞者の視点の移動を通して、二次元の画像が物理的には全く変化していないにもかかわらず、鑑賞者が受ける印象のすべてを変化させるというものである。

「私たちは上演中に座席を替って歪像効果を得られる最適な角度を探す必要はない。シェイクスピアの方が三枚のパネルを使って効果的に、対象物を移動（seen change）させてくれるからだ。それを場面転換（scene change）と呼んでもいい」（Calderwood 410）。こうして、森での経験を挟み、再び戻ったアテネの宮廷は、アン・バートンの言うように、「エリザベス朝の邸宅へと変貌を遂げている」のである。ただし、その際の最も重要なトリックは、アテネの支配者シーシウス／ヒッポリタと妖精界の支配者オーベロン／タイターニアの二重性（doubling）である。二〇世紀に入り、ピーター・ブルックやロビン・フィリップスが実験したように、シーシウスとオーベロン、ヒッポリタとタイターニアをそれぞれ同じ役者に演技させる演出は、既にシェイクスピアの劇構造の中に用意されていた装置（device）だとコールダーウッドは指摘する。妖精の森で起こったオーベロンとタイターニアの対立と和解の物語が歪像効果となり、再び戻ったアテネの宮廷は、開幕当初のアテネではなくなっている、という印象を観客に与える。シーシウスが前言を翻し、恋人たちがすべて元の鞘に納まっているのも、歪像効果によるトリックと言うわけだ。

夢がシーシウスの現実感覚を変化させたというガーバーの指摘は、同時に観客の現実感覚を変化させたという付帯条件をもって成立する。したがって、『夏の夜の夢』はテクストが内部完結せず、鑑賞者・読者の反応を待って、前後の空気が入れ替わる仕組みになっている。シェイクスピアの壮大な実験が成功したかどうかはわからない。観客が埋め込まれた歪像に気付かなければ、物理的な変化は全くないからだ。

おわりに

もののけが効果的な演劇の装置になることをシェイクスピアは知っていた。プロテスタント神学者たちが否定しているものが、実際に舞台の上に立っている。見えないはずのものが見えていることに、舞台上の登場人物たちだけでなく、桟敷の隣に座っている観客同士も、合意形成が図れない。劇作家はその間隙を突いて楽しんでいる（儲けている）のだ。大衆芸能として許されるぎりぎりの線上をシェイクスピアは計算高く歩いていた。シェイクスピアの死後、国教会はピューリタニズムに染まり、演劇禁止令とともに、もののけたちは退場する。王政復古とともに、大陸の演劇が流入し、改作劇やオペラの主役として復帰するまで、暫しの休憩《インターミッション》である。

注

（1）以降、シェイクスピア作品の幕・場・行は、*The Riverside Shakespeare*, 2nd Edition に拠る。
（2）この儀式はオーベロンの霊を呼び寄せる際のものである。
（3）オクスフォード・シェイクスピア・シリーズ『マクベス』の序論で、ブルックは舞台上で展開されるイリュージョンを九つに分類した。以下、その概要を記す。
①「白昼の暗闇」のイリュージョンは、『マクベス』に限ったわけではないが、グローブ座で上演を行う際、夜闇を作り出すための演出上の必要性ということになる。蝋燭を灯し、松明を焚くという約束事により、観客は舞台上の時間が夜間であることを知らされた。これは観客のみならず、舞台上の登場人物全員が共有するイリュージョンである。
②三人の「魔女」はマクベスにもバンクォーにも見えている。しかし、魔女はマクベスにもバンクォーにも、そして観客にも、同じように見えているかどうかはわからない。
③「宙に浮く短剣」はマクベスの幻覚であり、舞台上には物理的には存在しない。しかし、マクベスの言動や視線によって、観客は何もない空間に見えない短剣を見るという経験をする。
④「バンクォーの亡霊」はマクベスにしか見えず、夜宴に招待された客や夫人には見えない。存在するのに見えないのか、それとも「宙に浮く短剣」のように、そもそも存在しないものをマクベスだけが見ているのか。一六一〇―一一年、グローブ座で再演された『マクベス』を観劇したサイモン・フォーマンは、舞台上に亡霊がいたと述べている。
⑤スコットランド歴代および未来の国王の「幻影」は『マクベス』最大の見せ場であるが、大掛かりなトリックはむしろ不要。観客の見ているものと、舞台上の人物が見ているものが一致し始める。
⑥マクベス夫人が見ているものは「幻覚」であり、超自然現象とは異なる。超自然の要素が積極的に排除

されている。

⑦移動する「バーナムの森」は事前に知らされている歩兵術。イリュージョンと思えるものも合理的な説明がつく。

⑧「マクベスの首」は本物そっくりに作り上げられたイリュージョンである。しかし、殺戮者マクベスの首を掲げ勝利宣言するマクダフこそ、殺戮者に見えるという逆転現象が起こる。

⑨「宙に浮く短剣」同様、「言葉が生み出すイリュージョン」が各所に散りばめられている。「共食いする馬」等、日常では経験しえない事象を強烈に与えられると、観客は定義不可能な感覚を植え付けられる。

（4）二〇一三年の*Shakespeare Survey*は『夏の夜の夢』の特集であったが、ヘンリー・ブキャナンは「『夏の夜の夢』におけるインドと黄金時代」と題する論文で、一五九〇年代半ばにおけるシェイクスピアのインドの認識は、西インド、即ち新大陸を意味したのだと言い切る。

引用文献

Barton, Anne. 'Introduction to *A Midsummer Night's Dream*.' *The Riverside Shakespeare*, 2nd Edition. Ed. G. Blackmore Evans. Boston: Houghton Mifflin Company, 1997.

Buchanan, Henry. 'India and the Golden Age in *A Midsummer Night's Dream*.' *Shakespeare Survey* 65. Cambridge: CUP, 2013.

Calderwood, James L. '*A Midsummer Night's Dream*: Anamorphism and Theseus' Dream.' *Shakespeare Quarterly*, Vol. 42, No. 4. Folger Shakespeare Library, 1991.

Garber, Marjorie. *Dream in Shakespeare*. New Haven: Yale UP, 1974. Reprinted, 2013.

Harms, Daniel. James R. Clark. Joseph H. Peterson. *The Book of Oberon*. Woodbury: Llewellyn Publications, 2015.

Paolucci, Anne. 'The Lost Days in *A Midsummer Night's Dream*.' *Shakespeare Quarterly*, Vol. 28, No. 3. Folger Shakespeare Library, 1977.

Shakespeare, William. *The Riverside Shakespeare*, 2nd Edition. Ed. G. Blackmore Evans. Boston: Houghton Mifflin Company, 1997.

———. *Macbeth*. Ed. Nicholas Brooke. Oxford: OUP, 1990.

Sharpe, James. *Witchcraft in Early Modern England*. Harlow: Pearson Education Limited, 2001.

Thomas, Keith. *Religion and the Decline of Magic*. London: Weidenfield & Nicolson, 1971. Reprinted in Penguin Books, 1991.

Wilson, Dover. *What Happens in Hamlet*. Cambridge: CUP, 1935.

参考文献

Kieckhefer, Richard. *Magic in the Middle Ages*. Cambridge: CUP, 1989.

Scot, Reginald. *The Discoverie of Witchcraft*. 1584. Reprinted in Dover Publications, 1972.

石井美樹子『シェイクスピアのフォークロア』中公新書　一九九三

石原孝哉『シェイクスピアと超自然』南雲堂　一九九一

武井ナヲエ『シェイクスピアと夢』南雲堂　二〇〇五

イエイツ、フランシス『魔術的ルネサンス』内藤健二訳　晶文社　一九八四

超自然の万華鏡
――シェイクスピア最後の作品より――

須賀　昭代

シェイクスピア劇において、超自然的要素は無数にあると言っても過言ではない。四大悲劇のみを例にとっても、ハムレットの父王の亡霊が城郭に出現するシーン、嫉妬に惑乱するオセロが復讐を誓って海峡や潮流に言及する言葉、嵐の荒野で彷徨うリア王の咆哮、マクベスと魔女の邂逅やバンクォーの亡霊登場のシーンなどが、次々頭に浮かぶ。だが、一貫して超自然的雰囲気が保たれている作品となれば、『夏の夜の夢』と『あらし』が選ばれるだろう。この二つの劇には、それ以外にも共通点が見られる。まずその長さだが、正典中、最も短いのが『夏の夜の夢』で、次が『あらし』である。そして二作品共に、いわゆる種本と呼ばれるものがほとんど無い。だが、第一期の習作時代を経て、第二期の喜劇時代に執筆された前者と、最終期のロマンス劇時代に書かれた後者には、決定的な違いがある。

『夏の夜の夢』は、華やかな貴族間のロマンス、幻想の妖精国、職人ボトムらの市民生活の三つの世界を、アテネ郊外の一つの森に集めて描いたものだ。喜劇に分類されているだけあって、全体が陽気な幸福感に包まれている。途中、親子の仲違いやパックが引き起こす大混乱などもあるが、どれも悪意からは程遠い。夜の間、人間界を支配する超自然界の王オーベロンと、その妃の妖精女王タイターニアとの不和も、ちょっとした夫婦喧嘩に過ぎない。そして、深夜十二時を合図に妖精たちが集い、三組の男女の結婚を歌や踊りで祝福して終わる、つまりは軽いお伽話なのだ。

一方『あらし』の方は、シェイクスピアが単独で完成した最後の作品と見做され、さすが棹尾《ちょうび》を飾るだけあって、重厚さに満ちている。シェイクスピアはそれまでに獲得したすべての技を傾注して、超自然界と人間界を一つの島で融合させて、壮大な夢幻劇を創り上げたのだ。もし舞台設定、登場人物、筋書きなどのジャンル別に、超自然的要素を総合評価すれば、間違いなく『あらし』が第一位に輝くだろう。以下、この戯曲がどういう点で超自然の万華鏡なのかを、順を追って見てゆきたい。

最初に取り上げるジャンルは題名である。シェイクスピア劇のタイトルは、人物（特に男性）名が圧倒的に多く、半数以上を占めている。そして総数三十数戯曲の中で、自然（現象）をタイトルにしたものは、『あらし』のみだ。それだけ見ても、いかにユニークな作品か推察できる。しかもこの嵐は、単なる自然界の猛威ではなく、プロスペローという一人の老人の魔術によって引き起こされた架空現象ときている。科学の歩みが日進月歩で、つい昨日まで新しかった情報がもう古くなるスピード時代にあって、四百数十年を経てもシェイクスピア戯曲がその現代性を失っていないというのは、驚くべきことではないだろうか。失っていないどころか、DNA解析やロボットが加速度を増して進化している今日でも、この作品の持つ人間の挑戦の限界を暗示する予言的煌めきには、改めて瞠目《どうもく》させられる。

次に検証するジャンルは、舞台設定である。他のロマンス劇とは異なり、『あらし』の舞台は宮廷ではなく、超自然の気配に満ちた絶海の孤島なのだ。この島には名もなければ、その位置さえ判然としない。一六〇九年にバーミューダー諸島沖で起きた遭難事件が下敷きと考えられるとはいえ、この島はシェイクスピアの想像力が生み出した架空の島である。十二年前、物語の主人公ミラノ公爵プロスペローは、学問に夢中になって政務をないがしろにした挙句、弟アントーニオーに地位も名誉も奪われて、幼子ミランダと共に海に流されてしまう。そしてこの島に漂着後、先住民エアリアルとキャリバンを従えて、魔術の研究とミランダの養育に励むという設定になっている。

更なるジャンルに駒を進めたい。ここで扱うのは主な登場人物、否、キャラクターと言うべきか、というのも、島の先住民であるエアリアルは、英語（air）とラテン語（āerem）にちなんで名付けられた空気の精なのだ。「空はもちろん、火の中、水の中、たとえどこでも自由自在」（一・二・一九〇―九一）に飛翔するエアリアルは、「四十分で地球をぐるりと一周り（二・一・一七五）」できる『夏の夜の夢』の妖精パックに一見とてもよく似ている。しかしエアリアルはパックのような失敗は犯さないし、パックより遥かに多才で、同情心にも富む。プロスペローをリア王の後身とするなら、エアリアルはパックの成長した姿と言えよう。

島の支配者プロスペローの意志は、エアリアルを通して実行される。プロスペローは、自分を裏切った弟アントーニオーと、悪事に手を貸したナポリ王アロンゾーたちが、たまたまこの孤島近くを航海中なのを見つけて、エアリアルに命じて嵐を起こして船を難破させたり、火の玉に化けさせて、一行を震え上がらせ懲らしめる。それ以降も、エアリアルは水の精ニンフに扮して、アロンゾーの息子フェルディナンドをプロスペローの元に導く。従者エアリアルやキャリバンが口ずさむ歌や韻文に、シェイクスピアの詩才が遺憾なく発揮されているのも『あらし』の特徴で、この時もエアリアルは、フェルディナンドの父の運命を暗示して、次のように歌う。

父王今や海の底、
　五つ尋深く横たわり、
骨は珊瑚で目は真珠、

少しも朽ちることはなく、
海の変化を身に受けて
今では豊かな宝物。（一・二・三九九―四〇五）

結局フェルディナンドは父王と無事再会できるのだが、この美しい詩句には、どの人間もがいずれ辿る運命が暗示されている。その他にもエアリアルは、姿を隠したままで小太鼓や笛を奏して悪巧みを阻止したり、雷鳴と稲妻の轟く中、怪獣ハーピーに姿を変えて、一味の罪を暴いたり改悛を促したりもする。更に、虹の神アイリス、豊穣の神セーレーズ、結婚と多産の女神ジューノーらを呼び出して、華麗な仮面劇を演出する。エアリアルの活躍ぶりは、まさに超自然のオンパレードを見ているかのようだ。

エアリアルに相対するのが、こちらもエアリアルに負けない超自然的なキャラクター、キャリバンである。当時は元素の世界にも火、空気、水、地の四つの区分があると考えられていた。エアリアルが上位の元素に属するのに対して、キャリバンは最下位の地のイメージを受けて創造された。中世以来の伝統的な自然観によれば、自然は神に帰属し、人間の理性や人情に関わるもので、人間らしい善良な言動はこのような自然観を体現したものだった。それに反して、ルネサンス期に現れた唯物的自然観は、ダーウィンの生存競争としての自然観により近く、現実主義や欲望追求の原理に繋がるものだ。自然は神とは無関係で、気紛れな自然が時には悪人をも生み出す、その代表例がキャリバンや『リア王』のエドマンドである。彼らは罪悪感とは縁遠い点でも一致している。このような視点からシェイクスピアが創り出したキャリバンは、水陸両性の夢魔インキュバスが魔女シコラックスと交わって生まれたとされる。キャリバンは父方、母方双方から、忘恩、無知、好色、怠惰といった原罪を受け継いでいる。美しく成長したプロスペローの娘ミランダを、今まで世話してもらった恩を仇で返すかのように、奴隷キャリバンがレイプしようとした事件もあった。その名はモンテーニュの『随想録』に出てくる食人種 Cannibal のアナグラム（語句の綴り変え）で、キャリバン対プロスペローは、未開人対文明人とする批評家もいる。要するにキャリバンは、異教的な概念や連想を具象化した存在なのだ。オーデンはじめ、たくさんの人がキャリバンらを中心にポスト・テンペストと呼べる作品を書いた位、キャリバンは注目を集めた。

シェイクスピアは男と女といった二項対立の世界やそこに生じる多様な葛藤を、その二項のどちらにも属さない姿勢を貫きながら描く達人である。そして片方に偏ることなく、両者の言い分をそれぞれに語らせる。『ヴェニスの商人』で、キリスト教徒アントニオやバッサニオ側のみではなく、ユダヤ人の金貸しシャイロックにも、有名な抗弁の場が与えられているように。『あらし』でも、キャリバンは「この島は俺のものだ。おふくろのシコラックスから貰ったのを、お前が横取りしたんだ」（一・二・三三二—三四）とプロスペローに抗議する。もともと彼とエアリアルは、この島の先住者だったのだ。また、醜怪な半人半獣のキャリバンが、子供のように無邪気で純真な韻文詩を語る時もある。

こわがる事はないよ、この島は音で一杯だ。
いろんなひびきや、甘い楽の調べ、みな喜びを与えこそすれ、
　害はないんだ。（三・二・一三三—三四）

シェイクスピア戯曲では、歴史の真相や人生の真の知恵を語るのは、貴族や宮廷人よりも庶民や道化であることが多い。中心となる劇世界から一歩離れた立ち位置で、客観的な醒めた目で観察し批判できるからだ。この劇では、エアリアルとキャリバンがその役目を担っている。他にも当時のイングランド特有の事情で、演劇界で

の女性差別ゆえに、女優は一人も存在しなかった。シェイクスピアはそのハンディを逆手に取って、少年が演じる女役に両性具有的な魅力を発揮させることに成功した。エアリアルとキャリバンも、一種の両性具有的な存在と言える。

『あらし』の序幕は文字通り海の嵐で始まるが、その嵐も突如夢のように跡形も無く消えてしまう。この島では確実なものは何一つ無く、島全体が一夜のうちに深い霧の中に没してしまうような、把え難い世界なのだ。以上を考え合わせると、エアリアルやキャリバンという人間界の常識を超えた超自然的キャラクターが、いかにこの島にふさわしいかわかるだろう。

次に取り上げる主人公プロスペローもまた、シェイクスピアの熟慮の産物である。なぜこのような特異な主人公を登場させる必要があったのだろうか。諸々の理由を述べるに当たって、その作品背景についても、論題にふさわしく万華鏡のように多面から光を当てたい。シェイクスピアは史劇から創作を始めた。詩としてのスタイルを確立する以前に、まず劇作法をマスターしていったのだ。彼は一五九〇年代に九つの史劇を著したが、その内『ジョン王』を除く八つは、一三九八—一四八五年のランカスターとヨーク両家の内乱を扱ったものだ。この争闘はそもそもヘンリー四世がリチャード二世を退位させたことに端を発し、やがて赤薔薇を旗印とするランカスター家と白薔薇ヨーク家の血みどろの戦い、俗に言う薔薇戦争に発展した。一四八五年にランカスター家のヘンリー七世が、ヨーク家のエリザベスと結婚してテューダー王朝を開き、ようやくこれを収拾した。対立する二項を公平に描くというシェイクスピアの手腕は、ここでも遺憾無く発揮され、史劇『リチャード二世』では、シェイクスピアは退位に追い込まれる王に同情を示しながらも、その弱点もしっかり書き込んでいる。また、やり手の政治家ヘンリー四世が、敢えて簒奪の罪を犯す必然性の描き方にも説得力がある。

両家の内乱は、シェイクスピア時代、テューダー王朝の人々にとっては他人事ではなく、切実な教訓を含むものだった。シェイクスピアの史劇が、庶民だけでなく、エリザベス女王を初めとする支配層にも愛好されたのは、それが上に立つ者はどうあるべきかを研究して描いた国王鑑でもあったからだ。強者が正当な主権を有する者の位を奪えば、あとは弱肉強食の無秩序の世になってしまう（現代でも、この構図は飽くことなく繰り返されているではないか）。エリザベス朝人にとって「王位簒奪」は最も恐ろしいことであり、シェイクスピアは何度もそれを描いた。史劇のみならず、『ハムレット』、『リア王』、『マクベス』などの悲劇、そして『あらし』でも、簒奪は主要テーマである。しかも『あらし』では、十二年前に起こった弟アントーニオーによるプロスペローのミラノ公国追放、セバスチャンによる兄ナポリ王の殺害計画、キャリバンが他の二人と組んでプロスペローの命を狙う陰謀というように、三回も繰り返される。簒奪はシェイクスピアが生涯追求し続けたテーマだとわかる。

十六世紀が十七世紀に移る頃から、シェイクスピアは史劇と幾つかの喜劇の時期を終わって、悲劇を書き始めた。それも『ロミオとジュリエット』のような初期の運命悲劇ではなく、一人の主人公に焦点を絞って、内面的な苦悩を探求する性格悲劇である。『ハムレット』、『オセロ』と筆を進めたシェイクスピアは、『リア王』で我が子の不孝と親に先立つ死を扱って、悲劇の頂点を究めた。人間の暗黒面を描き尽くした後は、それをも超克する精神、許しや和解が学ばれねばならない。それこそがシェイクスピア晩年の作品群、ロマンス劇の共通テーマなのだ。中でも、『シンベリン』や『冬物語』では、和解は外からの事情で偶然にもたらされるのに対し、『あらし』では、エアリアルに促されて、プロスペローは自発的に敵を許す決心をする。それも、キャリバンやセバスチャンなど奸計を企てた相手が悔い改めたとは信じ難いのに、である。しかもその裁きは、地上のものというより、女神が関与する天上の裁きのような超自然の色合いを帯びている。

プロスペローにふさわしい人物像を引き続いて探る為に、今度はシェイクスピア個人の背景に迫りたい。シェイクスピアの父ジョンは、農業を営んだ後、手袋職人になった。ウィリアム・ハリソンによる当時のイングランド人の四つの階層制度、一．ジェントルマン（紳士階級）、二．都市自由民や議員、三．ヨーマン（自由保有農）、四．職人や労働者（Harrisson 118）の最下層からスタートしたのだ。ジョンは一五五七年に名家の家督相続人であるメアリー・アーデンと結婚して、ヨーマンになった。一五六四年、長男ウィリアム（シェイクスピア）誕生、ジョンはその信頼できる人柄と奉仕精神が幸いして、警吏や治安判事を経て、六八年には町長に選出され、第二階層に上がった。順調に出世街道を歩んだジョンは、一五七六年に第一階層、ジェントルマンへの身分証明書となる紋章の使用許可を申請した。ウィリアム少年が十二歳の時である。ところが、この頃から家計が傾き始め、ジョンは負債に追われて、町議会や教会にも欠席し続けるようになる。その裏には、複雑な宗教事情も絡んでいたと思われる。

父ジョンは敬虔なカトリック信徒で、母メアリーも古いカトリックの家柄だった。エリザベス一世の治世下では、プロテスタントが優遇されてカトリックは敵視された。カトリックであること、またはそう疑われるだけでも、財産没収や投獄の恐れすらあったのだ。多感なウィリアム少年が目にした、父親の出世と没落のドラマは、その劇作に多大な影響を与え、また深化もさせたに違いない。

一五八二年、シェイクスピアは十八歳の若さで八歳年上のアン・ハサウェイと結婚、翌年に長女スザンナ誕生、続いて八五年二月に男女の双子が産まれ、若干二十歳で三児の父となった。双子の受洗の記録を最後に、シェイクスピアは突然姿を消し、その後七年間が世に言う「失われた年月」で、その間の記録は一切残っていない。一五九三年、二九歳になったシェイクスピアは、詩人、劇作家兼役者としてロンドンに現れる。それまでの消息については、いろいろ取り沙汰されているが、憶測の域を出ない。役者になったのは確かで、それも最初は低い身分だったが、九四年に宮内大臣一座が結成された時には、幹部三人の内の一人になっていた。ライバル劇団の海軍大臣一座が、複数の作家に劇作を依頼したのに比して、宮内大臣一座では、シェイクスピアが優れた座付き作者として一人腕を揮えたのは、本人と劇団双方にとって幸運であった。おかげで、宮内大臣一座はもう一方を圧し、ロンドン最大の一流劇団に成長したからである。一五九六年夏、故郷に残した長男ハムネットが十一歳で死去、ハムネットは男女の双子の一人で、シェイクスピアにとっては唯一の息子だった。それから僅か二ヶ月後に、シェイクスピアは紋章を再申請する。高額の手数料が払えなかった父ジョンに代わって、出世した息子が約二十年後にその夢を叶えたのだ。と同時に、もともとジェントルマン階級出身であった母メアリーの面目も保ったのである。それはまた、ウィットに富んだやり取りで知られ、ジェントル・シェイクスピアと呼ばれて敬愛された側面とは別に、しっかりした実務家の一面も持ち合わせたシェイクスピアが、子孫の為を思ってとった行動でもあった。

彼が子孫の為にとったと思える今一つの行動が、不動産購入である。九七年春、シェイクスピアは故郷ストラトフォードで、グレイト・ハウスと呼ばれる大きな庭園付きの屋敷を購入した。二年後の九九年には、グローブ座が完成、シェイクスピアは新劇場の五人の株主の一人で、彼の戯曲は主にここで上演されることになった。彼が財を蓄えられたのは、劇団幹部として興行収入を得られたからであった。一六〇一年、父ジョンが亡くなり、父子の物語『ハムレット』はその前後に執筆された。一六〇二年、再び故郷で広大な土地を購入、三七歳のシェイクスピアの胸には、既に引退の二文字が去来していた。翌年、エリザベス女王逝去に伴って、ジェイムズ一世が即位、劇団は国王一座に昇格、続く三年間でシェイクスピアは残る四大悲劇を完成させた。一六〇七年、長女スザンナが医師ジョン・ホールと結婚、翌八年に孫娘エリザベスが生まれた。同年、母メアリーが死去。周囲の親しい人々が次々世を去っていく中、一六一一年四七歳の時にシェイクスピアは、断筆宣言に当たる『あらし』を執筆、一六一三年グローブ座炎上を機に、劇場の権利を手放してストラトフォードへ引退、一六一六年一月に遺言状を作成、四月に世を去った。

以上、シェイクスピアの作品背景と伝記的側面を取り上げたが、ここまで述べてきたことを俯瞰すれば、この劇の主役に必要な資質が、自ずと浮かび上がってくる。すなわち、魔法の島の住人らしく、超自然の力を有すること、意のままに厳格に召使いを操りながらも、人間の限界を悟り許す度量を持っていること、そしてシェイクスピア当人に代わって、聴衆に告別の辞を述べるにふさわしい人物——まさに『あらし』の主人公プロスペローのプロフィールにぴったり一致する。

『あらし』のテーマが簒奪、許し、和解にあることは先述した。もう一つのより重要なテーマが再生で、その為に登場するのが若いミランダとフェルディナンドである。プロスペローは魔法の嵐を呼び起こし、ナポリ王の息子フェルディナンドをこの島に上陸させて、ミランダとの出会いから結婚までを演出しようとする（この結婚によって、弟アントーニオーに奪われたミラノでの地位を奪還できるのみならず、ナポリでの権威も入手する可能性があった）。

十六世紀頃まで、イングランドの上流階級では、家父長権による結婚への介入や支配が一般的だった。土地所有が主な資産だったので、結婚によって長子のみに資産を受け継がせて、家系の存続繁栄を計ったのだ。息子のない父親のジレンマは想像に難くない。そのような時代相を映して、シェイクスピア劇では家父長による子供の結婚への介入、それに対する子供側の反抗の例が数多く見られる。『ロミオとジュリエット』では、十四歳になるかならぬのジュリエットが、ロミオと舞踏会で出会った夜のバルコニー・シーンで、相手に結婚を促し、親の秘密裡に結婚してしまう。『夏の夜の夢』でも、ハーミアは父親の勧める結婚に抵抗、ライサンダーと結ばれる。『オセロ』に至っては、ヴェニスの上流家庭の一人娘デズデモーナは、父親に背いて黒い肌のムーア人オセロと駆け落ち結婚して勘当される。このような場合、子供側には次第に広がり始めていたロマン主義の恋愛理念があり、親側には社会秩序を乱す盲目的恋愛への批判がある。シェイクスピアは喜劇では結婚、悲劇では死という結末で収拾することが多いが、両者の言い分のそれぞれに説得力を持たせて、聴衆の同情と共感を引き出す技量は見事と言えよう。

中立を旨とするシェイクスピアは、私生活を作品に投影させるタイプの作家ではない。それでもその年代記を今一度遡ってみれば、長男ハムネットの夭折が、作劇に影を落とした事実は否めない。息子に次ぐ父ジョンの死去、それと相前後して書かれた『ハムレット』では、その悲劇の題名からして、当時の英語の綴りではハムネットと同名異形である。夜明けの城郭で、父王の亡霊が「父を忘れるな」と繰り返す時、シェイクスピアは父ジョンと共に、ハムネットと自分との関係にも思いを馳せていただろう。この戯曲では、他にも父と子の復讐のテーマが幾重にも現れる。レアティーズ、劇中劇でのトロイの若者、フォーティンブラスといった具合に。『ハムレット』に次いで書かれた三つの悲劇のすべて、そして続く問題劇『アントニーとクレオパトラ』までもが、大切な人を失う主人公の哀切の情で溢れているのも、肯ける。

長男ハムネットを亡くして以来、シェイクスピアの期待は、二人の娘のいずれかが男の孫を産むことにあった。だが一六〇八年に長女スザンナが産んだのは、女の子だったし、次女ジューディスには子供が無かった。孫娘エリザベスも子を産まなかったので、結局シェイクスピアの直系の子孫は、十七世紀末までに途絶えてしまう。これらの事情を考え合わせると、シェイクスピア最終期に書かれたロマンス劇の大半が、父親と相続権を持つ一人娘との関係を扱っているのは、興味深い。

ロマンス劇の中で、『あらし』の直前に書かれた『冬物語』では、結婚への父王の介入を、ボヘミアの王子フロリゼルが勇敢にはね返し、密かに出奔までして恋を成就させる。それに比べ『あらし』では、母親がいないことと魔術の力によって、父親の娘への支配はより強大になっている。若者二人の恋は、プロスペローの魔術の元に生まれ、育ち、花開く。フェルディナンドが「あなたは完璧で、比べようもなく、この世の被造物の、良いところばかり集めて造られている」(三・一・四六―四八)と評するミランダは、素直そのものだ。島に集められた人々を目にして、ミランダは「人間ってなんて美しいんでしょう!あぁ、素晴らしい新しい世界、こういう人たちが住んでいるなんて!」(五・一・一八三―八四)と賛嘆の声を発する。そこには、ハムレットのルネサンスにおける人間讃歌「人間とはなんという傑作であろう!」のエコーが感じられる。だが、その讃歌が次第に呪詛に変わり、悲惨な死を迎えるハムレットとは異なり、ミランダには明るい未来が待っている。

フェルディナンドの描き方は、ミランダより更に象徴化されている。シッキングが「フェルディナンドの描写には光彩もなければ、生命も感じられない。彼は殆ど個性を欠いていると言えるだろう」(Schücking 246)と批判するのも無理はないかもしれない。しかし、フェルディナンドのシーンは多くないとはいえ、ミランダを一目見て恋に落ち、プロスペローが試練として課した丸太運びの重労働に黙々と耐え、晴れてプロスペローの祝福を勝ち取る姿を通して、その純粋さや誠実さはしっかり伝わってくる。いつも時代の要請に敏感だったシェイクスピアが、若い二人の人物像の造形に当たって、その頃の社会情勢を考慮に入れたのは確かである。一六〇三年、テューダー王朝の繁栄を支えたエリザベス一世が跡継ぎのないまま逝去、これを受けてスコットランド王ジェイムズ六世が、イングランド王ジェイムズ一世として招かれ、ステュアート王朝を開いた。国民の信望が厚く、民衆に交ざって芝居を楽しんだエリザベス一世とは違って、同じように芝居好きだったとはいえ、ジェイムズ一世の方は衒学的で王権神授説の信奉者だった。王の権力や家父長権の強化を望んだのだ。この国王には息子と娘がいた。ヘンリー皇太子とエリザベス王女である。

ステュアート王朝に変わり、閉塞的な兆しが現れ始めた時代にあって、人々はこの若い二人に将来の希望を託した。と言うのも、皇太子ヘンリーは幼少時から進取の精神に富み、統率力が期待できたからである。一方エリザベス王女も、美女の誉れ高く、人柄も魅力に富んでいた。あまたの求婚者の中で、ドイツのプファルツ選挙侯が勝利を得られたのは、ドイツにおけるプロテスタントの勢力を強めたいというジェイムズ一世の思いがあったからだ。当初から『あらし』は、この二人の婚礼を祝う為に書かれたのであり、一六一一年に二人の前で上演された記録が残っている。『あらし』の人物像やプロットには、こういった時代相が反映されているのだ。第四幕第一場にジューノーやセーレーズなどの女神が登場する華やかな仮面劇が挿入されているのも、祝典劇には仮面劇が必須とされた当時の慣習を受けたのだ。もう一つの理由として、ジェイムズ一世によって昇格した国王一座は、一六〇八年に黒僧座を入手、それまで青天井の公衆劇場だったのが、設備の整った屋内劇場になったおかげで、華麗な舞台効果を演出できたという事情があった。一連のロマンス劇の特徴として、スペクタクルの要素を生かした演出が多いのも、それ故である。

様々な後期の悲劇を書いたシェイクスピアは、一作ごとに人間不信や憎悪といった暗黒の世界を潜り抜けて、より明るく清澄な境涯に近づいてゆく。ロマンス劇では今やその軸足は、罪の裁きや復讐の過程を綿密に描くことよりも、忍耐、調和、和解といった悟りの境地に置かれているのだ。魔術師プロスペローは、全シェイクスピア中のどの登場人物よりも万能で、神に近い。そして劇作家シェイクスピア自身を投影している。そのプロスペローが、悪辣な弟アントーニオーやキャリバンの闇を自分の一部だと認めて、改悛しようとしない彼らまで許そうとする。プロスペローは魔法の杖を海中に沈め、人間界へ復帰、ナポリでミランダたちの婚礼に参列した後、領地ミラノへ引き揚げて余生を過ごす決心を語る。

超自然の万華鏡のような『あらし』には、シェイクスピアの他の作品とは一線を画する風格や神秘性が漂っている。第一・二折本の編纂者が、この劇に巻頭を飾る栄誉を与えたのも納得がいく。プロスペローは終幕間近に、観客に呼びかける。

そして、この空虚な幻の織物さながら、
雲を頂く塔も、壮麗な宮殿も、
いかめしい寺院も、大いなる地球そのものも、
いや、そこに住むありとあらゆるものが溶け去って、
今しがた消え失せたこの実体のない見世物同然、
あとには何一つ残らないのです。（四・一・一五一—五六）

シェイクスピアが人生を例えて残した名台詞は数多いが、これほど端的に、生の儚さを言い当てた台詞は、なかなか見当たらない。魔術を会得し、エアリアルやキャリバンを手懐《なず》け、自然界をも支配した超人プロスペローも、最期には術（art）を捨てて、自然（nature）に還ってゆくのだ。
プロスペローから解放されて、待望の自由を得る少し前に、エアリアルは歌う。

九輪草の花の中、
蜂と一緒に蜜を吸い、
梟の声が子守唄。
蝙蝠《こうもり》の背にまたがって
楽しく夏を追いかける。
楽しく楽しく過ごすのさ
枝もたわわの花のもと。（五・一・八八—九四）

この歌には、シェイクスピアが込めた、自由への希求と讃歌が感じ取れる。エアリアルは、その変幻自在性ゆえに、シェイクスピアの詩的想像力の象徴とも考えられている。プロスペローは言葉を継いで観客に告げる。「われら人間は、夢と同じ材料でつくられ、ささやかな生涯は、眠りでその輪を閉じるのです」（四・一・一五六―五八）。シェイクスピアの生涯は眠りと共に閉じられても、その想像力は、エアリアルの姿を借りて、今でも辺りを自由に飛翔しているかもしれない。

注

シェイクスピア作品の幕・場・行は Arden Shakespeare（フランク・カーモード編の第二シリーズ）に拠る。

引用参考文献

Arthos, John. *Shakespeare's Use of Dream & Vision*. London: Bowes & Bowes, 1977.

Greenblatt, Stephen. *Will in the World: How Shakespeare Became Shakespeare*. New York & London: Norton, 2004.

Harrison, William. *The Description of England*. Ed. George Edelen. New York: Cornell UP, 1968.

Hartwig, Joan. *Shakespeare's Tragicomic Vision*. Louisiana: Louisiana State UP, 1972.

Palmer, D.J. Ed. *Shakespeare: The Tempest*. London: Macmillan, 1968.

Schüking, Levin.L. *Character Problems in Shakespeare's Plays*. Glouchester: George G. Harrap, 1922

青山誠子『シェイクスピアいろいろ』開文社出版　二〇一三

川成洋他編『英米文学にみる仮想と現実』彩流社　二〇一四
高田康成他編『シェイクスピアへの架け橋』東京大学出版会　一九九八

Ⅱ　十九世紀

ロマンスの再構築
――ウォルター・スコットの『ラマムアの花嫁』――

滝口　智子

歴史小説の祖と呼ばれるウォルター・スコットが小説という新天地に乗り出したのは、詩人として大成功をおさめた後のことだった。スコットの時代には、ゴシック小説、風俗小説、感傷小説と様々な先行の小説ジャンルがあり、歴史書や旅行記の類も数多く出版されていた。そのような状況のなか、彼は同時代の人びとに向けてどのように過去の物語を描いていこうかと思いをめぐらせた。スコットは冒険や魔法といった超自然的要素を含む「騎士道ロマンス」を得意としていたが、その一方で、「小説《ノヴェル》」は人びとの日常生活に根差した出来事を描くものという認識を、当時の人びとと共有していた。そして彼のとった方法は、このふたつのジャンルを果敢に組みあわせてゆくことだった。スコット自身、自分の作品はジェイン・オースティンの小説に見られるような、日常を細やかに描く「写実主義」と、旧時代の「ロマンス」の伝統を融合したものだと述べている（Gottlieb 98）。彼はこの融合によって、過去に生きた人間とその風俗を生き生きと蘇らせようとした。[1]

スコットの小説の数々は当初匿名で出版され、一八一四年発表の第一作の題名にちなみ「ウェイヴァリー叢書」と総称されるようになった。ウェイヴァリー叢書はヨーロッパ中で大好評を博し、作者は「ウェイヴァリーの著者」、「正体不明の大作家」、さらにはロマンスを描く巧みな筆づかいから「北の魔法使い」と呼ばれた（松

井 十)。その叢書のなかのひとつが、一八一九年発表の悲劇『ラマムアの花嫁』(以下『花嫁』と記す)である。[2]

『花嫁』の語り手は、絵画を描くように伝承を語る、と読者に告げる。物語の大枠は主人公の探求の旅であり、妖精や先祖の霊、予言や迷信などの超自然的事象に満ちている。伝承、探求譚、超自然——これらは「ロマンス」の要素として緊密に構築されている。このうち超自然に関して、米本弘一氏は興味深い指摘を行っている。彼は、『花嫁』においては現実世界と超自然的な非合理世界とが並行的に描かれる、と述べる。そして「この二つの世界は……互いに密接な関係を保っている」ものの、「非合理的なものから成る世界は、決して直接には現実の世界に介入することはない」と指摘する。非合理的な世界は象徴的な意味をもち、「物語に奥行きを与えている」のだという(米本「非合理」七一)。[3] この論は多くの示唆に富む。しかし私は、『花嫁』はふたつの世界を並行的に描くというよりも、それらをひとつの世界に織り込んでいると考える。超自然的事象は「現実に介入しない」のではなく、そこに合理的な説明が加えられることで、むしろ現実世界に重ねられる。[4] それらは史実(主人公たちにとっての運命)を味方につけて読者を引き込んでゆく。そのとき運命に抵抗する主人公たちとの相克が生まれるが、やがて超自然は史実に変更を加え、現実世界を支配する。

ジェローム・マッギャンはスコットの小説を「ロマン派のポストモダン」と呼ぶ。未知のジャンルを開拓する彼の作品が、「読者を物語全体の仕掛けについて意識的に考えるように導く」からだ(McGann 119)。ではスコットは『花嫁』においてどのような仕掛けを施すことで、このように自己言及的な歴史ロマンスを創り出したのだろうか。それを明らかにするために、以下超自然の力に注目しつつ、『花嫁』における語りと伝承の形式、運命(史実・絵画・超自然)と写実の相克について考察し、最後にロマンスが再構築される仕組みを論じていきたい。

一　重層的な語りと伝承

『花嫁』の語りは重層的である。作者スコットによる小説に、ピーター・パティソンなる架空の人物が一人称の語り手として登場する。その語り手の物語に、さらにいくつかの伝承が挿入されるという構造だ。スコットはウェイヴァリー叢書『全集版』刊行の際に、『花嫁』に序文を追加した（一八三〇年）。それによるとパティソンの語る物語は、スコットが大叔母から聞いた実話であるという。出来事が起こった正確な日付もわかっている。従来のロマンスにも、語り手（歌い手）が伝承を語るという形式は見られた。スコットはそれを一歩進めて、その伝承が歴史的にも確証できるものと明言している。

スコットの説明によると、『花嫁』におけるアシュトン家当主夫妻のモデルは、法律家ジェイムズ・ダルリンプルとその妻マーガレットだ。ふたりの娘ジャネット（ヒロインのルーシーのモデル）は、ダルリンプル家と対立関係にあるラザフォード卿（エドガー・レイヴンズウッドのモデル）と恋に落ちて秘密の婚約をする。やがてその婚約は両親の知るところとなる。心理的、物理的な妨害をする母親に圧倒されて、ジャネットは愛の誓いを翻してしまう。[5] ラザフォード卿は彼女の置かれた状況を理解しないまま、激しい罵りの言葉を残して去っていく。別の人物に嫁ぐことを強制されたジャネットは静かに婚礼の日を迎える（一六六九年八月二四日）。しかしその晩新婚の部屋から恐ろしい叫び声が聞こえてくる。人びとが急ぎ駆けつけると、おびただしい血を流した花婿が倒れている。花嫁は炉辺の隅で下着姿のまま、返り血を浴びてうずくまっていた。自分が見られているのに気づくとにやりと笑い、「ほら花婿さんを連れていきな」（"Tak up your bonny bridegroom" スコットランド英語）と言ったという。正気を失った花嫁はその後ほどなく世を去り、花婿は怪我から生還するも、数年後に落馬事故で命を落とした。ラザフォード卿は外国に行ったまま戻ることなく、一六八五年に亡くなったとされる。

スコットは、この話は他にもいくつかの記録があると述べ、『花嫁』の史実性を強調する。なお、小説における年代設定は、「連合法」によりスコットランドとイングランドが合邦された一七〇七年前後に変更されている。史実よりもやや後の時代に設定することで、イングランド寄りの「理性的で合理的」な価値観（ホイッグ党）が、スコットランドの封建的な伝統とスチュアート王家支持（トーリー党）に対して優勢になってゆく時期に、後者代表のレイヴンズウッド家が前者代表のアシュトン家に滅ぼされる様子が浮かび上がる。

物語の史実性は、『花嫁』初版刊行の時から、第一章において暗示されていた。[6] 第一章によると、『花嫁』は物書きのパティソンが、友人の画家ディック・ティントのスケッチをもとにして、散文にまとめた物語という設定である。ティントはかつてラマムアの古城を訪ねた際に、地元の人から伝え聞いた城の歴史をスケッチやメモ書きにおさめていた。彼はパティソンと語り合うなかで、ロマンスにおいては出来事や場面を、眼前で起こっているかのように的確に描くことが大事であり、その点でロマンスと絵画は同じだと自説を述べる。彼にとってロマンスにおける言葉は、絵画における色であった。ティントの死後友を懐かしんだパティソンは、その遺作から彼の言う「絵画としての物語」をまとめようと思いたつ。こうして生まれたのが『花嫁』であった（第一章）。この設定があるため、読者は物語を読みながらたえずそれが史実であることを、そして物語と絵画との結びつきを、意識することになる。主人公たちは歴史画の人物のように、額縁に囲まれたキャンバスの中で役割をあたえられるのだ。この設定はまた、『花嫁』が歴史ロマンスを書くことについて自己言及した小説であることを告げている。

パティソンを語り手とする物語がいよいよ始まるのは、第二章からだ。物語は「史実」をほぼ忠実になぞってゆく。主人公のひとりは名門氏族の跡継ぎ、青年エドガーである。レイヴンズウッド家はスコットランドの歴史の表舞台で数々の功績を上げていた。しかし名誉革命で王位を追われたジェイムズ二世の側を支持していたため、その後の内乱で失脚する。エドガーは今も「若殿」と呼ばれているが、家は父の代で貴族の称号を失った。父亡き今、唯一財産として遺された断崖上の砦「狼が岩」（Wolf's Crag）で孤独に暮らす。一方新興勢力のアシュトン家当主は、弁護士としての才覚を生かし「国璽尚書《こくじしょうしょ》」の地位に上りつめた。物語はレイヴンズウッド家と、この家の城や領地を「法律」の名のもとに奪ったアシュトン家という、敵同士の家に生まれた若い男女の、『ロミオとジュリエット』を彷彿とさせる悲恋をめぐって進んでゆく。

ロマンスにおいては通常、主人公の探求の旅が描かれ、その過程で彼は様々な価値ある品、名誉、貴婦人の愛を獲得する。しかし『花嫁』において、私たちのロマンスへの期待は次々と裏切られる。エドガーは先祖の領地を取り戻すべく奔走するが、その企ては失敗する。フランスで従事した秘密のミッション（おそらくジャコバイト蜂起の初期の試み）も完結しない。さらには、本来なら敵の娘であるルーシーと婚約し、新しい社会を受け入れようという彼なりの模索も挫折してしまう。封建制の時代に活躍し、騎士道精神と武勲を重んじた名家が、社会体制の変化にともない没落し、名誉が回復されることもない。ロマンスを彩る「騎士」であるはずの主人公が、有意義な行動を起こせないまま滅びてゆく。そしてヒーローに救われるはずのヒロインは、むしろ彼によって滅ぼされてゆく。

パティソンの語る物語の中には、エドガーの先祖に関するふたつの伝説が挿入されている。ひとつは中世に生きた復讐鬼マリシウスの伝承である。マリシウスは十三世紀レイヴンズウッド家の当主だったが、当時の権力者によって城と土地を奪われ、復讐の機会をうかがっていた。ある晩給仕に扮装した彼は、部下とともに城への潜入に成功する。宴が始まると「この時を待っていたぞ」と叫び、古来より死の象徴とされる雄牛の頭部をテーブルの上に置いた。それを合図として城の現所有者たちが皆殺しにされたという。先祖マリシウスと同様にエドガーもまた、城を奪ったアシュトン家への恨みをもつ点で、伝説は現実世界と照応する。マリシウスの肖像画と、雄牛の頭部をかたどり「時節を待つ」との銘が刻まれたレイヴンズウッド家の紋章[7]は、今も城に残されている。それらは、城の現所有者であるアシュトン家の人びとが時折胸騒ぎをおぼえる原因となっている（第三章）。

伝説の不吉な含意が表面化するのは、ウィリアム・アシュトンが娘のルーシーとともにレイヴンズウッドの旧領地を散策する場面である。ふたりは突然野生の雄牛に襲われる。間一髪のところで彼らを救ったのは、そこに通りかかったエドガーであった。それが恋人たちの出会いとなる（第五章）。父娘が襲われるのは、死者マリシウスの呪いであろうか。雄牛は復讐の化身なのか。だが彼らは、ほかならぬマリシウスの子孫によって救われた。それは、復讐という旧時代の発想は現代の若者の心から消えて、彼の行動から家同士の不和も解消するのではないか、という希望を感じさせる。

もうひとつの伝承は、妖精の登場する物語である。レイヴンズウッドの旧領地には泉の祠《ほこら》の廃墟がある。伝説によると、かつて森で狩りをしていたレイヴンズウッド家の殿レイモンドが、この泉のほとりで美しい妖精と出会った。ふたりは恋に落ちるが、娘と会えるのは週に一度金曜日だけで、晩鐘の鐘が別れの合図だった。娘は男を罠にかける悪魔の遣いである、と神父から警告を受けたレイモンドは、彼女をだまして正体を暴こうとする。恋人から疑われたことを知った娘は、絶望の末に泉の中に飛び込むと、永遠に彼の前から姿を消してしまった。娘が沈んだあとには、血で真っ赤に染まった泡が立ち上ってきたという。娘を裏切ったことを悔やみ日々を送ったレイモンドは、その後フロッデンの戦い（一五一三年）で命を落とした（第五章）。

エドガーの先祖マリシウスとレイモンドの伝承は、死者の呪いや妖精という超自然的な非合理の要素を含む。しかしこれらの物語はうまく現実世界に馴染んでもいる。私たち読者はすでに、『花嫁』の中心をなす物語が史実に基づくことをスコットから、次にパティソンから聞いている。そのためパティソンの語りがさらに昔の物語を紹介するとき、「この伝承も同じく史実に基づいているのだろう」と類推する。[8]パティソンによる伝承研究のような注釈も、読者の信頼をつなぐことにひと役買っている。彼によると、泉の妖精の伝説は「古代の異教の神話が由来であろうとの推測もある」。また、「レイヴンズウッド卿の先祖の恋人だった身分の低い娘が、彼に嫉妬された末に殺された実話に基づく、という説もある」（第五章[9]）。妖精は実在の人間の娘であった可能性が伝えられるのだ。

この妖精はルーシーと重なりあう。雄牛に襲われて気を失ったルーシーを、エドガーは泉のほとりに運ぶ。それ以来彼らは何度もここでふたりの時を過ごす。

> 悲しい伝説の水の精《ニンフ》のように美しく、青ざめた彼女は、祠の廃墟に背をもたせ横たわっていた。華奢な肩にかかるマントから、意識を取り戻させようと殿が注いだ泉の滴がしたたり落ちている。（第五章）

「水の精のように」という直喩は、ストレートにルーシーの神秘性を伝える。私たちはルーシーについての史実を知っているため、恋人から不実と疑われることになる彼女と、恋人に悪魔の遣いと疑われた妖精とがいっそうぴったりと一致して見えてくる。

小説『花嫁』は史実を語ると称する。そのためそこに挿入された伝説も、史実であるという類推を呼ぶ。さらに、それらの伝承が登場人物の先祖や土地にちなむため、現実世界との歴史的なつながりが示唆される。これらの仕組みと、史実と伝説の照応があいまって、超自然の要素を含む伝説は、私たちの非現実に対する疑いをたくみに遠ざけ、現実世界に織り込まれてゆくのである。

二　運命への抵抗――史実、絵画、超自然

物語の登場人物は、読者の視点から見れば、史実という名の運命に囚われている。その運命は、パティソンの提示した絵画のイメージによって補強される。主人公たちはいわば額縁に囲まれたキャンバスの中に生きている。さらに妖精の伝説や予言などの超自然的要素も、史実を味方につけて彼らをますます取り込んでゆく。

運命は変えることができない。だからといって、語り手が物語を史実通りに淡々と語れば、登場人物は心をもたない操り人形のようになってしまうだろう。しかし実際スコットは、彼らを悩み、考える人間として描いている。そのとき主人公たちと、彼らを額縁の中に固定しようとする力との相克が浮かび上がる。その相克は、自らの手で未来を切り開こうともがく人間を描く「写実」と、過去の人間を描く「歴史」とのせめぎあい、と言ってもよいだろう。事実語り手のパティソンは「ロマンスは絵画的であるべき」とするティントの意見に、必ずしも全面的に賛成したわけではなかった。彼は友から見せられたスケッチが、どんな場面を描いているか言い当てられず、困惑することもあった。絵画だけでは描き切れない人間の内面があると感じていた。物語を書き始めるにあたっても、その思いは拭い去ることができなかった（第一章）。それは、『花嫁』の主人公たちが史実として絵画におさめられることに対して抵抗する布石となっていた。

絵画のイメージは「復讐」の運命を印象づける。エドガーの父の葬儀が、レイヴンズウッド家伝統の監督教会（Episcopal Church）の形式で執り行われていた際のことである。突然、国璽尚書であるウィリアム・アシュトンから派遣された役人が踏み込んで、長老派教会以外の葬儀は禁止であると言い渡す。エドガーと親類の男たちが一斉に剣を抜き、役人と対峙する一瞬は、「画家の絵筆で描くのにふさわしい」緊迫感あふれる場面であった、と語り手は述べる。厳かな弔いの儀を汚されたことに憤ったエドガーは、一同の前で新勢力への復讐を雄弁に誓

うのだった（第二章）。しかしその後、ウィリアムとの会話を通じて彼にも善意があるのを感じ、ルーシーへの思いが高まるにつれて、彼の心は変化し、憎しみも和らいでゆく。

肖像画のエピソードの場面に、その変化が描かれている。ルーシーの幼い弟ヘンリーは、はじめてエドガーと対面し、極端に怯えてしまう。エドガーが前述の先祖マリシウス・レイヴンズウッドの肖像画に生き写しだったからだ。ヘンリーは城の中でその肖像画を見かけ、復讐の伝説も聞き知っていたのである。少年はエドガーもまた、城に住む者を殺しに来たと思い込んでしまう。彼の直感のように、マリシウスと瓜二つのエドガーは先祖の生まれ変わりとして、復讐の運命を背負っているとも言える。しかし別の見方をすれば、エドガーはいわば絵画の額の中から抜けだして、今ここに生きている。それゆえ先祖と同じ道を通るとは限らない。ヘンリーの後から入ってきたルーシーの姿を見つめるエドガーの心の動きは、そうした希望を私たちに感じさせる。

> 繊細な額に金色の巻き毛がふわりとかかっている。重い乗馬服から解放されて、空色の絹のドレスをまとった姿は、軽やかな空気の精《シルフ》のようだ。優雅な身のこなしとほほ笑みを見ていると、心に立ち込めていた暗い想いが晴れていくのを感じ、ほかならぬ彼自身が驚いていた。…… ルーシー・アシュトンは、ひととき粗野な世界で住まうべく、地上に降りた天使のようだった。（第十八章）

ルーシーの柔和さがエドガーの暗い情熱／復讐心を鎮め、ふたりの運命は変えられるのではないかという期待が、読者の心にもひととき高まる。それは主人公たちが運命に抗おうとする瞬間でもある。エドガー・レイヴンズウッドは、復讐というタイトルのもとに描かれた絵画から抜けだし、新しい時代を生きようとしているように見えるのだ。

運命に相反するように、自由に感じ行動しはじめる主人公たち。そんな彼らを繰り返し史実に引き戻すのが、物語に散りばめられた超自然の要素だ。その例に「予言」がある。「アリス婆や」はレイヴンズウッドの領地に住む老婦人である。彼女はロマンスにおける予言者の役割を担い、他の登場人物に警告をあたえる。ウィリアムには熱き血をもつレイヴンズウッドに注意せよと忠告し、ルーシーとエドガーには、ふたりは一緒にいてはいけないと諭す（第四、十九章）。先を見通すかのような彼女の言葉に彼らは驚き、あるときは従い、あるときは抵抗しようとする。アリスは魔法の力をもつわけではない。土地に古くから住み、多くの出来事を見聞しているために智慧があり、物事の深層を見抜くことができるのだ。ここでも予言という超自然と見える事象が合理的に説明されているため、私たちはアリスに対して信頼をよせる。そして彼女の予言が、自分が知る恋人たちの運命と合致しているために、彼女と同じ目線で彼らを見るのである。

もうひとつの予言の例は、土地に古来より伝わるという「詩人《うたよみ》トマス」のものである。[10] ある日エドガーの忠実な老僕ケイレブが、自分の心に留めておいた不吉な予言を、主人のエドガーに打ち明ける。

レイヴンズウッド家最後の者が　死せる乙女を花嫁にせんと
レイヴンズウッドの城に赴けば
ケルピーの入り江に馬が立ち往生し
彼の名は永遠に失われるであろう

ケルピーの入り江は危険な流砂があることで知られ、時折人が命を落とす事故が起きていた。エドガーはこの予言を迷信だとして一笑に付すが、ケイレブの不安は消えない（第十八章）。トマスの予言は、エドガーの暗い未来を占っているのだろうか。だが史実によると、エドガーのモデルであるラザフォード卿は、外国に行ってそこで亡くなったはずである。ルーシーのモデルであったジャネットは花嫁になってまもなく死んだ。では「死せる乙女」とはルーシーのことだろうか。すでに死んだ乙女を「花嫁に」するとはどういうことだろうか。数々の疑問が、私たち読者の心に浮かぶ。しかし物語はこれまでに、信頼できる予言を何度も提示しているため、私たちはトマスの予言にも何らかの真実があると直感するのだ。読者は登場人物の未来を知っている。それゆえ物語を外側から眺めつつ、アリスやトマスら予言者と同じ立場に立つ。ロマンスの読者は史実を味方につけた超自然の存在と同一化し、そこに取り込まれてゆくのである。

「運命」に抗う恋人たち、彼らを史実に引き戻す超自然——このような相克がさらに明確に描かれるのは、ふたりが秘密の婚約を交わす第二〇章である。彼らは再び妖精の泉にいる。ルーシーは野の花が生い茂る祠の廃墟に腰をおろし、ここに伝わる妖精伝説を思い出しながら、「ロマンスの一場面のような場所ね」とつぶやく。[11]情熱にかられた恋人たちは、この場所で愛を誓う。そして誓いのしるしに半分に割った金片を交わす。だがふたりは今後のことを語りあううちに、激しい口論になる。エドガーは愛のために「高い代償を払った」と主張する。代償とは、アシュトン家への復讐とレイヴンズウッド家の名誉である。ルーシーは彼の言葉を「残酷」だと非難し、「それほどまでに家の名誉が大事ならば、愛の誓いは取り消してください」と応える。エドガーは一歩も引かず、こう言いつのる。

あなたの愛を得た代償のことを言ったのは、この愛が私にとってどんなに大切かを示すためなのだ。それを示すことで、ふたりの誓いを絶対的なものにしたい。私がこれほど高い代償を払ったのだから、もしもあなたが誓いを破るようなことがあれば、私がどんなに傷つくかを知ってほしいのです。

ルーシーは彼の威圧的な態度に対して、「私や父への当てつけなのですか」とさらに激しく言い返す。ここでルーシーが抵抗しているのは、エドガーの心にひそむ彼女への疑いである。騎士道ロマンスの世界では女性の愛が至高の報酬であり、騎士は万難を排してもそれを獲得しようとする。ところがエドガーにとってはそうではない。ルーシーが裏切る可能性に言及することで、彼はルーシーの愛の価値を下げている。穏やかなルーシーがエドガーに猛反発するこの場面は、不当な要求を行う男性に対する女性の抵抗である。そしてまた、疑われて死ぬという運命（史実）に対する登場人物の抵抗でもある。ルーシーの声には、やはり同じように疑われ、死んでいった泉の妖精の声が重なりあう。

やがて彼らが泉を立ち去る際に、決定的に不吉な出来事が起こる。ふたりの目の前で、大鴉（raven）が何者かによって撃ち落とされたのだ。死んだ大鴉は家の名との一致からみて、エドガー・レイヴンズウッド（Ravenswood）の行く末の暗喩であろう。そしてその血でルーシーの衣装が汚れるのは、やはり彼女が何らかの事件に巻き込まれることの予兆なのだろう。死んだ鳥の黒い影、金のかけら、赤い血に汚れた衣装。ロマンスを生きる恋人たちを描くキャンバスには不吉な色がひとつ、またひとつと塗り重ねられる。絵画から抜けだして運命に抵抗した登場人物たちも、やはりこうして史実に引き戻されてゆく。同時に私たち読者は気づきはじめる——史実を味方にして不吉な予兆を投げかけてきた超自然が、しだいにその史実を支配下におさめつつあることに。大鴉を射抜いた矢は、詩人トマスの予言がぼんやりと暗示していたエドガーの悲劇的最期を、今や明確に告げている。

FROM C. R. LESLIE, R.A.

妖精の泉にて　レイヴンズウッドとルーシー
“Ravenswood and Lucy at Mermaiden’s Well”
by Charles Robert Leslie

三　ロマンスの再構築

やがてエドガーは秘密のミッションのためフランスに渡る。これ以降、スコットが序文で語る史実をなぞって急速に筋が進行する。娘を金持ちと結婚させたいアシュトン夫人は、ルーシーを監禁状態にする。[12] エドガーからの手紙をルーシーに渡さず、燃やしてしまう。親の決めた相手との結婚を強要されるルーシーは心身ともに追い詰められ、徐々に正気を失ってゆく。結婚の前日、彼女が震える手で証書に署名を終えようとするその瞬間、急ぎ馬を駆ってきたエドガーが入ってくる。彼はやっと外国から戻ったのだ（第三二章）。

ルーシー、その母、エドガーが対峙するこの緊迫した場面は、第一章で画家ティントが語り手のパティソンに見せていた絵の再現である。パティソンはここで自分の語りに介入し、「結婚証書を見た」と証言して、物語の史実性を再び強調する。

私自身、実際にその致命的な証書を見た。最初の頁では、ルーシー・アシュトンの署名にそれほど乱れた筆跡は見られなかった。しかし最後の署名は不完全で、汚れていて、インクのしみが落ちていた。……というのもまさにそれを書いているときに、急ぎ駆けてくる馬の蹄の音を聞いたからだ。

部屋に入ってきたエドガーの姿はまるで、絵画ならぬ彫像のように描かれる。彼はルーシーが不実であったと思い込み、衝撃を受けている。

彼は死から蘇った亡霊のようだった。……深い悲しみと憤りの混じった表情を浮かべていた。暗黒色のマントは片方の肩から落ちて、片方に重い襞を作り垂れ下がっていた。馬を駆ってきたために乱れ、汚れた身なりで、脇には剣を、ベルトにはピストルをさしていた。入り口で脱ぐこともしなかった帽子は縁が下がり、彼の暗い容姿にいっそう濃い影を落としている。悲しみと長い病気のために幽霊のようにやつれた頬は、もともと厳しく野性味のある表情にさらに凄みをあたえていた。帽子の下からこぼれる、もつれて乱れた髪、じっと動かないその姿は、生きた人間というよりも、大理石の胸像のように見えた。(第二二章)

絵画や彫像のイメージは、史実／運命に囚われて身動きできない恋人たちの姿をひときわ印象づける。

一方ルーシーがその夜狂気の果てに、花婿を刺したのが発見されるときに発する言葉「花婿さんを連れに来たのかい」は、スコットが序文で紹介した実話の花嫁の言葉とほぼ同一である。ルーシーが『花嫁』で発するはじめての土地の言葉だ。彼女はほどなくして世を去る。運命に抵抗していたルーシーも、スコットランドの一地方の「史実」におさめられ、滅んでいったのだ。

しかしここから『花嫁』は急展開を迎える。これまで超自然的事象は、史実と歩調を合わせて主人公たちを囚われの身にしてきた。しかし物語が終盤に近づくにつれ、現実世界を乗っとりはじめる。そしてついには、彼らを史実から解放してゆくのである。

ルーシーが最期まで自分を愛していたことを知り、不実と疑ったことを深く後悔するエドガーは、彼女の葬儀にひそかに参列する。しかしそこでルーシーの兄に見つかり、決闘を申し込まれる。決闘前夜一睡もしなかったエドガーは、夜明けに判断力を失ったまま馬を走らせ、危険な道に入ってしまう。彼は流砂に呑まれて永遠に姿を消してしまった。これは、詩人トマスの予言が成就したことを意味する。予言通りエドガーは「レイヴンズウッド家最後の者」になった。彼の死とともに封建時代の名家は滅亡し、スコットランドの古い世界も消滅した。このようなエドガーの最期は、史実に変更を加えたものだ。

詩人トマスの予言には、「彼の名は永遠に失われるであろう」という文言もあった。これは何を意味するのだろうか。史実とは基本的に、歴史上の名前をもつ人物たちの物語である。しかし物語の主人公たちの名前は、最終的に失われてしまう。泉の伝説において、恋人のレイモンドに悪魔の遣いと疑われて死んだ娘の名前は、今日に伝わらない。だから彼女の物語はあくまでも「史実」ではなく「伝承」なのだ。娘と同じく恋人に疑われるルーシーの名も消えてゆく。彼女の結婚証書への署名は、最後に判読不明となっていた。決闘の前夜居城の「狼が岩」に戻り、「**彼女**がいつか一晩眠った部屋で過ごしたい」と言うエドガーに、「殿、彼女とはいったいどなたのことで？」と従僕のケイレブが怯えながら問いかける。すると彼は、大変な剣幕でこう叫ぶ。

「**彼女のことだ**、ルーシー・アシュトンだ！　いいかお前、その名を二度と俺に繰り返させるな！」
（第三五章、強調は原文のまま）

エドガーは悔悟の念に苛まれるあまり、ルーシーの名を口にするのも辛いのだろう。しかし彼はそのために彼女の名前を否定してしまう。

城に飾られていたエドガーの先祖マリシウスの肖像画は、アシュトン家ゆかりの肖像画に取って代わられた。彼の名もやがて人びとの記憶から遠く離れてしまう。そしてエドガーも、ルーシーが死んだときから名前を失っていた。ルーシーの葬儀に列席していた際、彼女の兄に「おまえはレイヴンズウッドの若殿だな」と問いただされ、何も答えられない。さらに「俺の妹を殺した奴だろう！」と詰め寄られると、震える乾いた声で「それこそが私の名前だ」と応えるのだった。彼にはもう名前がないのだ、殺人者という以外には。エドガーが流砂に消える瞬間は、ルーシーの兄によって目撃される。

彼はまるで空中に溶けてしまうかのように消え去った。……まるで亡霊のように。急いでその場所に到達すると、反対側からケイレブも駆けつけていたが、馬の痕跡も、乗り手の痕跡も、何ひとつ見つけることができなかった。……ただ乗り手の帽子から落ちた大きな黒い羽根飾りだけが、打ち寄せる波に運ばれてケイレブの足元に届いた。老執事はそれを手に取り、乾かして、胸にしまった。(第二五章)

語り手はもはやエドガーの名を語らない。黒い羽根飾りだけが「馬の乗り手」の遺したものだ。

名前を失った人びとは歴史から消えてゆく。彼らはどこへ行くのだろうか。現実世界のヒーローはヒロインを死に追いやったことで、皮肉なことに、もはや彼自身望んでいなかった敵の家への復讐を果たしたとも言える。同時に愛する人を失い自らも滅んでいった。しかし超自然の世界には、復讐と愛の両方をかなえる者がいる。遠い昔にレイモンドに裏切られた伝説の妖精だ。彼女が泉に消えたように、彼の子孫も流砂に消えた。伝承は反転した形で現実に再現された(過去に恋人に裏切られた娘が消え、現在に恋人を裏切った若者が消える)。パティソンの語りに「挿入」されていた妖精譚が、時空を超えて現実世界に介入しているのである。

このとき、「死せる乙女を花嫁に」するという、詩人トマスの不思議な予言の意味が浮かびあがる。物語のヒーローは先祖の身代わりとなり、泉に消えて死んだ娘を花嫁にするために、現実から非現実世界へと連れ去られたのかもしれない。語り手パティソンは、アシュトン夫人の名前と功績が大理石に刻まれたことを記して物語を終える。大理石の記念碑は、夫人が歴史に名を残したことの証だ。それは主人公たちが史実から痕跡を消したこととの対比を際立たせる。

『花嫁』の恋人たちは彼方の世界に旅立ってゆく。史実を語る物語が、超自然と妖精が支配するロマンスとして再構築されたのである。[13]

注

（1）スコットにおけるノヴェルとロマンスの融合や、歴史小説というジャンルについての考察は、樋口三一二一頁、松井一〇四―一一七頁、米本一三一―三二頁等を参照。
（2）『花嫁』は、スコットが筆名で書き始めた『宿屋の亭主の物語』第三集として出版されたが、ウェイヴァリーの著者の作品と見破る読者が多く、今日でも「ウェイヴァリー叢書」に含められる。松井一一一頁を参照。
（3）米本「運命の流砂」（一五四）も参照。
（4）『花嫁』における超自然の要素は合理的に説明可能であり、ゴシック的な要素に対して疑念を抱きがちな読者にとっても違和感のないように描かれているという指摘は、Brown 135を参照。
（5）誓いのしるしとして金片を半分にしたものを互いが身に着けるのは、指輪交換以前の習慣であったという（Scott, *Bride* 422）。そのしるしを、ジャネットは返してしまった。
（6）『花嫁』は全三十四章の構成。以下小説からの引用は第一章、第二章など章番号で本文中に示す。
（7）この銘をかかげるスコットランドの氏族も実際にいくつかあるという（Scott, *Bride* 385）。
（8）実は別の出典による伝承である。たとえばマリシウスの伝承は「黒い晩餐」と呼ばれる悪名高い事件に題材を採ったもので、事件は一四四〇年にエディンバラ城で起こったとされる。スコットも自ら編纂した『スコットランド・ボーダー地方の民謡集』全三巻（一八〇二年）において言及している（Scott, *Bride* 385）。
（9）このような注釈は伝承の研究者としてのスコットの一面を彷彿とさせる。スコットはスコットランド、なかでもボーダー地方の歴史と伝承に精通しており、前述の『民謡集』を上梓した。
（10）詩人《うたよみ》トマス（Thomas the Rhymer）は十三世紀に実在した人物で、スコットランドの歴史の出来事（多くは暗い事件）を多く予言したとされる。彼に関する伝承でよく知られているのは、妖精の国に連れ去られ、そこで予知能力を授かったというものだ。スコットは『民謡集』や他の著作で何度かトマスに言及し、彼が登場するロマンスも出版している（Scott, *Bride* 418-19）。

（11）ルーシーはロマンスの世界に憧れ、伝承を聞いたり空想したりするのを好む。シェイクスピアの『あらし』やエドマンド・スペンサー作『妖精の女王』がお気に入りである（第三章）。ロマンスの登場人物がロマンスに憧れるという自己言及は、スコットが物語を語ることについての物語を書くことの比喩でもあろう。

（12）アシュトン夫人と夫ウィリアムの関係にはマクベス夫妻への言及がある。なお、『花嫁』には『マクベス』の魔女を思わせる三人の老婆も登場する。ヒロインの狂気や花、エドガーの描写には『ハムレット』の言及もある。『花嫁』の各章は様々な文学作品からの引用を題辞として挙げており、なかでもシェイクスピアからの引用が多い。

（13）復讐する妖精、花嫁姿の妖精というモチーフは、『花嫁』に基づいて書かれたドニゼッティのオペラ『ランメルモールのルチア』（初演一八三五年）や、その「ルチア狂乱の場」にインスピレーションを受けたとされるロマンティック・バレエ作品『ジゼル』（アドルフ・アダン作曲、初演一八四一年）へとつながっている。『ジゼル』は身分差のある恋と男性の裏切りという点にも『花嫁』における妖精譚との類似がある。

引用・参考文献

Brown, David. *Walter Scott and the Historical Imagination*. London: Routledge & Kegan Paul, 1979.

Gottlieb, Evan. “Sir Walter and Plain Jane: Teaching Scott and Austen Together.” *Approaching to Teaching Scott’s Waverley Novels*. Eds. Evan Gottlieb and Ian Duncan. New York: The Modern Association of America, 2009.

McGann, Jerome. “Scott’s Romantic Postmodernity.” *Scotland and the Borders of Romanticism*. Eds. Leith Davis, Ian Duncan, and Janet Sorensen. Cambridge UP, 2011.

Scott, Sir Walter. *The Bride of Lammermoor*. World Classics. Edited with an Introduction by Fiona Robertson. Oxford UP,

1991.
樋口欣三『ウォルター・スコットの歴史小説――スコットランドの歴史・伝承・物語』英宝社　二〇〇六
松井優子『スコット――人と文学』勉誠出版　二〇〇七
米本弘一「スコットの非合理世界――『ラマムアの花嫁』における超自然的なるもの――」*Osaka Literary Review*, 17:71-82. 一九七八
――.「運命の流砂――『ラマムアの花嫁』」（第六章）『フィクションとしての歴史――ウォルター・スコットの語りの技法』英宝社　二〇〇七
ロックハート、J・G『ウォルター・スコット伝』佐藤猛郎、内田市五郎、佐藤豊、原田祐貨訳　彩流社　二〇〇一

シェリーのキリスト教批判

上野　和廣

P・B・シェリーはキリスト教に対して常に批判的であったため、数々の苦難に見舞われた。しかし、ひるむことなくキリスト教を批判し続けた。その具体的な批判内容を初期から順を追って見ていきながら、根底にあるシェリーの思想を探っていきたい。シェリーが最初にキリスト教に疑問を抱くようになったのは、一八一二年六月十一日付けのウィリアム・ゴドウィン宛ての手紙によると、古代ギリシャやローマの思想の勉強を始めた頃に、イングランドの粗野な田舎者でもキリスト教徒であれば永遠の命を授かるのに、ソクラテスやキケロのような優れた人物が異教徒であるために滅びてしまうことに疑問を持ったからだと書いている。また、シェリーは一八一〇年の十二月頃に初恋の人、ハリエット・グローブとの交際が終わる。その理由を、翌年の一八一一年一月三日付けのオックスフォード大学入学後友人となったT・J・ホッグへの手紙の中で、ハリエットが自分を理神論者として嫌ったためだと書いている。初恋の人をキリスト教のせいで失ったと考えたシェリーは、キリスト教に対して激しい憎しみを抱くようになり、復讐のためにキリスト教を地獄に葬り去ると手紙の中で誓っている。この失恋のショックは相当大きかったようで、ホッグへの手紙を書く前夜、ピストルと毒薬を用意して床に就いたが、自殺できなかったと告白している。シェリーは翌二月に、『無神論の必然性』という小冊子をホッグと共に出版する。匿名での出版であったが、キリスト教を信じられないシェリーは自分の疑問への明確な回答を求めて、全国の主教やオックスフォード大学の関係者に送っている。小冊子には次のような一節が公告に載せられている。

この小冊子の筆者は、ひたすら真理を知りたいという抑えがたい気持ちに駆られて書きました。読者にどうしてもお願いしたいことは、筆者の推論に少しでも不備な点を見つけたり、筆者に入手不可能な証拠をお持ちの方がおられたら、それらを反論と共に公にしていただきたい。その際、筆者が行ったように、簡潔に、秩序立てて、分かりやすく提供していただきたい。何分、証拠不十分ですので。一無神論者(M 2)

この正直ではあるが挑戦的な態度が仇となり、期待していた反論が示されることなく、大学当局に筆者が特定され、大学入学からわずか五カ月で放校処分となり、貴族の長男として約束された人生から大きく道を踏み外すことになる。

『無神論の必然性』は、その後のシェリーのキリスト教批判の出発点となるもので、信仰が大きな問題となっている。従来、神の存在を信じるか信じないかは心が能動的に判断する意思行為だと考えられてきた。そのため、信じないことを選択することは、一種の犯罪であると見なされた。これに対して、シェリーは、心は受動的なものであり、信仰は感情的なものなので、心への刺激がどれだけ強いかで、あるものの存在を納得して信じるかどうかが決まる。したがって、不信仰は心への刺激が弱いために起こるもので、犯罪とは無縁であると主張する。シェリーが考える心への最も強い刺激は、感覚への直接的な刺激である。もし神が目の前に現れたなら、視覚への直接的な刺激によって誰しもその存在を信じ、認めることになる。次に強い刺激は理性への刺激である。

理性が論理的に納得できれば信じることができる。ただ、理性は二者択一となった場合、理解しやすい方を信じる。例えば、宇宙は永遠に存在すると考えるか、宇宙は誰かによって創造されたと考えるか、どちらの方が理にかなっているかの選択を迫られたとき、宇宙は永遠に存在すると考える方が理解しやすいので、理性はそちらを選択すると主張する。心を納得させる三番目に強い刺激は証言である。証言は理性的で説得力がなければ信じられない。奇蹟を目撃したとか、神は理屈では捉えられないとか言う人の証言を理性はそのまま真実として受け取ることはできない。そのため、証言はよほど説得力がない限り、神の存在証明には不向きである。以上の点から、誰もが納得する神の存在証明を行うことは現実的に不可能ではないかと主張する。

この主張に対する反論が示されることなく大学を放校されたシェリーは、新しいハリエット、つまりハリエット・ウエストブルックと駆け落ちし、エディンバラで結婚する。翌年の一八一二年にはアイルランドへ渡り、『アイルランド人民に告ぐ』を出版し、いわゆるアイリッシュ・キャンペーンを行うが、ほとんど相手にされず、イギリスに戻ってくる。この間にもシェリーはキリスト教批判の書の計画を練った。一八一一年十一月には初期の大作、『クイーン・マブ』の構想を思いついており (*Letters* I 189)、同じ月の二十三日付けのエリザベス・ヒッチナー宛ての手紙で、「おそらく、人が理性を失う前は、幸福な人生を送っていた。専制政治も、聖職者の策謀も、戦争もなかった」と書き、さらに十二月十日付けのヒッチナーへの手紙では、理想の社会を描いた詩を書くつもりだと決意のほどを語っている。この後、一年以上かけて『クイーン・マブ』の制作を続け、一八一三年の五月に注を付けた詩を完成させ、親しい人々に配布している。この注の中で、シェリーは新たなキリスト教批判を展開している。

まず、第六歌一九八行目の「必然、汝はこの世の母」に付けた注の中で神について述べている (RN 308)。神という言葉は、元々宇宙で起こる様々な出来事について、その原因が分からないために用いた表現にすぎない。

ところが、比喩の使い方に問題があり、神という言葉に人格を与えてしまったために、地上の君主が王国を支配するのと同様に、神が宇宙を支配しているかのような誤解を生じさせた。そのため、神に話しかけるときは、臣民が国王に話しかけるのと同じ形式になったとシェリーは解釈し、人格を持つ神の存在を否定する。

さらに、第七歌十三行目の「神は存在しない」に付けた注の冒頭では（RN 309）、神の存在否定は創造神に限定し、宇宙に永遠に遍在する「スピリット」としての神の存在は認めている。その理由の説明において、『無神論の必然性』で使った論理をさらに発展させている（RN 310-11）。宇宙を創造できる存在を考えるより、宇宙は永遠に存在していると考えた方が理解しやすい説明として、創造力を持つ存在を想定すると、その存在を産み出す全知全能の存在が新たに必要になることを挙げる。全知全能の存在がどのように誕生したか曖昧である限り、その存在が創った創造神の存在は認めがたい。そのため宇宙は永遠に存在すると考える方が理解しやすいと主張する。また、『無神論の必然性』のときと同じく、信仰は意志の働きによらないことを強調し、心は受動的であり、無意識的に活動しているだけだとする（RN 311）。

第七歌一三五―三六行目の「私は息子を生むであろう、そして彼はこの世のすべての罪を担うであろう」に付けた注の中で（RN 319）、イエス・キリストは「神」とは程遠く、一人の人間にすぎない。イエスは、野蛮で下劣な迷信に基づく暴虐行為から同国人を救出しようとした「ピュア・ライフ」の人であり、そのような類の人が十字架にかけられることは今でもよくあることだと述べる。イエスは自分が信じる神のために犠牲者となったが、死後に神と混同され「神の子」とか「救世主」と呼ばれるようになった。本当は、命がけで世界を改革しようと空しいまでの努力をした人物にすぎないと、イエスを一人の人間として尊敬するものの、その神性は否定する。また、新約聖書の「テサロニケの信徒への手紙　二」の一章七―八節と思われる部分の要約として「神に従わない者や、神の子の福音を信じない者は罰せられ、永遠の破滅に導かれる」と書いた後、聖書では信じるか信じないかは我々の考え次第であるように見なしているが、信仰は無意識的な心の働きで、情熱のようなものであると、再び信仰に関する持論を展開する (RN 321)。

さらに、キリスト教が奇蹟や預言、殉教などに依存して成り立っていることをシェリーは問題にする (RN 321-22)。まず、奇蹟については、宇宙は神が定めた自然の法に則って動いており、その法を神自らが破ることを奇蹟と呼んでいることを問題にする。こんな違法なやり方で神が自らの存在を示すことは不自然であると見なす。さらに、本当に神によって自然の法が破られたのか、それとも誰かが嘘をついただけなのか、どちらがより妥当な解釈なのかと問いかける。多くの国の歴史を振り返ると、様々な理由から人を騙した例が数多く見つかることを指摘して、奇蹟は作り話であると見なした方が妥当だと主張する。また、別の観点からも奇蹟を否定する。超自然的な存在が本当に介在して起こった出来事なのか、それとも起こった出来事の原因が分からないために奇蹟に思えるだけなのか、どちらの可能性が高いかと問いかける。シェリーの解釈としては、自然に関する科学知識が乏しかった昔は、説明のつかない出来事が多かったため、神による奇蹟と思い込んでいただけのことである。無知が原因で神を作り出した例として、シェリーはメキシコのアステカ帝国がコルテス率いるスペイン人の大砲の音を聞いて神の使いと勘違いしたために、滅ぼされたことを挙げる (RN 322)。科学が進歩して原因を究明できるようになれば、不思議な出来事も自然の法則に則った出来事であることが分かり、奇蹟ではなくなる。

キリスト教を支えるもう一つのもの、預言については、特に神から未来の出来事を前もって教えてもらう予言に触れ、実際に神のお告げがあったとするより、ある出来事が起こった後に、その出来事が起こると神のお告げがあったとする書物を作ったと考える方が、理性的に納得しやすいと主張する。

『クイーン・マブ』では以上のようなキリスト教批判を展開しているが、こうした内容は当時の人々にとっては過激すぎると分かっていたシェリーは、出版にあたり名前や住所を伏せ、数十部だけ印刷し、信頼できる人にだけ配布した。しかしながら、一八一六年にハリエット・シェリーが自殺した後、彼女との間にできた二人の子供の養育権をめぐり、ハリエットの姉、イライザと裁判で争うことになったとき、『クイーン・マブ』の作者であることが法廷で明らかにされる。その結果、キリスト教を否定する無神論者に子供を育てる資格はないというイライザの訴えが認められ、シェリーは二人の実子の養育権を奪われることになる。初恋の人、ハリエット・グローブをキリスト教のせいで失ったシェリーは、再びキリスト教によって二人の子供も失うことになり、キリスト教に復讐するつもりでいたにもかかわらず、再び返り討ちにあうことになる。子供の養育権に関する裁判が起こされたのは一八一七年のことなので、『クイーン・マブ』を出版した一八一三年当時は、『無神論の必然性』出版のときに味わった苦い経験を、この危険な本を出版することで将来再び経験することになるとは思いもしなかったのであろう。そのため一八一三年から翌年にかけて、さらなるキリスト教批判を展開する『理神論への反論——ある対話』を執筆し、一八一四年に出版している。この作品も匿名で出版され、一部の知識人と呼べる人たちにだけ密かに配布された。作品の前書きで、執筆の意図は従来信じられてきたキリスト教を擁護するために、理神論を否定することにあると書いている。しかし、これは建前にすぎず、シェリーは一八一一年五月に女流詩人のジャネッタ・フィリップスに宛てた手紙の中で、「私はかつて熱狂的な理神論者でありましたが、キリスト教徒であったことはありません」と告白しており、理神論を否定しキリスト教を擁護するように見せ掛けて、むしろキリスト教を批判し、最終的には無神論に導いているようにも読める内容の作品に仕上げている。

『理神論への反論——ある対話』は、「敬虔な」とか「信心深い」を意味するユーシビーズと、「聡明で神のことをよく知っている」を意味するセオソファスとの対話形式になっている。この作品を書くまでの数年間シェリーは父親のティモシーとキリスト教について議論していた。一八一一年二月六日付けのティモシーに宛てた手紙の中で、「宗教に関するあなたのとても素晴らしい説明はとても私を楽しませてくれます。実に明確な定義付けがなされた正統派の説はめったに見られるものではありません」と、皮肉たっぷりに書いている。この手紙でも信仰の問題に触れており、十二人の人が、アフリカにはゾウだけを食べる三マイルの長さの蛇がいると宣誓供述書に書いたところで、自然の法から逸脱しているので、誰も信じない。イエス・キリストが福音を伝えるために選んだ十二使徒の証言も、合理的に納得できる説明がなければ信じられず、キリスト教の教義に従うことはできないと突っぱねる。また、理神論者も厳格に道徳を守った生き方をしており、非難されるいわれはないと弁護している。ティモシーは、『無神論の必然性』のせいでオックスフォード大学を息子が放校になった後も、跡取り息子なだけに何とか考え方を改めさせて、大学関係者に詫びを入れさせ、復学させようと尽力した(*Letters* I 372)。ティモシーだけでなく、大学を共に放校になったホッグの父親も息子を改心させようと策を講じた。二人はジョージ・スタンリー・フェイバーという名の英国国教会の教区牧師に、シェリーとホッグに会って改心させるように依頼している。しかしながら、この話し合いはうまくいかず、結局徒労に終わっている(White 126-27)。ティモシーは他にもシェリーと親しい人を通じてキリスト教に対する考え方を改めさせようとした。こうした人物とキリスト教について何回も議論した経験がもとになって、対話形式の作品『理神論への反論——ある対話』が書かれたものと思われる。

この作品の登場人物の一人、ユーシビーズは、キリスト教の熱心な信者であるが、父親のティモシーを彷彿とさせるものがある。それに対して、セオソファスはシェリー自身を彷彿とさせる。例えば、作品冒頭のユーシビーズの言葉は、シェリーが父親や教区牧師のフェイバーから何回も言われたことのように読める。

私は以前から君が不自然な考えに夢中になり、君の理解が曇らされてきたことを長い間残念に思い、気にしていたのだ。君が無謀にも懐疑論に傾倒し、私たちの先祖が築いた最も敬うべき制度を踏みにじり、最後には、罪深く不信心な世人のために神の独り子が自ら与えてくださった救いまで否定するのを目にして、とても不安に感じているのだ。人の理性の傲慢さはついにはこれほどまでになるのだろうか。自らを「全知」と比較し、「不可知」の意図を細かく調べようとするとは。

ユーシビーズの説明によると、キリスト教は数々の奇跡によって誕生し、その証言者たちは自らの証言の真実性を示すために、拷問や火炙りの刑、絞首刑にされることを恐れなかった。他人を欺きたいと思って彼らが行動したとは到底思えない。そんな殉教者たちが身を挺して神の正しさを証明してくれたおかげで広まったキリスト教の歴史自体が一つの偉大な奇跡なのである。さらに、あり得ると強く信じるしかない問題に、数学的な証明を求めることは、信仰の価値を否定することであり、そのような不信心者に対して教会がかける呪いを侮ってはならない。さらに、有神論者は、なぜアレクサンダー大王の歴史的記述よりもイエス・キリストの歴史的記述に不審を抱くのか分からない(M 97)、創造主が被造物にまさっているように、信仰は理性にまさっているので、信仰と理性が一致しない問題については、信仰ではなく理性が勧める考えを疑ってみるべきで、無為な哲学の短命な体系より、永遠に残る神の言葉に頼るべきであると主張する(M 99)。

これに対して、セオソファスは、疑うことを不道徳だと見なすユーシビーズの態度に抗議し、理にかなった考えかそれとも愚かな考えかの判断は、意志ではなく理解に基づいて行うべきであり、神は人間に理性を与えて他の動物と区別しているのに、その理性が導き出した答えを否定するような矛盾した言動は慎んでほしいと訴える(M 100)。さらに、聖書には唯一かつ永遠に存在する神が息子を生み、この世界を改革させ、人々の罪を償わせるために送り込んだことが、世界の創造からその出来事が起こるまでの間の無数の奇蹟や預言と共に書かれている。しかし、これはおかしな話である。神が宇宙を創造する際に、被造物の幸福を願い、神自身の似姿である人を創ったのであれば、悪が入り込むすべての可能性を取り除くように細心の注意を払うべきであった。それなのに、神はサタンを創り、人の手の届くところに一本の木を植え、その実を食べると死ぬと言って禁じた。そして、サタンに誘惑させ、命にかかわる戒めを人に破らせた。つまり、全知の神の予測通りに人が行動したために、人は永劫の苦しみの罰を受けることになったのである。こんな不合理な話はなく、論理的に矛盾しているとセオソファスは主張する(M 101)。

さらにセオソファスは、キリスト教の神は野蛮な宗教の神と同じように、執念深く、残忍で、気まぐれであり、人殺しを喜ぶ悪魔であると言って、全能なる神がモーセに、罪のない国民を侵略せよ、そして宗教の違いを理由にその国のすべての人間を殺し、すべての子供、無防備な男たちを冷酷に殺し、捕虜たちを虐殺し、婦人たちを殺害し、乙女たちは犯して妾にするために生かせと、命じたと非難する(M 102)。シェリーはこの部分に自ら注を付け、旧約聖書から下記のような箇所の引用を行い、神聖さを装うキリスト教の残虐非道な行為を弾劾する。

そして、彼らは、主がモーセに命じられたとおり、ミディアン人と戦い、男子を皆殺しにした。イスラエルの人々はミディアンの女と子供を捕虜にし、家畜や財産、富のすべてを奪い取り、彼らの町々、村落や宿営地に火をつけて、ことごとく焼き払った。そして、モーセと祭司エルアザルおよび共同体の指導者全員は、宿営の外に出て来て彼らを迎えた。そして、モーセは、戦いを終えて帰還した軍の指揮官たち、千人隊長、百人隊長に向かって怒り、彼らにこう言った。「女たちを皆、生かしておいたのか。ペオルの事件は、この女たちがバラムに唆され、イスラエルの人々を主に背かせて引き起こしたもので、そのために、主の共同体に災いがくだったではないか。直ちに、子供たちのうち、男の子は皆、殺せ。男と寝て男を知っている女も皆、殺せ。女のうち、まだ男と寝ず、男を知らない娘は、あなたたちのために生かしておくがよい。

我々はヘシュボンの王シホンにしたように、彼らを滅ぼし尽くし、町全体、男も女も子供も滅ぼし尽くした。

「申命記」三章六節

そして、彼らは、男も女も、若者も老人も、また牛、羊、ろばに至るまで町にあるものはことごとく剣にかけて滅ぼし尽くした。

「ヨシュア記」六章二一節

シオソファスは原罪についても言及している。人類の共通の父祖が神の命令に背いたために永遠の罰を受け、神の独り子が十字架にかかり罪を贖ったとする話に関して、「父親や祖父が行った犯罪のために、その息子や孫が刑罰を受けるべきという立法者を、どんな国家が認めるでしょうか」というキケロの『神々の本性について』からの一節を引用して、原罪という考え方は理性的におかしな法律制度にしか思えないと主張する(M 103)。

また、シオソファスはキリスト教の神が世界を改革しようと考えなかったことは明らかであるとし、「マタイによる福音書」十章三四節「私が来たのは、地上に平和をもたらすためだと思ってはならない。平和ではなく、剣をもたらすために来たのだ」という一節を引用し、これはイエス・キリストの予言の中で間違いなく実現されたもので、キリスト教がやってくる以前のヨーロッパは、無知で野蛮で、血みどろの戦争を繰り返していた所では決してなかったと言う(M 104)。キリスト教はユダヤ教に劣らず残虐で、不信心者を抹殺し、対立する宗派間で迫害を行い、信条が正統な基準から少しずれただけで何万人も闇夜の虐殺や公開の場での火炙りの刑に処した。イエス・キリスト自身が木の価値はその実によって決まると言っているが(「マタイによる福音書」七章十七節、十二章三三節)、平和の宗教の精神において、慈しみ深い神の栄光の名のもとに、数々の残虐行為がなされてきた事実を見れば、キリスト教の実態が明らかになると主張する。

信仰の問題は『理神論への反論──ある対話』においても語られている。信仰が功罪の判断基準になっているが、信仰の強さは、他のすべての感情と同じく、その高まりに応じて強くなるものである。感覚の高まりを調べる目盛のついた秤があれば、様々な命題の信憑性を正確にはかることができ、信仰の尺度になれる。また、逆に圧倒的な証拠を持つ意見であれば、それを信じないように努力しても無視できるものではない。信仰は意志による行為でも、精神によって制御できるものでもない。したがって、信仰は功徳とか犯罪とは明らかに無関係で、道徳に関する判断基準として信仰を用いることは、馬鹿げているだけでなく有害でもあると訴える(M 106)。

奇蹟や預言の問題もこの作品で語られている。奇蹟が本当の話か作り話かの判断基準は、経験上どちらの話があり得るかによるべきである。例えば、死者の魂が実際に出現したというのは信じられないが、出現した魂を見たと十二人の老女が次々と証言することは十分にあり得る。また、途方もなく巨大な神が大工の妻と不倫関係を持ったというより、どこかの厚かましい連中やいかれた者たちがお人よしの大衆をだましたと考えるほうが信用できる。預言についても、経験上あり得るのは、予言された出来事が起こる前に、本当にその予言がなされたという歴史的証拠が偽りであるということであり、未来に起こることを神が一人の人間に伝えたとするよりあり得る。セオソファスは聖書の中で唯一明確で詳細な予言として、イエス自身が目の前にいる人々の世代がいなくなる前に雲の中から現れて、超自然的荒廃の時代を締めくくると予言したことを挙げる(M 107)。シェリーはこの部分に注を付け、「マタイによる福音書」の二四章二九節から三四節を引用して具体的な箇所を示している。その上で、その預言から一八〇〇年が過ぎ、当時の人々が誰もいなくなった現在でも、予言された出来事が起こった様子がないことを指摘する。その上で、聖書の予言が誰でも理解できるように書かれていないことに疑問を投げかける。キリスト教が人類にとって本当に重要なら、人間の作った制度が浴びるような批判にさらされないように神は作ったはずで、多くの人類によって絶えず言いがかりをつけられたり、完全に無視されたりしないようにしたはずである。キリスト教の正当性を証明するために、悪魔を追い出したり、豚をおぼれさせたり、盲人を癒したり、死者を生き返らせたり、水をワインに変えたりする以上の証拠を示したはずである。全能者が本当に語ったのなら、全宇宙が納得したはずであり、神の意思を知ることがどんな科学より重要なら、神はそのことをもっと明晰に、かつ明瞭に語ったはずであるとセオソファスは主張する。

『理神論への反論――ある対話』では文献学的なアプローチもなされている。福音書に書かれた出来事が、その目撃者と言われる者が書いていないことを指摘する。「マタイによる福音書」は明らかにエルサレム占領の後、つまり、イエス・キリストの処刑から四〇年以上後に書かれたと考えられる。その根拠として、筆者のマタイが「正しい人アベルの血から、あなたたちが聖所と祭壇の間で殺したバラキアの子ゼカルヤの血に至るまで、地上に流された正しい人の血はすべて、あなたたちにふりかかってくる」(「マタイによる福音書」二三章三五節)とイエスに言わせている箇所を挙げ、バラキアの子ゼカルヤが熱心党の一派によって祭壇と神殿との間で暗殺されたのは、エルサレム包囲のときであったと、ヨセフスの『ユダヤ戦記』を引用して、シェリーは説明する(M 108)。

シェリーは『理神論への反論――ある対話』を書いた四年後の一八一七年に再びキリスト教について書いている。この作品は完成されたものとして生前に出版されたのではなく、死後に「キリスト教について」という題名のもとに断片がまとめられた作品である。そのため、編者の解釈により内容の順番が多少前後している。この作品では四つの福音書のことを、イエス・キリストの才能、美徳、苦悩、死について熱心に記録した並外れた物語と呼び、多くの弟子たちがイエスの物語を書いていることをキリスト教の特徴としている。優れた才能と美徳を持つ人物が自分を犠牲にして圧制や不正と戦い死んでいく話は、どの宗教や革命にも登場する殉教者や愛国者の物語であるが、イエスの物語はそのようなものと根本的に異なり、深い叡智と幅広い道徳性に満ちていると評価する。この作品でもイエスを完全に一人の人間、改革者として捉えており、四つの福音書は英雄的な人物の物語として卓越していると褒める。その上で、イエス自身の自筆の文章が記録として残っていないので、「彼の伝記作者、教養のない無分別な心の持ち主たちが、後世の人々に伝える不完全で曖昧な情報から判断せざるを得ない」(M 260) と、福音書の筆者たちを揶揄する。優秀でない伝記作家たちはイエスを「心が狭くて迷信深い人物、あるいは復讐心に燃え悪意に満ちた人物として表現している」(M 260) が、よく読むと「圧制や虚偽を嫌う人であり、また彼が公平な正義の擁護者であり、さらにどれほど表面的に正しい行為であっても、流血や虚偽を伴うものは一切認めない」(M 260) 人であり、「温和で威厳のある態度の持ち主で、危険の中にあっても平静で、自然で純朴な思想と習慣の持ち主で、彼の信奉者たちに崇拝されるほど愛され、冷静かつ重厚で、穏やかな人物」(M 260) であったことが読み取れる点では、福音書の筆者たちを評価している。

「キリスト教について」は、人間イエスが神をどのように捉えていたかが主題となっている。シェリーは「マタイによる福音書」五章八節の「心の清い人々は、幸いである、その人たちは神を見る」を引用し、この一節が心の清い人は死後に神に会うことができるとする解釈は間違っており、心清らかであること、つまり美徳を持つことはそれ自体が報いであるとイエスは説いていると解釈し、イエスの真意は次のようであると言う。

贅沢や放蕩に汚されていない人たちは皆、野や森に出かけ春の息吹を吸い込んでは、明るく元気を取り戻し、秋の香りや音色に触れては、孤独な心を慰める神々しく甘美な悲しみを味わう。詐欺師、隣人を破滅させる人、うそつき、おべっか使い、人殺しでない人たちは皆、人々の間を歩き、美しく尊厳のある人々と交わり、「普遍的な神」との交わりを持つことができる。確固たる自信を持ち続ける人、心に浮かぶ想像の産物を調べ評価しようとする人、己の神的な性質が考案し認める存在になろうとしたり憧れたりする人、この人たちは、すでに神を見ている。(M 251)

素朴で誠実な心を持ち、優しさと純粋さを身につけた人は、その人の周囲にある目に見えないエネルギーの恵み深い訪れに気づく。そのエネルギーとは、精神的そして物質的な世界に溢れるエネルギーをコントロールする「精神」であり、これが神であるとイエスは考えていたと、シェリーは解釈する。

さらに、イエス・キリストは復讐を否定していると主張する。悪を罰して善に報いるという教えは、狂信者たちに特に重要な神意と見なされているが、慈愛と忍耐と憐れみに満ち溢れたイエスは明確に否定していると言う。その根拠としてシェリーは「マタイによる福音書」五章四四―四五節の「わたしは言っておく。敵を愛し、自分を迫害する者のために祈りなさい。あなたがたの天の父の子となるためである。父は悪人にも善人にも太陽を昇らせ、正しいものにも正しくない者にも雨を降らせてくださるからである」を挙げる (M 253)。一般的には、苦しみを受けたら、苦しみを返す。暴力による苦痛は報復でしか癒せない。損害を受けたら十倍にして返す。こうすることで、社会の平和や秩序を乱そうとする者に対する警告になると考えられている。しかし、この復讐の論理が実践された古代ギリシャの歴史、特にアレクサンダー大王を取り上げ、悪を減らすどころか増やしただけであると、復讐の愚かさ虚しさを指摘し、イエスは復讐を非難していると主張する。

また、先ほどの「マタイによる福音書」の一節に基づき、地獄の存在も否定する。「肉体がいったん滅んだ後に、その肉体が終わりのない拷問に晒され生きることになる計画を立てた」(M 253) とは考えられない。「悪霊の帝国が、墓の領域を越えて延びることはない」(M 255)、「神は悪事や復讐をしないことで人間の模範となっているのに、その神が人間の死後にも苦悩を課すなどという明らかに矛盾した考えに、イエス・キリストほどの広い視野を持つ人が陥るとはとても信じられない」(M 259) とシェリーは主張する。イエスが考えているのは天国だけである。人が死ぬと、あらゆる善の炎の泉から光が放たれ、それまで見えなかったものが見えるようになり、善の調和が作り出される。苦しみや悪は消え去り、束縛も支配もなくなり慈悲深さが訪れる。「これが天国である」(M 256) と述べ、「人生はかすかな彩りの痕跡も残さず夜明け前に去ってゆく夢のようであり」(M 256)、死ぬことは人生という眠りから目覚めることだと考え、次のように語る。「イエス・キリストは言う。私たちが死んで、病気のけだるさから目覚めた時、楽園の栄光と幸福が私たちを取り囲む。あらゆる悪や苦しみは永遠に消滅し……私たちの幸福は、存在の本質、つまり私たちの存在の中で最も素晴らしいものの本質と符合するように修正される。私たちは神を見て、彼が善であることを理解する。それが本当にありえなくても、なんと楽しい光景か」(M 256)。

シェリーは「マタイによる福音書」五章十七—十八節の「わたしが来たのは律法や預言者を廃止するためだ、と思ってはならない。廃止するためではなく、完成するためである。すべてのことが実現し、天地が消えうせるまで、律法の文字から一点一画も消え去ることはない」(M 262) を引用し、この一節で改革者であるイエスが言おうとしていることは、長い年月の間に腐敗し改ざんされてしまった本来の律法や昔の預言者たちの教えを復活させることである。その改革を実現するためにイエスは山に登り、群衆に話しかけ、群衆が理解しやすいように彼らの先入観に取り入り、彼らの気持ちに共感を示し、説得に成功し、教えを広めることができたとシェリーは考える。このイエスの説教のやり方は、シェリーの詩に対する考え方と一致する。『詩の弁護』の中で「詩は常に人々が受け取れるあらゆる楽しさを表現している。詩は常に人生の光であり、悪の時代に美しく、寛容で、真実なるものの泉となっている」(RF 522) と書いており、シェリーはイエスの説教のやり方を手本として詩作に取り組んでおり、作品に込めた思いを読者がイエスの教えのように受け取ってくれることを期待していたと思われる。その意味で、イエスとはシェリーにとって理想の詩人像であったとも言える。そのため、シェリーのキリスト教批判とは、聖書を熟読して改革者イエスの本当の姿を探ろうとする中で生まれたものであり、キリスト教の長い歴史の中で歪められた本来のイエスの教えを蘇らせるためのものであったと言える。

注

聖書からの引用は、日本聖書協会の『新共同訳聖書』を用いた。

引用文献

Bieri, James. *Percy Bysshe Shelley: A Biography*. Baltimore: The Johns Hopkins UP, 2008.

Shelley, Percy Bysshe. *The Complete Poetical Works of Percy Bysshe Shelley*. 2 vols. Ed. Neville Rogers. Oxford: Clarendon Press, 1972. この本からの引用は RN と省略する。

———. *The Letters of Percy Bysshe Shelley*. 2 vols. Ed. Frederick L. Jones. Oxford: Clarendon Press, 1964. この本からの引用は *Letters* と省略する。

———. *The Prose Works of Percy Bysshe Shelley*. Ed. E.B.Murray. Oxford: Clarendon Press, 1993. この本からの引用は M と省略する。

———. *Shelley's Poetry and Prose*, 2nd ed. Eds. Donald H. Reiman and Neil Fraistat. New York: Norton, 2002. この本からの引用は RF と省略する。

White, Newman Ivey. *Shelley*. 2 vols. New York: Alfred A. Knopf, 1940.

『ランカシャーの魔女』
――魔女信仰への懐疑と空想――

田邉　久美子

ウィリアム・ハリソン・エインズワースは、一八四八年にイギリスの新聞『サンデー・タイムズ』に『ランカシャーの魔女』を連載した歴史小説家である。この連載は、一六一二年に魔法により周囲の住民に危害を加えたとして処刑された、ランカシャー地方のペンドル・ヒルに住んでいたとされる魔女と魔女裁判についての実話をもとにしており、翌年、一八四九年に『ランカシャーの魔女――ペンドル・フォレストのロマンス』という題で小説として出版され、彼の最大のヒット作となった。当時、ディケンズと並ぶほどの人気があったエインズワースは、一八四六年から一八四七年にかけてペンドル・ヒル周辺を取材し、この魔女裁判の書記であったトマス・ポッツ（Thomas Potts）が一六一三年に出版した『ランカスター州の魔女の驚くべき発見』と題した書物の公的記述をもとに執筆している。ペンドルの魔女については、今日に至るまで様々な作家によって数多くの小説が出版されるほど関心が寄せられており、『マクベス』の三人の魔女に関しては十七世紀当時ランカシャーに巡業に来たシェイクスピアがこの話をもとにしたという説もある。(1) また、ペンドルの魔女裁判が行われた一六一二年から四百年を経た二〇一二年には、ランカスターやペンドル・ヒルで、魔女たちを記念する様々な催しが行われた。

ペンドル・ヒルにて筆者撮影（2015年8月）

『ランカシャーの魔女』の主題をほのめかしたのは、エインズワースの旧友であり北西イングランドの歴史に関する好古趣味的書物を出版するチェサム協会会長のジェイムズ・クロスリーだった。一八四六年から一八四七年にかけて、エインズワースはペンドル・ヒルや魔法を行ったことにより訴えられたデムダイク家の住処マルキン・タワーなど、この話にまつわる主な場所のすべてをめぐり、『サンデー・タイムズ』に小説が連載された。この連載が完成した折に、エインズワースに千ポンド（現在では約千五百万円）が掲載料として支払われ、版権は彼に帰属した。このことからも、この連載がヴィクトリア朝の読者に好評であったことが伺える。その後、一八四九年に三巻本の小説として出版された。エインズワースはストーリーの大部分をポッツの記述をもとに執筆したが、ポッツはずるがしこい法律家として小説に登場している。

イギリス史上もっとも有名なこの魔女裁判で

告発された十二人の男女はランカシャーのペンドル・ヒルに住み、魔法を使って一〇人の人々を殺害したとされる（英語のwitchは女性だけではなく男性の場合もあるが、女性が多いため、「魔女」と訳す）。一六一二年八月十八日から十九日にかけてランカスター巡回裁判で審議が行われ、十一人が有罪の判決を下され死刑となった。この時ポッツはランカスター巡回裁判の書記で、判事のジェイムズ・アルサムとエドワード・ブロムリーによって議事録を書くよう命じられた。彼はロンドンのチャンセリー・レーンに居住し、一六〇五年に国会議事堂を爆破しようと試みたガイ・フォークスを逮捕してジェイムズ一世の命を救ったトマス・ナイヴェットの家で育った。フォークスはカトリックに改宗し、ジェイムズ一世殺害の準備を進め、地下に火薬を仕掛けて国王と議員の暗殺を謀ろうとしたのだが、この事件は宗教的な面でランカシャーの魔女裁判とも関連している。ポッツは『ランカスター州の魔女の驚くべき発見』の出版の数年後に裁判に関する記述をジェイムズ一世に気に入られ、一六一八年には副官を任命する権限まで与えられるという異例の出世を果たした。しかし、ポッツの魔女裁判の記録は、現在の裁判における記録のように、被告の発した一語一句を正確に伝えているわけではなかったので、ペンドルの魔女が本当に魔法を使ったのか、その信憑性は怪しいということが十分に窺える。この魔女裁判の七年前には、ジェイムズ一世とプロテスタントの貴族の命をねらった火薬陰謀事件が未然に食い止められた。これと関連するかのように、ペンドルの魔女たちがランカスター城を爆破する火薬陰謀事件を企てていたと申し立てられたが、それは治安判事たちの捏造であったようだ。それゆえに、ポッツが『ランカスター州の魔女の驚くべき発見』を、フォークスの陰謀を未然に防いだナイヴェットと彼の妻に捧げたことには意味があったと言える。

『ランカシャーの魔女』の題材となっているのは、ペンドルに住む八〇代の魔女、デムダイクとチャトックスを筆頭とする二つの家系の抗争と、それに巻き込まれる住民たちの話だ。小説の中心となる六人の魔女は、エリザベス・デムダイク、娘のエリザベス・ディヴァイス、孫のジェームズとアリゾン・ディヴァイス、そして、アン・チャトックス、娘のアン・レッドファーン、告発された他の魔女はアリス・ナターである。小説ではチャトックスの娘のアンの名前が、「アン」の別称である「ナンス」となっており、孫という設定になっている。また、アリゾンはナターの実の娘であることが判明し、アリゾンは魔女ではないという設定になっている。ペンドル周辺での魔法騒動は、生活の手段として魔女のふりをする必要があったことに起因している。デムダイク家とチャトックス家が自分たちこそが魔女であると競い合ったのは、周囲の住民に対して超自然的存在として畏怖の念を抱かせ、ヒーリング、物乞い、ゆすりを行って生きていかなくてはならなかったからだ。

『ランカシャーの魔女』第一巻は一五三六年にヘンリー八世の宗教改革に対してイングランド北部に起きた反乱である「恩寵の巡礼」という宗教的背景の描写から始まる。宗教改革後、プロテスタント（英国国教）の支配によりカトリック教徒が弾圧され、『ランカシャーの魔女』第一巻でもウォリー大修道院のパスリュー修道院長が処刑され、彼を落とし入れたデムダイクの子孫を呪うことがこの物語の発端となっている。実際、ペンドルの魔女であると判定され処刑された者の中には、カトリック教徒であったために魔女と告発された可能性もあるようだ。ランカシャーのペンドル・ヒルは、十六世紀末には無法地帯と考えられていた。つまり、盗みや暴力などがまかり通っていた一帯と言われ、庶民は教会の教義をろくに理解することなく敬意を払っていた。シトー派のウォリー大修道院は一五三七年にヘンリー八世により閉鎖されたが、地域の住民がこれに強く抵抗した。一五五三年にヘンリー八世と最初の妃キャサリンの子、メアリー一世がイングランド女王として即位し、イギリスをローマ教会に復帰させた。大修道院長が処刑されたにもかかわらず、ペンドル周辺の人々はローマ・カトリックの教えに忠実であったため、メアリー一世が王位につくとすぐにカトリックに戻ったのである。しかし、メアリーの在位は五年と短く、ヘンリー八世と第二王妃アン・ブリンの子でプロテスタントのエリザベス一世が一五五八年に王座に就くと、カトリックの司祭たちはまた身をひそめなければならなかったが、ペンドルのような人里離れた地域では、ひそかにミサを行っていた。そして、一五六二年に、エリザベスは「魔法禁止令」を制定し、魔法により殺人を犯した場合は死刑に処することを定めた。エリザベスが一六〇三年に亡くなると、スコットランド女王メアリー・スチュアートと夫ダーンリー卿の息子、ジェイムズ一世が即位した。翌年ハンプトン・コートに宗教会議を開いて国教会との結びつきを強化し、ピューリタンとカトリック双方の離反を招いたため、一六〇五年に火薬陰謀事件が起こった。ジェイムズがピューリタンとカトリックを嫌ったことはエインズワースの小説にも示されており、「ランカシャーにはピューリタニズムとローマ・カトリック信者が多く、真の宗教に反している」とジェイムズが嘆く場面があるが、真の宗教とは国教のことを指している。ジェイムズはプロテスタントの神学、特に魔法に関する神学に強い関心を持った。一五九〇年代初期に、彼はスコットランドの魔女たちに命を狙われていると確信するに至った。デンマークを訪問した後、一五九〇年に、ジェイムズはノース・ベリックの魔女たちの裁判に立ち会った。彼女らは魔法を使ってジェイムズと妻のアンを乗せた船がスコットランドに帰ってくる時に嵐を送ったかどで有罪判決が下された。一五九七年にジェイムズ一世は『悪魔学』という本を執筆し、魔法を行うものを起訴するよう指示した。そして、即位の一年後に、魔術により危害を加えたり、魔術の目的で死体を掘り起こしたりした場合、死刑に処するという法律を定めた。

一六一二年初めに、ランカシャーのすべての裁判官が、この地域一帯の国教忌避者（特にカトリック教徒）のリストを編纂するように命じられた。つまり、英国国教会に参加するのを拒むことは、当時、罪であったのだ。ペンドルの森の縁にあるリード・ホールの家主、ロジャー・ノーウェルがペンドルの裁判官だった。このように、非国教徒を探し出すという宗教的背景があり、一六一二年三月に、ノーウェルは行商人のジョン・ローが魔術により危害を加えられたことについて調査した。告発された者の多くは自分たちが魔女であると認めた。というのも、十六世紀、イングランドの田舎では、魔術を行って報酬をもらう村のヒーラーとしての魔女が男女問わず普通に存在し、村で生活することを許容されていたからだ。ノーウェルが調査を行った一六一二年三月に告発されたデムダイクは、この地域で四〇年間魔女として知られていた。発端は、デムダイクの孫娘アリゾンが行商人のジョン・ローにピンを求めたことに始まった。十七世紀に金属製のピンは手作りで比較的高価であったが、ヒーリング、占いなどに必要とされた。ローがそれを断ると、数分後にローは倒れたが、何とか近くの宿にたどり着いた。この事件はアリゾンが魔法を用いたことが原因であると考えられた。

アリゾン・ディヴァイス、その母エリザベス、弟ジェイムズは一六一二年三月にノーウェルの前に召喚された。アリゾンは自分が悪魔に魂を売ったことと、ジョン・ローが自分を泥棒呼ばわりした後、体を不自由にしてやると彼に言ったことを告白した。弟のジェイムズは、姉が近隣の子供に魔法をかけたことを告白した。エリザベスは、母のデムダイクが悪魔に血を吸われた跡が体にあることを認めた。アリゾンは、魔術で四人の男と彼女の父ジョン・ディヴァイスを殺害したかどでチャトックスを告発した。一六一二年四月二日に、デムダイク、チャトックス、チャトックスの娘アン・レッドファーンがノーウェルの前に召喚された。デムダイクとチャトックスは、そのころには盲目の八〇代だった。デムダイクは二〇年前に悪魔に魂を売り渡したと主張し、チャトックスは「キリスト教信者の男」に魂を売り渡したという。アン・レッドファーンは何も告白しなかったが、デムダイクは彼女が泥人形を作っているところを見たと言った。別の証人であるマーガレット・クルークは、彼女の兄がレッドファーンといざこざがあった後に病気になって死に、病気の原因がレッドファーンのしわざであると主張した。これらの証言や告白をもとに、ノーウェルはデムダイク、チャトックス、アン・レッドファーン、アリゾン・ディヴァイスを、魔術により危害を加えたことについて次の巡回裁判で審問するため、ランカスター留置場に引き渡した。エリザベス・ディヴァイスが一六一二年四月一〇日の聖金曜日にデムダイク家の住むマルキン・タワーで集会を行わなければ、この裁判は四人の女性だけで終わるはずだった。この集会について、ノーウェルと別の裁判官ニコラス・バニスターが一六一二年四月二七日に、集会の目的、参加者、行ったことについて取り調べた。その結果、エリザベス・ディヴァイス、ジェームズ・ディヴァイス、アリス・ナターら八人が魔法を使ったことで告発され、裁判が行われることになった。

アリゾン・ディヴァイスは自分に罪があると認めたが、他は皆、最後まで無実を主張した。エリザベス・ディヴァイスの末娘、ジェネット・ディヴァイスが起訴の重要な証人だった。彼女は当時九歳だったと言われているが、実際は一六〇〇年に洗礼を受けていたため、十一歳か十二歳だったと推定できる。このような年齢の証人は他の十七世紀の犯罪裁判では認められないことが多々あった。しかし、ジェイムズ一世は『悪魔学』において、魔女裁判の場合は通常の証言の規則を中止する場合があるとした。ジェネットは、マルキン・タワーの集会に参加した人物を特定するのみならず、彼女の母、兄、姉に対する証拠まで挙げたのだった。アリゾン・ディヴァイス、エリザベス・ディヴァイス、ジェイムズ・ディヴァイス、アン・チャトックス、アン・レッドファーン、アリスら九人が二日間の裁判で有罪とみなされ、一六一二年八月二〇日にランカスターのギャロウズ・ヒルで絞首刑になった。デムダイクは処刑される前に留置場で亡くなった。ポッツはデムダイクの容姿について、「この忌まわしい魔女は奇形の顔をしており、左目が右目より下にあったと記録しているが、これはエインズワースに影響を与え、『ランカシャーの魔女』にも同様の描写が見られる。重要証人である娘のジェネットが母についての証言を挙げると、エリザベスは叫んで娘を呪い、証言が聞かれる前に裁判官らに彼女を部屋から追い出すよう急き立てた。ジェネットは三、四年前から母が魔女だと思い、ボールという茶色の犬を連れ合いにしていたと述べた。息子のジェイムズ・ディヴァイスも母が泥人形を作っているところを見たと述べたため、エリザベスは有罪となった。ジェイムズも無罪を主張したが、以前ノーウェルにした告白や、妹のジェネットの証言により、有罪となった。当時、魔女はビールや食物を腐らせたり、犬や猫を連れ合いにしたり、殺したい人間の泥人形を作ってそれを壊すことで殺人を行ったと考えられていたので、これらの証言は魔女であるという信憑性を高めたのである。

アリス・ナターはヨーマン（自由所有権保有農）の妻で比較的裕福だったので、他の告発された魔女たちとは異なっていた。彼女は無罪を申告したが、デムダイクとエリザベス・ディヴァイスとともに殺人容疑で起訴された。ジェネット・ディヴァイスは、マルキン・タワーの集会にアリスが出席していたと陳述した。アリスは聖金曜日のカトリックのミサに内密に向かっていたところを、マルキン・タワーの集会に参加するよう呼び止められた可能性があるが、仲間のカトリック教徒が告発されるのを恐れて事実を述べることができなかったとする説がある。ナター家の多くはカトリック教徒で、イエズス会司祭のジョン・ナターが一五八四年に、そして、兄弟のロバートが一六〇〇年に処刑されていた。アリゾンはローが法廷に現れた時、涙を流して罪を告白したため有罪となった。奇しくも、ランカシャーの魔女裁判の二一年後、一六三四年に、家族が魔女であると証言したジェネット・ディヴァイスもまた魔女裁判にかけられ、二年後に留置場で死んだと言われている。重要証人は一〇歳の少年、エドマンド・ロビンソンだった。

十五世紀から十八世紀にかけて、イングランドの魔女裁判において処刑された魔女の数は五〇〇に満たなかったとされているので、このランカシャーの魔女裁判は全体の二パーセント以上を占めていることになる。ペンドルはウォリー教区の一部で、四七〇平方キロメートルもあり、英国国教会の教義を説くには広すぎた。このような広大な教会区が原因でカトリックが生き残り、また、一五三七年のウォリー大修道院の解体により道徳観念が希薄となったため、ランカシャーの魔女騒動が起こったのである。このように、ランカシャー周辺はカトリックの影響が強い地域である。エインズワース自身はカトリック教徒ではなかったが、カトリックをイングランドの過去の一部として理想化しているようである。『ランカシャーの魔女』を含むランカシャー小説と呼ばれる七つの小説を執筆しているところにも、この土地の宗教とは切り離せない伝統に対する愛着が感じられる。

魔女狩りは十八世紀に入ると終焉を迎える。さらに、ヴィクトリア朝においては科学や歴史学が発展し、ダーウィンの進化論の影響もあって宗教的観念が薄れてくる。キリスト教的な神の不在という観念が現れると同時に、神に反するとされる悪魔や魔女の存在も信じられなくなるのは当然の流れであった。しかし、魔女はファンタジーの世界、文学や芸術においてアーティストたちの創作意欲を掻き立てた。ロマン派の時代には、キーツやコールリッジの作品において魔女が登場し、ゴシック小説の流行とも関連している。『ランカシャーの魔女』が人気を誇ったのは、当時の人々が魔女や魔女裁判に関心を持っていたという証拠であり、それは飛躍的に科学的進歩を遂げた現代においても同じことが言える。十九世紀から二〇世紀にかけて児童文学の空想的要素は、ファンタジーというジャンルを作るまでになった。『ランカシャーの魔女』には fancy, fantastic といった空想を表す語がよく見られ、チャトックスの相棒である悪魔の手下の名も Fancy であるが、これはポッツの記録に基づいている。ヴィクトリア朝の文芸は、空想を強調することによって、理性の偏重に対する警告を発していたのだろう。

歴史的記述という観点から見ると、ポッツはジェイムズ一世に取り入るためにペンドルの魔女とされる者たちを悪魔の使いに仕立て上げたという点で、どこまでが真実であるかは謎の部分が多く、歴史というものが、宗教的・政治的立場によって作り上げられているということを示している。魔女が悪魔に魂を売ったりサバトの集会を行ったりするという概念は、元来イギリスにはなく、ヨーロッパ大陸に由来するものであるが、ジェイムズ一世は『悪魔学』においてこのような概念を提示し、魔女を悪魔と結びつけた。ポッツはこのような考えを裁判の記録に加え、彼の記述にならって、エインズワースもまた悪魔や魔女の集会であるサバトについて描写し、ヴィクトリア朝の読者の好みに合わせ、ゴシック小説の要素を作品に加えている。また、彼と交友関係のあったコールリッジやサウジーといったロマン派の詩人たちの影響もあり、多分にロマン主義的なセンチメンタリズムも見られ、ゴシック小説の要素を含み、登場人物の心理が描写されている。

『ランカシャーの魔女』では、実際に裁判にかけられたペンドルの魔女たちが登場するが、人物設定は事実と異なりエインズワースの創作による部分が多く見られる。ポッツの記録では、物乞いをして生活していた醜い魔女の娘アリゾン・ディヴァイスは、容姿だけでなく心も美しいヒロインとなり、実際の魔女裁判の証言と異なり、彼女は魔女ではないという設定になっている。物語の前半で、アリゾンは美しく着飾ったメイクイーンとして登場する。イングランドでは五月一日にメイポールが設置され、ダンサーたちが踊りながらそこにリボンを巻きつける風習があるが、これは豊穣を願う古代の異教的儀式であり、この日は魔女がサバトを行う日と重なる。また、マルキン・タワーでの集会は聖金曜日に行われたが、これも魔女のサバトが行われる時期と重なっている。

『ランカシャーの魔女』では、事実と異なり、ウォリーの私有地の後継者であるリチャード・アシュトンがアリゾンの恋人となっている。そして、アリゾンはデムダイクの実の孫ではなく、アリス・ナタ一の娘であることがわかり、引き取られるという設定である。小説ではナタ一は美しい魔女で、後に悪魔と縁を切って、キリスト教の信仰を守り、もう一人のヒロインとしてカトリックの殉教者のように小説の最後で火刑に処される。実際の裁判では、魔女たちは有罪判決を下された後、ランカスター城に拘禁され、デムダイクは牢獄で死に、その他の魔女たちは絞首刑になるが、『ランカシャーの魔女』ではデムダイクとチャトックスは裁判にかけられる前にペンドル・ヒルの頂上で行われたサバトの際に、ノーウェルやポッツらに追跡され、のろし火の炎の中で死ぬ。史実通りに描写するのではなく、ヨーロッパ大陸の魔女狩りで行われていたように、魔女を火あぶりにして不浄なものを浄化するという考えを取り入れることで、エインズワースは小説をドラマティックに仕立てている。

『ランカシャーの魔女』において、ポッツはずるがしこく醜い小顔の人物で、宿屋の女将ベスに鞭で打たれ、アリス・ナターの放つ猛犬にかまれて大けがをし、ジェイムズ・ディヴァイスに穴に引きずり込まれるというコミカルな悪役で、王に取り入るウィッチ・ハンターという十九世紀的視点で描写されている。魔女デムダイクとチャトックスが醜い老婆であることはポッツの記録と同じだが、リチャード・アシュトンが恋人アリゾンを無実だとして助けようとするロマンスもフィクションとして織り込まれている。ジェネット・ディヴァイスは、アリゾンの美しさや境遇をねたみ陥れようとする悪意に満ちた少女として描写され、自分が生き延びるために家族を落とし入れることもいとわない魔女で、アリゾンの恋人リチャードに魔法をかけて病死させる。エインズワースはポッツの記録を再創造（recreate）しているが、ディケンズが完全にフィクションとしての登場人物を確立したのとは対照的に、エインズワースは実在した人物をもとにして、超自然的要素、迷信を題材とし、物語を創作している。歴史的リアリティとともに、魔女や魔法という超自然的ファンタジーとロマンスの要素を加えたこの小説は、ヴィクトリア朝において人気を博すと同時に、現代のファンタジーや歴史ドラマの原型となったのではないだろうか。

トマス・カーライルは一八三三年から一八三四年にかけて発表した『衣装哲学』において、「魔術、そして、悪魔学、今や私たちはこれらを狂気、そして、神経の病気と再び名づけたのである」と述べている。十九世紀ヨーロッパにおいては、魔術及び魔女はキリスト教や悪魔と切り離され、病理学的に狂気や集団ヒステリーとみなされた。つまり、魔女たちは理性を中心とする思考とはかけ離れた異常な精神状態にあるということである。このように理性的な観点から魔女や魔術というものをとらえるようになった時代には、『ランカシャーの魔女』で魔女がほうきに乗って飛ぶ場面は純粋にファンタジーとしてとらえられ、知識人たちはランカシャーの魔女裁判があった十七世紀のようにそれをまともに信じることはなかっただろう。一八七六年にイギリスの新聞『ポリス・ニューズ』は魔女事件を取り上げた。ある老婆が少女を殺した魔女と思われ村人に殺されそうになるが、魔女は迷信に過ぎないという視点により助けられている。ヴィクトリア朝においては魔女について客観的な視点から研究されるようになるのである。エインズワースも、ヴィクトリア朝の知識人として常識的見解を登場人物に語らせている。十八世紀になると、啓蒙思想の普及により知識人たちは魔女を迷信として蔑視するようになるが、田舎の庶民の間では十九世紀においても魔女信仰が根付いていた。『ランカシャーの魔女』は、四つの方法でヴィクトリア朝の読者に広く読まれた。一、新聞での連載、二、安価な一巻本として、三、図書館での貸し出し、四、著者のエディションによる本を一巻につき一シリングで購入するという方法である。下の階級の読者層も入手できたため、実際に魔女を信じていた読者もいた可能性がある。エインズワースは、迷信を信じる庶民の集団的心理を利用するポッツを王に取り入るずるがしこい策略家として描写し、十七世紀の魔女狩りの犠牲になった貧しい老婆とその家族に対する憐れみを登場人物に語らせている。例えば、エインズワースの視点を反映していると思われる人物である、リチャードのいとこニコラス・アシュトンは、fancyという語を用いて、ポッツに次のように述べる。

「あなたは首尾よくやるでしょう、ポッツ先生」とニコラスは言った。「それでも根拠のない話を全部信じてはいけません。というのもこの辺の一般庶民は盲目的にばからしいほど迷信深く、どんなに些細なことだろうと、自分たちに起こる災難を魔法の仕業だと空想する（fancy）のですから。

（『ランカシャーの魔女』一三二頁）

リチャードは、デムダイクにとらわれたアリゾンを救出するため、嵐の中、マルキン・タワーにたどり着くと、その塔を「精神障害の空想」と思った。これは、魔女・魔法・空想が狂気や精神障害と関連していると考える十九世紀的視点を反映している。エインズワースはヴィクトリア朝の読者の好みに合わせ、ゴシック趣味的な雰囲気を醸し出す格好の材料として魔女や亡霊を登場させている。また、デムダイクは、ヘンリー六世の時代にマルキン・タワーの主ブラックバーンと、悪魔に魂を売った尼僧との間に生まれた娘であるというように、ゴシック小説の要素が見られる。エインズワースは歴史や考古学への関心からランカシャーの魔女という超自然的存在を描いた。しかし、ゴシック小説の影響を受けながらも、客観的な視点が根底にあることが伺える。

ペンドルの魔女は作家たちの空想の源となっている。魔女は空想やファンタジーと関連するが、ファンタジーは魔術師にとっては空虚な妄想ではなく、別の次元に存在するもう一つのリアリティで、魔術はもう一つの世界へと移行する技術、意識変容であり、魔術の儀式では演劇的要素が重要になる。ヴィクトリア朝において科学の進歩が進む中で、文芸の世界では空想（fancy）が重視されるようになった。『ランカシャーの魔女』には fancy という言葉が約九〇件見られるが、これには仮面劇や変装といった要素が関連している。この小説の時代設定となっている十七世紀はシェイクスピアやベン・ジョンソンの時代であり、実際、彼らの名前も小説で述べられ、ランカシャーを訪問したジェイムズ一世の晩餐会で仮面劇が行われるが、英文学に精通していたエインズワースは、ジョンソンの *The Masque of Queens* や *The Divill is an Asse* といった魔女に関する劇を知っていて作品に反映させたと思われる。シェイクスピアの劇において fancy は変装と関連し、『十二夜』、『お気に召すまま』、『ヴェニスの商人』、『ヴェローナの二紳士』といった演劇においては、ヒロインが男装することにより特別な力を行使して問題を解決する。仮面劇は変装を強調するが、変装は真実を隠すことにより人の目を欺き、現実を操作する力があるため、魔法とも関連している。演劇は別のリアリティに入り込むための媒体だが、『夏の夜の夢』や『お気に召すまま』では、森が異界や周縁として存在し、そこで妖精の魔法や変装が施され、登場人物は別のリアリティを体験し、演劇における fancy の要素を強調している。ペンドルの森も魔女が登場するにふさわしい異界であり、周縁となっている。ランカシャーにおける魔女裁判はエインズワースが取り上げた魔女裁判以降も行われたが、こういった魔女たちに対する十七世紀の劇作家の関心は風刺喜劇に見られ、一六三四年にトマス・ヘイウッドとリチャード・ブルームが *The Late Lancashire Witches* をロンドンのグローブ座で上演し、一六八一年にはトマス・シャドウェルが反カトリックのプロパガンダとして *The Lancashire-Witches, and Tegue O'Divilly, the Irish Priest* を発表している。

十五世紀から十七世紀にかけて、魔女は否定的で邪悪なものとみなされたが、十九世紀以降、反キリスト教的なイメージが薄れると、現代におけるような魅力的な魔女のイメージが現れる前段階を迎える。フランスのジュール・ミシュレは『魔女』（一八六二年）において、多くの魔女は若くて美しかったと述べている。『ランカシャーの魔女』では、チャトックスの孫として設定されているナンス・レッドファーンが仮面劇のための仮装をし、若く美しい魔女としてジェイムズ一世の前に登場する。『ランカシャーの魔女』の一八三〇年代と四〇年代の三巻本には、ジョージ・クルックシャンクの版画がつけられているが、ナンス・レッドファーンやこの小説では魔女ではないという設定になっているアリゾン・ディヴァイスは美しい乙女として描かれている。アリゾンは魔女とみなされ、母アリス・ナターの命を奪おうとする悪魔と戦って神に祈り、魔女裁判にかけられる前にリチャードの後を追って死ぬ悲劇のヒロインとなっている。

魔女信仰がほとんど消えかけたヴィクトリア朝において、魔女への関心は、文化的、芸術的な現象に見られるようになる。一八四七年に発表されたウィルヘルム・マインホルトのゴシック小説は、オスカー・ワイルドの母ジェイン・ワイルドの英訳で二年後に『魔女シドニア』として出版された。シドニアは実在したポメラニア貴族であり、一六二〇年に魔女裁判にかけられ、八〇歳で刑死したが、この書物の影響により、ラファエル前派の絵画において魔女やファム・ファタルとしての魔女的女性に対する関心が高まった。その影響は特にエドワード・バーン＝ジョーンズの作品に顕著で、彼は一八六〇年に「シドニア・フォン・ボルク」においてこの主題を描いている。翌年一八六一年には、「マーリンとニミュエ」において、湖の貴婦人ニミュエが魔法使いのマーリンを墓石の下に閉じ込めようとしている場面を描いた。のちに同じ主題を発展させ、一八七三年から翌年にかけて作成された「欺かれるマーリン」は、一八七七年にグローヴナー・ギャラリーで話題を呼んだ。この作品では、森の奥深くでニミュエの裏切りにあい、魔力を奪われたマーリンと、メドューサのように蛇を頭に巻き付けて魔法を使うニミュエが描かれている。一八六三年から六九年にかけて、バーン＝ジョーンズはギリシャ神話に登場する魔女キルケを描いた「キルケのワイン」を作成している。キルケは魔法の薬によって人間を動物に変えることができ、オデュッセウスがトロイからの帰途、彼女の住む島を訪れた時には、彼の部下たちを豚に変えた後で、オデュッセウスには魔法が効かなかったため、降参して彼の愛人となった。魔女の登場するおとぎ話を扱った作品としては、一八六三年に「シンデレラ」を作成し、翌年オールド・ウォーターカラー協会展に出品し、一八六〇年代から約三〇年にわたって「いばら姫」の連作に取り組んだ。

このようにヴィクトリア朝では、魔女は理性により否定されると同時に、文芸においては空想的で魅力的な存在として描写されるようになった。また、『ランカシャーの魔女』において、庶民の口を通してランカシャー方言がふんだんに述べられ、ペンドル・ヒルの景観や建物について好古趣味的知識が披露されている。これは、ヴィクトリア朝において好古趣味が流行し、エインズワースと関連があったチェサム協会の影響が大きいと思われる。好古趣味（antiquarian）はピクチャレスクの影響によるもので、歴史学が発展すると非難され、エインズワースの作品も歴史学的見地を尊重する批評家からは批判された。しかし、チェサム協会とともにランカシャーの文化や伝統を守り、宗教改革以前の祝祭を復活させたいという過去への郷愁や、『ランカシャーの魔女』を含む「ランカシャー小説」と呼ばれる七つの小説を執筆するほどのランカシャーに対する愛着が、彼の作品に見られる。また、作品において空想と史実を巧みに織り交ぜ、歴史を再創造するというエインズワースの手法は、現代のファンタジーや歴史的フィクションの原型として評価されるべきだろう。

※本論文は、二〇一五年十一月二十一日に同志社大学今出川キャンパスにて開催された日本ヴィクトリア朝文化研究学会第十五回大会における著者の研究発表「『ランカシャーの魔女』におけるペンドルの魔女裁判」の原稿を加筆修正したものである。

注

（1）Richard Wilson, "The pilot's thumb: *Macbeth* and the Jesuits", Robert Pool, ed. *The Lancashire Witches: Histories and Stories* (Manchester: Manchester University Press, 2002), 126-145.

引用文献

Ainsworth, William Harrison. *The Lancashire Witches: A Romance of Pendle Forest*. London: George Routledge & Co., 1854.
Carlyle, Thomas. *Sartor Resartus*. Oxford: OUP, 1987.

参考文献

Akinyemi, Rowena. *The Witches of Pendle*. Oxford: OUP, 2000.
Bennett, Walter. *The Pendle Witches*. Lancashire County Books, 1993.

Carver, Stephen. *The Life and Works of the Lancashire Novelist William Harrison Ainsworth, 1805–1882*. Lewiston: Edwin Mellen Press, 2003.

Clayton, John A. *The Lancashire Witch Conspiracy* (2nd ed.). Barrowford Press, 2007.

Davies, Peter. *The Trial of the Lancaster Witches*. London: Frederick Muller, 1971.

Ellis, S. M. *William Harrison Ainsworth and His Friends*. London: Garland Publishing, Inc. 1979 .

Ewen, Cecil L'Estrange. *Witchcraft and Demonism*. Kessinger, 2003.

Fields, Kenneth. *Lancashire Magic and Mystery: Secrets of the Red Rose County*. Sigma, 1998.

Froome, Joyce. *A History of the Pendle Witches and Their Magic: Wicked Enchantments*. Palatine Books, Gibson, 2010.

Gijswijt-Hofstra, Marijke, Brian P. Levack and Roy Porter. *Witchcraft and Magic in Europe: The Eighteenth and Nineteenth Centuries*. London: The Athlone Press, 1999.

Hasted, Rachel A. C. *The Pendle Witch Trial 1612*. Lancashire County Books, 1993.

Keighley, Jack. *Walks in Lancashire Witch Country*. Cicerone Press, 2004.

Kors, Alan Charles and Edward Peters. Eds. *Witchcraft in Europe: 400-1700*. Philadelphia: University of Pennsylvania Press, 2001.

Lumby, Jonathan.*The Lancashire Witch Craze: Jennet Preston and the Lancashire Witches, 1612*. Carnegie Pub. 1999.

Peel, Edgar and Pat Southern. *The Trial of the Lancashire Witches*. Newton Abbot: David & Charles, 1972.

Pool, Robert. Ed. *The Lancashire Witches: Histories and Stories*. Manchester: Manchester University Press, 2002.

Potts, Thomas. *The Wonderfull Discoverie of Witches in the Countie of Lancaster.* Lancaster: Carnegie Publishing, 2003.

Rosen, Barbara. Ed. *Witchcraft in England, 1558-1618*. MA: The University of Massachusetts Press, 1991.

Tanabe, Kumiko. *Gerald Manley Hopkins and His Poetics of Fancy*. Lady Stephenson Library. Newcastle upon Tyne: Cambidge Scholars Publishing, 2015.

Wildman, Stephen and John Christian. *Edward Burne-Jones: Victorian Artist-Dreamer.* The Metropolitan Museum of Art. New York, Harry N. Abrams, Inc., 1999.

Worth, George. *William Harrison Ainsworth.* New York: Twayne Publishers, Inc. 1972.
海野弘『魔女の世界史―女神信仰からアニメまで』朝日新書　二〇一四
鏡リュウジ『魔女と魔法学』説話社　二〇一五
川端康雄・加藤明子『バーン＝ジョーンズ』東京美術　二〇一二
西村佑子監修『魔女の秘密展』中日新聞社　二〇一五

ディキンスンの海のイメージの変遷
——永遠の世界へのつながり——

濵田　佐保子

ディキンスンは生涯、海を見ることはなかったというのが定説である。三回港町ボストンへ出かけているが、海を見たという記録は残していない。詩においても「私は海を見たことがなかった」（八〇〇番　私は荒野を見たことがなかった）（一八六四年）と述べている。また文才があるメイプル・ルーミス・トッド夫人に宛てた手紙には、「あなたが海を大切にしてくださることをうれしく思います。私たちの思いは同じですね。私は海と出会ったことはありませんが」（一四〇〇番）と綴っている。しかしディキンスンは詩において、しばしば海について言及し、多くの場合、それらは重要な役割を果たしている。一七七五編の詩の内、一一五編で、海（sea, seas）という単語を使っている。また、岸（shore）、潮（tide）、航行する（sail）、船乗り（sailor）、ボート（boat）、大洋（ocean）、難破する（wreck）、波（billow）、船（ship）、沈む（sink）、湾（bay）、岬（headland）、乗組員（crew）、港（harbor）など海に関連した言葉も多く見られる。見たことがないであろう海を描くことは視覚には頼らずに想像力を駆使して創作することであるため、彼女の海のイメージには豊かな感性を見ることになるであろう。

ディキンスンが最も関心があったことの一つは、初期の八九番（飛び去るいくつかのものがある）（一八五九年）で明言しているように、命あるものが、どのようにして不滅を獲得するのかであった。「永遠は現在から構成されている」（六九〇番　永遠は現在から構成されている）（一八六三年）と述べ、「この世で天国を見出せなかった者はあの世でも見つけられないでしょう」（一六〇九番　この世で天国を見つけられなかった者は）（一八八三年）と考えている彼女は、その謎を解き明かすヒントを現世に求めた。自然の様々なもの、事象に来世へのヒントを見出しているが、とりわけ空と共に広大に広がる空間である海にこの世を超えたものを感じていた。手紙では永遠を次のように海と結びつけている。「永遠がどのようなものであるか語ることはできません。海のように私の周りに押し寄せてきます」（一一一番）。多くの場合は、永遠は追い求めてもなかなか届かないものであったが、まれに魂が永遠と出会い、この手紙で語っているように、永遠に取り囲まれるという感覚を経験した。

語り手は海に死への絶望だけしか感じていない詩もあるが、この小論では、海のイメージをどのように使って、この世とあの世のつながりを見出そうとしているのかを検討することを目的とする。また海のとらえ方が、どのように変遷しているかについても調べる。

一　海の水平線の先へ

航行する船に語り手の人生をたとえて、船の行く先を想像するという設定を、特に初期の詩では繰り返し使っている。海が登場する最も初期の作品は一八五三年に創作された三番（この不思議な海を）の詩である。「この不思議な海を音もなく航行する（On this wondrous sea / Sailing silently,）おお！かじ取りよ！おお！」と、s音を三回重ねて、静けさ、澄み切った雰囲気で詩は始まる。この静けさと「不思議な」という表現から、この海は、あの世あるいは、あの世に近い位置にある海だと考えられる。船に乗っている語り手は「荒波のない、嵐が過ぎ去った岸を知っているのか」と、かじ取りに聞いている。ディキンスンは危険を冒すことを好み、そうしなければ目指すものは手に入らないと考えた。五六〇番（もし私たちの最高の瞬間が続いたら）（一八六三年）では、天国の代わりとなる最高の瞬間は危険を冒してわずかに得られるものであって、自然に天から降りてくるものではないと述べている。また「魂と不滅との明白な結びつきは、危険やとっさの災難によってもっともよく露出される」（九〇一番　魂の明白な結びつきは）（一八六三年）という考えも見られる。危険を超えたところに、天国があることを予感している。ディキンスンは一八五〇年、親友のアバイア・ルートに宛てた手紙の中で、「アバイア、岸の方が安全です。でも私は海と戦いたい。気持ちのよいこの湾から苦しんでいる難破する船を数え、つぶやく風の音を聞くことができます。でも、ああ私は危険を好むのです。あなたは自制と信念を学んでいます。イエス・キリストはあなたをさらに愛されるでしょう。私はキリストが私を少しも愛してくださらないのではないかと心配します！」（三九番）と綴っている。キリスト教を心の糧にするのではなく、自ら危険を冒して道を切り開いていくのだという決意をうかがうことができる。詩の後半は船が到着した静かな西の海を描いている。そこは安心できる場であることを、「多くの船は錨をしっかりとおろして停泊している」と表現し、永遠の地であることを明言して詩は終わっている。この世からあの世へ導いてくれたかじ取りについて、トリップは船に乗っている者はかじ取りが必要であり、かじ取りが来て、彼女を導いてくれるという確信が永遠を予感させていると説明している（Tripp 12）。サトウは、かじ取りをキリストと解釈している（Sato 184）。一八六四年の手紙では、神の助けが必要なことを船と海という設定で次のように綴っている。「私は恐ろしい危機の淵を航行していると感じています。ここから逃げ出すことができないし、私の小さな船は天からの助けを受けなければすぐにその場へと滑り落ちるでしょう」（一一一番）。

五年後の一八五八年に書かれた三三番（私の船は海へと下って行ったのかどうか）は、三番（この不思議な海を）とのいくつかの共通点が見られる。「私の船は海へと下って行ったのかどうか、嵐に出遭ったかどうか、魅力的な島に従順な帆を向けたかどうか」と、前半で語られていることは、死へそしてその先の永遠へ達するために経なければならない過程である。「魅惑的な島」は目指すあの世を暗示している。三番（この不思議な海を）と同様に、荒れる天候を経験してこそ船はあの世へと導かれるのだという考えが、この詩にも表現されている。船はあの世とどのようにつながっているのかは謎であり、「神秘のもやいにつながれている」。その全容を把握することができないために、海が持つ神秘性は永遠と結びつくものであった。

同年の一八五八年に創作された三連から構成されている六番（漂う！小舟が漂う！）では、小舟は海を漂っているが、夜になっても船を一番近くの町へ導いてくれるガイドはいないのかと不安で第一連を閉じている。一番近くの町は第三連との関連から天国へと通じる場であると考えられる。第二連と第三連は対照的に構成されている。

水夫たちが言う、きのう
ちょうど夕闇が茶色になった時
一艘の小さい船が争いをあきらめて
音を立ててどんどんと沈んでいった。

水夫たちが言う、きのう
ちょうど夜明けが赤くなった時、

一艘の小さな船が突風に疲れ果てて
マストを立て直し、帆を張り替えて
喜んで、勢いよく進んでいった！

死の世界へと入っていく第二連とあの世へと向かっている第三連は、並行の構造をとり、「水夫たち」と「天使たち」、「ちょうど夕闇が茶色になった時」と、「ちょうど夜明けが赤くなった時」、「どんどんと沈んでいった」と、「喜んで、勢いよく進んでいった」を対立させている。この世の観点と、天使の観点という対立する視点を太陽の動きを導入して巧みに提示している。この詩は二つの読み方が可能である。一つは、第二連と第三連の間に時間の経過を読み取り、船は死を経て再生したという考え方である。もう一つは、船は沈んでしまったままであるという説と、再生したのだという説の二つがあるという考えである。ステフェンスは、もし人間が天使のように見ることができれば、死は終わりではなく新しい始まりで来生へと続いているのだと、読み取っている（Steffens 45）。

三年後の一八六一年には、二二七番（二人の泳ぐ者が帆柱の上でもがいた）においても死と再生という二つの観点を対立的に描いている。難破の後に海へとほおりだされて、もがいていた二人は朝になると、一人は陸へと戻り命は助かった。もう一人は死んだけれども、まだ再生を期待するように両手を挙げていた。二つの正反対の運命は詩に緊張感を醸し出している。二人の運命は分裂した自己を示しているという説もある（Ward 42, Cody 213）。

このように一八六一年までの詩においては、語り手は、この世から海のかなた、見えない先へと思いをはせて、永遠の世界を想像している。ディキンスンが描いている海の光景も、あの世への想像力も現実からそれほど遊離したものではない。語り手は自らの運命は死で終わるのか、あるいはあの世へと再生できるのか、その二つの運命への恐怖と期待を海に反映させている。危険と安心、苦しみと喜び、死と生、常に相反するものを同時に認識するディキンスンの考えが明確に見られる。

二 愛の詩

一八六一年には、それまで見られなかった神との結婚への思いを表明している。一八五番（夜明けには私は妻になる）では真夜中には乙女に過ぎなかった語り手が夜明けには妻になると表明し、一九四番（神聖な称号は私のもの！）では、この世での結婚には皮肉な目を向け、天上での神との結婚を夢見ている。さらに二二五番（私は妻、私はあれを終えた）では苦痛だった少女時代は終わり、天上での妻の地位は安泰であると述べている。家父長制に縛られた封建的な世界に生き、自らの思いを発信することは周りとの摩擦を生み出す環境にディキンスンは耐えられず、自分の目指す世界をあの世に求めた。この思いは同年に書かれた次に論じる三篇の詩の海のイメージにも見られる。

二〇六番は「細い川は海に従う、私のカスピ海よ、あなたに」（細い川は海に従う）（一八六一年）というわずか二行の詩である。シャーが指摘するように、カスピ海へと流れる川の一つはギボンであり、旧約聖書の創世記第二章にエデンの川の一つとして言及されていることをディキンスンは知っていたであろう（Shurr 19）。小さな空間は大きな空間へと広がり、天上の愛へと吸収されようとしている。

二一九番（私の川はあなたへと流れていく）（一八六一年）では、川が海へ流れていくという二〇六番（細い川は海に従う）と同様の設定を使っているが、この詩では語り手の強い気持ちを訴えている。海に対して、「私を迎えてくれますか」、「優しく私を見てください」、「私を連れて行ってくれますか」と、受け容れられることを懇願している。四行目から六行目までは感嘆符で終わり、祈るような気持ちを表現している。しかし相手である海の返事は得られていない。川はすべてを差し出しているが、一方的な問いかけで終わっている。

二六九番（嵐の夜よ、嵐の夜よ！）は二一九番（私の川はあなたへと流れていく）と同様の趣旨であるが、より積極的な気持ち、セクシュアルな雰囲気が醸し出されている。セクシュアルな気持ちと天国とは、前年の一八六〇年の作品である一三四番（つりがね草はガードルを緩めましたか）と一八六一年に書かれた二〇五番（エデンよ、ゆっくりと来なさい）などでも結びついている。「嵐の夜よ、嵐の夜よ！あなたと共にいられるのなら、嵐の夜も快楽となるであろう！」と、愛する人への激しい気持ちで詩は始まる。ディキンスンは昼間を現実の世界、夜を想像の世界と考えている場合が多いが、この詩では、その考えが明白に出ている。ここでの荒れる波は危険、感情の高ぶり、性的な気持ちと多面性を含んでいる。中間部では、愛する人と共にいる状況を想定し、そこは天上の世界なので、この世で目的地へたどり着くために必要であった、風もコンパスも海図もいらないと歌う。そして最終連では、「エデンの園を漕いで行く、ああ海よ、今夜、錨をおろすことができたら、あなたに」と、「あなた」と一体となり、安心を得られることを願望している。

海を天上の恋人へつながる空間とみなして、あの世への思いをつないでいる。しかし、これらの三篇の詩いずれにおいても、ディキンスンの恋愛詩の多くがそうであるように、恋人からの反応はなく、語り手からの一方的な思いで終わっている。彼女の眼前には、冷たく荒涼とした海が広がっている。

三　海から空へ

一八六二年と一八六三年は、鳥や蝶が海へと消えていく光景に海と空のイメージを重ねている幾篇かの詩がある。二九七番（ここは日没が洗う土地）（一八六二年）は、日没の岸に波が打ち寄せる情景で詩は始まる。

ここは日没が洗う土地
ここは黄色い海の岸
波はどこで高まり
どこへと打ち寄せるのか
それは西の神秘！

毎晩
紫の船の往来は
オパール色の積み荷をまき散らす
商船は水平線の上で、釣り合いをとると
コウラウグイスのように少し浸って、姿を消す！

語り手は波の動きに、視界に入らないあの世へと思いをはせる。黄色には、生き生きとした生命を感じる。前半の日没から、後半は夜へと場面が移っている。紫は天国を示す色である。オパールは乳白色、褐色、黄色、緑、青など様々な色があるので、ディキンスンがどの色をイメージしていたか断定するのは難しいが、宝石の意味があることを考えると、美しく貴重な光景である。「水平線」は彼女が好んで用いた言葉であり、この世とあの世の境界線を示唆し、大きな空間の広がりを持つ。最後に登場したコウラウグイスの黄色は黄色い海と溶け合って自然に一つになっている。詩全体の色の巧みな使い方と空間の展開が、最後の鳥の飛翔による海と空の合一へと結実している。

三五九番（小鳥が道に降りてきた）（一八六二年）では、海と空を舞台とした鳥の飛翔が、より明確に天国へと読者を誘う。小鳥が道に降りてきたが、語り手に警戒して空へと戻って行った。その様子を詩の最後で次のように述べている。「小鳥は羽を広げて、家へと漕いで行った。縫い目もわからないほど銀色の海を分けるオールよりも静かに、あるいは、正午の堤から泳ぐ時に、水音も立てないで飛び立つ蝶よりも静かに」。小鳥の羽の動きを船のオールに例え、銀色に輝く海に航跡を残すことなく、進んで溶け込んでいく。次に土手から飛び立つ蝶に例えているが、ディキンスンは再生の象徴としてしばしば蛹から鮮やかな変身をとげる蝶を用いている。彼女は正午を永遠へと入る時間であり、この世にもあの世にも属する瞬間であると考えていた。静けさ、滑らかさを強調し、大気を海ととらえている。静けさはディキンスンの考える天国の特徴の一つである。ベネットはこの詩の空は天国、永遠だと明言し、このような瞬間にディキンスンは、天国を経験しているのに等しいと解説している（Bennet 105）。語り手は、鳥との断絶を感じているとも、「鳥へのねたみ」（Inada 124）を表現しているとも解釈できる。

蝶の飛翔も海と空をつないでいる。五一四番（三度私たちは別れた、呼吸と私は）（一八六三年）では、海は生から死そして再生への過程を表現している。第一連では、三度、語り手は呼吸と別れたが、呼吸は出ていくのを嫌がり、生気のない扇を動かそうと試み、水も留まろうとしたと述べ、語り手と水は共に生への執着を見せている。そして第二連は「三度大きな波が私をほおりあげ、そしてボールのように捕まえ、それから私を陰気な表情にさせると、船を押し出した」と述べ、波は激しい動きをして、語り手を死へと押しやった。第三連では、語り手は死に向かいながら、船の中に人間の顔を見たいと願い、生への執着を見せている。最終連の第四連は、話が急転する。「波は眠そうであったが、呼吸は眠らなかった、風は子供のようにおとなしくなり、日の出が私の蛹にキスをした、そして私は立ち上がって、そして生きた」。第三連までは、海と語り手は死と生の間を同じ方向へ進んでいたが、第四連の冒頭では海は死へ、語り手は再生へと違う方向へ向かった。そして続く場面では海は劇的な再生の舞台となっている。日の出と蛹から蝶への変身は語り手の再生を強く印象づけている。海は語り手の死、生、再生に大きくかかわっている。

同年に書かれた五七一番（二匹の蝶が正午に出かけた）（一八六三年）においても、蝶が飛翔していった空は海のイメージで描かれている。冒頭の部分では、「二匹の蝶が、正午に飛び立って、農場の上でワルツを踊った。それから、大空をまっすぐに横切ると、光の上で休んだ」と、この世からあの世へ接近する過程を描いている。光は無限に広がっていき、その行く先が見えないことから、あの世へとつながるイメージとしてディキンスンは表現している。十六年後には、「大空をまっすぐに横切ると」の部分を「円周を見つけた」と書き換えて、より明確にあの世をとらえている。光は無限に広がっていき、その行く先が見えないことから、あの世へつながるイメージとしてディキンスンはしばしば用いている。中間部では、「輝く海の上を超えて行ったが、どの港に着いたか、私は聞いていない」と、空は海になっている。フルカワは、「輝く海」は恍惚の永遠を暗示し、それは精神の世界である（Furukawa 17）と解釈している。島崎氏は「大空をまっすぐに横切って」飛んで行った蝶はエデンの世界へと連れて行かれた魂（六二）を象徴していると読んでいる。最後の場面では、鳥や船がエーテルの海で蝶と出会ったとしても、その知らせは語り手には届かないと、中間部の内容を繰り返している。エーテルは古来から天空の物質と考えられてきたこともあり、ディキンスンは天空を表現するのにしばしば用いている。二匹の蝶は天国へ行ったと推測されるが、この世に取り残された語り手には、その真実については何もわからない。

海と空が重なった空間へと飛翔する鳥や蝶を導入することにより、この世とあの世の境界ははっきりと認識できるものではなく、つながったものとしてとらえている。第一章では海のかなたという見えない空間にあの世をとらえていたが、第三章では空と海が融合した空間を想像し、より認識できるものとなっている。また、水平だけでなく、上下へとあの世への意識が広まり重層的に空間をとらえている。

四　宇宙への認識

一八六三年以降は、これまでの海の使い方には見られなかった、宇宙へのより強い認識が感じられる。一八六三年の次の詩では、壮大なスケールの海が展開している。

あたかも海が裂け
それがさらに遠くの海を見せ、
そしてそれがさらに遠くの海を見せる
その三つは単なる推量にすぎない

無数の海があり

それらの岸辺を訪れたことはなく
それらの海も実際の海の端
永遠とはそのようなもの　　　　　（七二〇）

前半では次々と新しい場面が開けて海は拡大していく。旧約聖書における、モーセの前に立ちはだかっている海に向かって手を差し伸べると、突然海が二つに割れて、道が現れ、その道をたどって対岸へたどり着くことができたという話が、「海が裂ける」という表現の下敷きになっていると考えられる。九年後の「もし私の船が沈んだら、それは別の海へと向かう。死の海底は不滅」（一二五〇番　もし私の船が沈んだら）（一八七二年）という四行詩におけるこの世の下にあの世があるというイメージと結びつく。海の上ではなく下に次の世界を見るという発想は、彼女のこれ以前に書かれた作品にはなかった。死へ向かうことがそのまま不滅へと向かうことであるという両者の密接な関係が、海のすぐ下は不滅の世界という描写に明確に表現されている。後半は、さらに無限の海を想像している。「海の時代」（Periods of Seas）というディキンスン独特の表現には深い意味が込められていて、空間と時間が合体している。「時代」（Periods）には周期という意味もあり、天体の回転、時がめぐってくるというイメージも含む。広大無辺の海を想像しても、永遠の世界のほんの一部を頭に描いているにすぎないと結論付けている。ユーハスは永遠へ達するには、一つではなく、一連の海を進まなければならない（Juhasz 137）と説明している。無限大に広がっていくディキンスンの想像力が展開されている。実態を把握したと思っても、そのことに満足することなく、見るたびに新たなイメージを引き出そうする創作態度、未知の世界への探求心がこの詩には、反映されている。

同じ年に製作された七四二番（私の後ろでは永遠が浸し）（一八六三年）は七二〇番（あたかも海が裂け）と

同様に、大きなスケールの作品であり、宇宙の天体の運行の中で自らの運命を考えている。第一連を引用する。

私の後ろでは永遠が浸し
私の前では不滅が浸す
私自身はそれらの間の一時期
死は東の灰色の漂流物にすぎず
夜明けへと溶けていく
西が始まる前に

冒頭から水のイメージが登場する。そして、七二〇番（あたかも海が裂け）の詩と同様に、空間と期間という二つの概念が合わさっている。死とは一時期の現象であり、やがて再生するのだという確信に満ちている。永遠と不滅をディキンスンはしばしば同じ意味で使っている。この詩では区別していないと考えることもできるし、永遠は時間を、不滅は魂が永遠に続くことを意味しているとも考えられる。ウルフは過去には永遠が、未来には不滅があると読んでいる（Wolff 292）。レイターも永遠を誕生に先立つ無限の時間、魂の不滅をキリストによって約束され、死の後に待っているものと解釈している（Leiter 59）。第二連では、永遠の世界を描いている。「その後は、神の国と人は言う、そこは中断のない完全な君主制、その皇太子は誰の息子でもない、彼自身が期間のない王朝、彼自身、彼自身が変身し二重の神となる」。「誰の息子でもない」とは、この世の人間ではないことを強調していて、「彼自身」を三度繰り返し、皇太子の権力を示している。「中断のない」「期間のない」と、第一連に引き続いて、時の概念を使っている。最終連の第三連では、「その時、私の前に奇蹟、その後にまた奇蹟、海には三日月、海の北は真夜中、海の南も真夜中、そして空には大渦巻」と、第一連との深い関係が見られる。第一連と同じく「前、後、間」という語を用いている。「奇蹟」は、その後に述べられているあり得ない自然現象を指している。そして第一連の「浸す」のイメージを引き継いで、海が登場し、空にあるべき三日月が海にあり、海にあるべき大渦巻が空にある。つまり混とんとした、非日常的な状況を示している。三日月は完全な状態でないこと、不安を示す。第一連では東と西という方向が示されていたが、ここでは北と南であり、詩全体で四方向に囲まれているイメージを取り入れている。二度も繰り返されている「真夜中」、そして「大渦巻」からは絶望しか見えない。

天上の世界への接近において重要な概念が円周であり、十七編の詩において円周という言葉を使っている。多様な意味を持たせて、使い方もさまざまであるが、一八六三年に創作された六三三番（私は道が見えなかった、天は縫い閉じられていた）では、「地球はその半球を裏返し、私は宇宙に触れた。すると私は後ろに滑り、ボールの上の小さな点になり、鐘のくぼみを越えて円周の上を歩いた」と、語り手は宇宙に入り、その秩序は乱され、そして追い出されたかのような経験を語っている。「ボールの上の小さな点」という円のイメージを重ねた表現からは不安定な状況で、宇宙をさまよって途方に暮れている語り手の姿が浮かぶ。「鐘」は宗教的なことを暗示している。円周という言葉で表現されているのは、宇宙全体の巨大なビジョン（Ward 60）である。この作品以前に二編の詩、二八三番（私はあまりにも喜び過ぎていたとわかっている）（一八六二年）と六一〇番（繭から一匹の蝶が出る）（一八六二年）で円周という言葉を使っているが、このような壮大なスケールの使い方はしていない。

海のイメージを重ねて、円周を宇宙と関連させて使っている詩が二編ある。八五三番（彼女は羽を翔け、弧に達した）（一八六四年）では鳥が飛んで行った天上の世界を海のイメージで表現している。前半は次のように歌っている。「彼女は、羽を翔け、弧に達した。論争し、再び舞い上がった。今度は羨望、つまり、人の評価を超えて」。「羽をかけた」(staked Her Feathers)という表現は危険を冒して飛び立ったという意味を込めている。天国へ到達する第一段階として弧に達していて、弧は後半の円周へとつながっていく。オルニーは「弧……は、円周全体の小さな部分のようである」(Olney 111)と読み、カーは「円周の曲線」(Kher 125)と解釈している。「評価」はディキンスンが好んで使った言葉であり、彼女にとって評価は固定したものではなく、新しい見解、感受性を得るごとに変化していくものであった。この詩では人間の価値観から脱却したことを表明している。鳥は空へと飛び立って行ったが、後半では海のイメージを使って、「そして今、円周の間にその安定した船が見える。波の間で、くつろいで、彼女が生まれた枝のように」と述べている。鳥は目指した空間へ到達し、安全で心地よい状態を満喫している。円周は「鳥が飛んで行った距離」(Miller 139)、「魂が到達可能な理想的な状態」(島崎六四)、「地球の外の限界で、生と死の同時の経験、すなわち、死における生」を経験できる場(Kher 124)などと、様々に解釈されているが、宇宙の中で安らげる場を獲得している。

一二九七番(ただ一枚のクローバーの葉が)(一八七三年)においても、円周は波で表現されている。しかし、その使い方は正反対で、八五三番(彼女は羽を翔け、弧に達した)では安定した安らげる円周であったが、一二九七番(ただ一枚のクローバーの葉が)では円周は蜜蜂を疎外している。「たった一枚のクローバーの板が、蜜蜂を、私が個人的に知っている蜜蜂を空に沈むことから救った唯一のものでした」と、第一連では「板」という言葉からクローバーは船を表し、「沈む」という語と共に海のイメージを取り入れている。第二連でも「円周の大波」という言葉を用いて、空を海で表現している。「上の大空と下の大空の間で円周の大波が蜜蜂を押し流そうとしていました」。そして蜜蜂は見えなくなってしまった。「この悲惨な出来事」と表現していることから、蜜蜂は天国へ近づいたが、そこからまた引き離されて宇宙をさまよっていると考えられる。

一一九九番（穏やかな海が家の周りに打ち寄せた）（一八七一年）は、小さな空間が宇宙的な規模へと拡大している。「穏やかな海が家の周りに打ち寄せた。夏の大気の海」と、語り手は幸福に包まれた情景で詩は始まっている。そこを進む船を「魔法の板」と述べ、あの世をほのめかしている。その船の船長は再生の象徴である「蝶」、そしてかじ取りは「蜂」である。「全宇宙が喜んでいる乗組員のためだ」と、ディキンスンの想像力は船という小さな空間に広大な空間を見ている。蜂は詩人としてのディキンスン自身を暗示し、詩人が持つ技を示している。

一八七九年の一四八六番（まだ生きたことのない人々である）において、ディキンスンがたどり着いたあの世の概念はこの世の海の延長線上に意識する空間であった。

まだ生きたことのない人々である
再び生きることを疑う人々は
「再び」は二度ということ
しかしこの場合は一度だ
はね橋の下の船は
座礁するのだろうか？
死は海のハイフォン
来たるべき円盤の
計画は深い
衣装をまとわない意識

それが彼

原稿には鉛筆でイースターと記されていることから、再生についての詩であることは確かである。不滅を信じなければ、本当の意味で生きているとは言えない。この世とあの世の生を分けて考えるのではなく、一つのものと考えている。「座礁する」とは身動きがとれない静の状況、つまり死を意味し、たとえ一時的に死に陥っても、永遠に死が続くわけではないと暗に述べている。なぜなら二つの世界をつなぐものの象徴としてはね橋が使われている。ハイフォンは、つなぐものであり、死は次の世界へと連続している。「円盤」は、あの世に属する言葉として使われている。「衣装をまとわない意識」をグプタは「創造的想像力」（Gupta 160）、シャーウッドは「永遠」（Sherwood 164）と解釈している。意識についてディキンスンは多くを語っている。それは自己の中に潜むもので、自分でもなかなかその実態をつかむことができないもの、神とつながっているものと考えている。「衣装をまとわない」、つまり裸の意識は心の奥底に潜む本来の意識と考えられる。そのような意識において、生、死、永遠はつながっていて、海という一つのイメージでその連続性を表現している。

第三章よりも、この章で論じた時期は、あの世をさらに想像を超えた広大な空間として認識し、語り手はその空間に身を置いた自らの姿を想像している。海のイメージで表現された宇宙に取り囲まれているという感覚を味わった。ディキンスンはマウント・ホリヨウク女学院で学んだ天文学に深い関心を示し、深い知識を持っていた。そのため、宇宙は遠くから眺めるだけのものでなく、その空間を掌握し自らがその場にいることを実感できたのであった。

まとめ

ディキンスンは多彩な方法で、海を永遠へつながる空間ととらえている。荒れ狂う危険な海か、あるいは穏やかな海かというとらえ方をしばしば行っている。前者は現世、後者は永遠あるいは、永遠へ続く空間と考え、危険を経て永遠が得られるという見解を繰り返し示している。海は未知のものに挑戦していく場でもあった。既成概念にとらわれることなく、独自の考え方、感性で物事を観察し創作へと結びつけた。これは、世間との摩擦を生み出し荒波に身を投げるようなことであった。多くの場合、太陽の動き、方角、鳥や蝶など海にかかわるものを巧みに使っている。これらのものによって、海は、その姿を死から再生の舞台へまた、その反対へと自然に変化させている。そして、ディキンスンの想像力は、海に現世と永遠の世界が融合した空間をとらえることもあった。

初期の詩から、死と永遠を海に感じ、死で終わるのか、永遠へと続いていくのかがディキンスンの最大の関心事であった。一八六一年までの詩においては、海の向こう側へ、つまり水平線の先へ永遠の世界を思い描いている。一八六一年には神との結婚を願う気持ちを川が海に流れ込むことに例えて、自然にこの世からあの世へとつながっているのだと歌っている。一八六二年と一八六三年には、鳥や蝶が飛翔し見えなくなる光景に空と海が重なるイメージを読み取り、地上と天上はその境目がないかのように融合している。一八六三年以降は、海に対して、より広大な空間の認識が見られ、宇宙を肌で感じているようである。語り手は、宇宙の一員であり、取り囲まれているという感覚を持っている。宇宙を認識するためのキーワードである円周にも宇宙的な規模の概念を含ませ、海のイメージを重ねている。このように、海に対して抱く空間の感覚が年代を経るにつれて、より広がり、重層的に、圧倒的になってきている。それと共に遠くから想像するだけであったあの世は、より把握できるものとなり、自らがその世界に身を置いている場面を心に描いた。

引用文献

Bennett, Paula. *Emily Dickinson: Woman Poet*. New York: Harvester Sheatsheaf, 1990.

Cody, John. *After Great Pain: The Inner Life of Emily Dickinson*. Cambridge, MA: The Belknap P of Harvard UP, 1971.

Dickinson, Emily. *The Poems of Emily Dickinson*. Ed.W. Franklin, 3vols. Cambridge MA: Harvard UP, 1998.

———. *The Letters of Emily Dickinson*. Eds. Thomas H. Johnson and Theodore Ward. Camridge MA: Harvard UP, 1958.

Furukawa, Takao. "Emily Dickinson's 'Finite Infinity' As a Double Vision," Ed. Tamaaki Yamakawa, *Emily Dickinson: After a Hundred Years*. Kyoto: Apollon Sha, 1988.

Gupta, Lucky. *Religious Sensibility in Emily Dickinson*. New Deli: Raja Publications, 2003.

Inada, Katsuhiko. "Emily Dickinson and Japanese Sensibility." Ed. Tamaaki Yamakawa, *Emily Dickinson: After a Hundred Years*. Kyoto: Apollon Sha, 1988.

Juhasz, Suzanne. *The Undiscovered Continent: Emily Dickinson and the Space of the Mind*. Bloomington: Indiana UP, 1983.

Kher, Inder Nath. *The Landscape of Absence: Emily Dickinson's Poetry*. New Haven: Yale UP, 1974.

Leiter, Sharon. *Emily Dickinson: A Literary Reference to Her Life and Work*. New York: Facts on File, Inc., 2007.

Miller, Ruth. *The Poetry of Emily Dickinson*. Middletown, Connecticut: Wesleyan UP, 1968.

Olney, James. *The Language(s) of Poetry: Walt Whitman, Emily Dickinson, Gerard Manley Hopkins*. Athens: The University of Georgia Press, 1993.

Sato, Tomoko. *Emily Dickinson's Poems: Bulletins from Immortality*. Tokyo: Shinzansha, 1999.

Sherwood, William Robert. *Circumference and Circumstance: Stages in the Mind and Art of Emily Dickinson*. New York: Columbia UP, 1968.

Shurr, William H. *The Marriage of Emily Dickinson: A Study of the Fascicles*. Kentucky: The University of Kentucky, 1983.

Steffens, Bradley. *The Importance of Emily Dickinson*. California: Lucent Books, 1998.

Tripp, Jr., Raymond P. *The Mysterious Kingdom of Emily Dickinson's Poetry*. Denver, Colorado: Society for New Language Study, 1988.

Ward, Theodora. *The Capsule of The Mind*. Massachusetts: The Belknap P of Harvard UP, 1961.

Wolff, Cynthia Griffin. *Emily Dickinson*. New York: Alfred A. Knopf, 1986.

島崎陽子　『ディキンスンとスティーブンス　アメリカの詩心』沖積舎　一九九八

涙を流すワニ

――クリスティーナ・ロセッティの「私の夢」を読む――

佐藤　由美

一八六二年に出版された『ゴブリン・マーケットその他の詩』は、クリスティーナ・ロセッティを一躍有名にした詩集である。その中に収録された「私の夢」において、詩人は以下の奇妙な夢を披露する。増水したユーフラテス川から無数のワニが生まれ出て、皆急激な成長を遂げる。そのうちの一匹は超巨大化し、他を食いつくして眠りに落ちる。するとワニは元の大きさに戻り、現れた白船が川を鎮め、ワニも目覚めて悔恨の涙を流す。

妹の詩の編者でもあるウィリアム・マイケル・ロセッティは、詩人はこの不可思議な詩を気に入っており、自分で三枚の挿絵をつけたと述べている。[1] また彼は、一八七五年版の全集の草稿に残された「本当の夢ではない」という添え書きの存在も明らかにしている（479）。詩人はなぜわざわざそのように断ったのか。実際に見た夢であるか否かという事実は問題になるのだろうか。この釈明めいた表現は、同詩集に収録された代表作「ゴブリン・マーケット」に対する詩人の弁明を想起させる。ウィリアム・マイケルは、妹が「このおとぎ話に何も特別な意味を持たせようとした訳ではない、と言うのを何度も聞いた」と言う（459）。周知のとおり「ゴブリン・マーケット」は、寓意的・心理学的・社会学的な面などから様々な解釈がされてきた。ロセッティが「特別な意味はない」と度々口にしたのは、後になってその性的・官能的な解釈の可能性に気づいたためだと推測する研究て予防線を張ったとは考えられないだろうか。

「私の夢」と「ゴブリン・マーケット」とは、グロテスクな描写だけでなく、詩自体は単純なのに（あるいは単純であるからこそ）複層的な読みが可能な点において類似している。だが、この夢の詩はロセッティの代表作とは異なり、日本ではほとんど論じられていない。本論文では、まず詩中の奇妙な描写を丹念に解釈し、時代背景や聖書との関連から分析する。続いて、詩の描写と相まって示唆的な詩中の語りについて考察する。夢の内容は語るがその意味解釈は放棄し、夢の内容を「その場で見たかのように話す」[2]ことが責務であると主張する語り手。夢の解釈を頑なに拒否するこの態度は、詩人の添え書きと関連があるのか。実際に見た夢ではないのに実際に見たかのように語る意義とは何だろうか。ロセッティが「夢」という形式に仮託したものを明らかにする。

「私の夢」は次のように始まる。

昨夜見た奇妙な夢を聞いてください
一言一句が量り分けあおり分けられた真実なのです

私はユーフラテス川のほとりに立って
いにしえのヨルダン川さながら盛り上がるのを見ていました
川は水嵩を増し、目にも鮮やかに色づいて
無数の身重の波の中からワニの赤ん坊たちが生まれ出てきました
ひょろ長くのっぺりした顔の一団は

おそらく孵化したばかりで生まれたての露にまみれていました（1-8）

ユーフラテス川から無数のワニが湧き出る様子は、swell, overflow, wax, well などの語を用いて描写される。これらの語は、意味的には広がりや豊かさを感じさせると同時に、多用される [w] の音が陰鬱かつ不穏な空気を醸し出す。この不穏な空気は「ユーフラテス川からワニが生まれる」という違和感ある設定に通じるかもしれない。実際の生息地としてはもちろん、文学的にも韻を踏むことからワニ（crocodile）はナイル川と縁が深いものとして描かれてきた。ロセッティが影響を受けたとされるトーマス・ラヴェル・ベドーズの詩でもこの伝統は踏襲されている。

ロセッティのワニに影響を与えたのはベドーズだけではない。ジャン・マーシュが指摘するように、トマス・ド・クインシーの『阿片常用者の告白』にも類似の箇所が見られる（167）。ド・クインシーによると阿片摂取後の悪夢に現れるのは「醜悪な鳥や蛇や鰐、特に鰐」であり、その目が無数に増えていく様は確かにロセッティのワニの描写に通じる（66）。また、異国情緒あふれる東洋や中東の夢が色鮮やかに描かれる様は「私の夢」における中東の描写と共通する。

なぜロセッティはユーフラテス川という設定を選んだのか。創世記にあるように、この川はエデンの園を流れる四つの川の一つで、流域にはバビロニアがあった。また、詩中でこの川がたとえられているヨルダン川は、イエスが洗礼を受けた川である。これら聖書への言及を念頭に入れて冒頭の語りを読み返すと、翻訳には表れていないが、二行目の Each word whereof is weighed and sifted truth という重厚な響きは、聖書を意識したものだと分かる。言葉を「量り分け」「あおり分ける」というイメージは、洗礼の時にイエスが用いる道具と関連が深い。洗礼者ヨハネは自分をイエスに違いないと考える民衆に、水で洗礼を施す自分と異なりイエスは聖霊と火を用いると述べる。

そして、手に箕を持って、脱穀場を隅々まできれいにし、麦を集めて倉に入れ、殻を消えることのない火で焼き払われる。(3)（ルカ　三章十七節）

冒頭の語りは、箕を使って麦からもみ殻をあおり分けるイエスのように、注意深く言葉を選り分け真実に忠実であろうとする詩人の立場を表明している。「私の夢」は次のように続く。無数のワニが生まれた後に再び語りが挿入される。

友よ、この先は話さない方がいいのではないかしら
親友でさえ事実を事実でないと思いかねないから
けれどもあなたがその気なら
どうぞ最後まで聞いてください（9-12）

夢における「事実」とは何だろう。現実的でないことが起きるのが夢であるのに、語り手はあくまでも信憑性のある夢にこだわる。この箇所で語り手が見せる言葉巧みな駆け引きは一考に値する。すなわち、自分がこの先を「話さない方がいいのではないかしら」とためらう素振りの裏には「語りたい」という強い欲求が見て取れる。だが語ろうとする内容はあまりに突飛なため、「親友でさえ」信じてくれない恐れがあると一応は断る。しかしながら語り手はやはり続きを語り、私たち読者は聞くことになる。そして「親友でさえ」信じ難い話を信じ

る時、読者は語り手と親友以上の関係を得る。続きを聞くのも信じるのも読者の自由だと配慮するように見せかけ、結局のところ語り手は、読者を巻き込んで夢の真実味を強調するのだ。

ユーフラテス川で生まれた無数のワニたちには、いくつかの不可思議な特徴がある。一つ目は、金や宝石を身に着けている点。二つ目は、それらの宝飾品とともに急激な成長を遂げる点。特に、そのうちの超巨大化する一匹は、明らかに王者として描かれている。

中でも並外れて肥大化した一匹は
王者の帯と冠を着けていました
胸には王冠・宝珠・王笏が輝き
連なった鱗とともにびっしり並んで緑に光っていました
背面の鱗はまた格別の光沢をまとい
額の皺にも格別の威厳が刻み込まれていました（15-20）

この部分で印象的なのは、starred, gleamed, burnishment, adorned など「輝き」を意味する語の多用である。また詩人は、「王の」「格別の」という語を繰り返し、「王冠」や「宝珠」、「王笏」など王の付属物を描き、更に二行の後にもワニを「支配者」そして「頭《かしら》」と呼び（23）、ワニの王としての優位性を強調している。この直後に再び語り手の声が挿入され、その語りは一段と勢いづく。

既にワニの不可思議な特徴を二つ挙げた。三つ目は、これはワニの王だけに言えることだが、共食いをする点である。その暴君ぶりはとどまるところを知らず、一匹残らず食い尽くしてしまわなければおさまらない。

忌まわしい食欲が湧き上がりワニの王は仲間たちを食い物にしました
彼らをガリガリと嚙み砕きズルリと飲み込んだのです
掟知らず、怖いもの知らずのこの王は
仲間たちを情け容赦なく嚙み砕いたのです
美味なる肉汁が顎をしたたり
鼻や目からあふれ出るのも構わず
ワニの王は餓えた死がそうするように仲間をむさぼり食っていました
やがて仲間たちが一匹残らず屠られ葬られ
ワニの王も腹いっぱい食い尽くすと
息遣いは制され四肢の緊張は緩んで眠りに落ちていきました（25-34）

この部分は視覚的にも聴覚的にも詩のハイライトと言えるだろう。聴覚的には、原詩では一行目が An execrable appetite arose となっており、各単語の頭に多用される母音の鋭く激しい音が響く。二行目にある二つのオノマトペ的な動詞 crunched, suck は臨場感を生み出し、三、四行目のたたみかけるような押韻（He knew no law, he feared no binding law, / But ground them with inexorable jaw）は荒々しいリズムを作り出す。詩人は、ワニの王の強欲さを音やリズムで表現するのだ。視覚的には、この場面はそのままホラー映画の一場面にもなりうる。カメラワークとしては、最初はワニの王だけでなく他のワニたちもとらえ、ワニの王が仲間を食らい始めるとそれに焦点を定め、顎に肉汁がしたたり鼻や目からもあふれる様子をクローズアップした後、最終的には眠りに落ちたワニの王と周囲の荒廃した状況を引いて映す、といったところだろうか。

ここまでの出来事も十分奇怪であったが、語り手は更なる驚異が続くと言う。眠るうちに王は元の大きさに戻り、鎧からはそれまでの栄光が消えていく。語り手が眠りながら見る夢の中でワニも眠っている、という構図は興味深く、読者は、眠りの持つ二つの対照的な側面を意識することになる。すなわち、眠りのうちに元の状態に戻るワニに見られるように、眠りとは休息であり肉体的な回復を促す。だが周知の通り眠りはまた夢を生み出す。休んでいても、あるいは休んでいるからこそ脳が活発に活動する不思議。語り手にとって眠りとは、このワニを生み出した源泉に他ならないのだ。

詩の末尾では救いの白船が現れる。

そうして彼方から船が帆を翼のようにふくらませ
ツバメのように素早く炎のようにかすかに近づいてきました
どんな積荷や軍隊があったのか分かりません
ただ敵討ちをする亡霊のように白い船でした
こちらに進みながら川の勢いを平らかにするさまは
至高でありながらもただのちりのように軽やかでした
船は武力に頼らず川の勢いを鎮めるようで
さざめき一つ波一つ立たなくなりました（38-45）

この箇所は直前の箇所と明らかな比較・対照をなしている。一見はかない白船と見るからに強大なワニ。後者の力が前述したような掟破りの力だとすると、前者の力は掟のある世界を超越した力である。白船の力なき力、神的・霊的な力はすなわち信仰の力であると考えるなら、ワニの王の横暴さが世俗的な権力・武力・暴力の象徴として迫ってくる。

実際、この直後の描写において目を引くのは擬人化されたワニの行動である。

見てください　くれないの影が砂地をかすめると
慎重なワニは二本足で立ち
折よく涙を流して両手をもみ絞りました（46-48）

涙を流し両手をもみ絞るという動作は、言うまでもなく悔恨の情を表す。だが、注意すべきはワニの王の改心が本物ではないことだ。西洋では、ワニは獲物をおびき寄せたりそれを食べたりする時に涙を流すという伝承があり、「ワニの涙」とは偽りの涙を意味するからだ。この点においても、ロセッティがこの詩における怪物をワニとしたことは意義深い。同時代の作家たちの著作にワニを扱ったものが多かったとは言え、聖書において悪の象徴とされる巨大な海獣リヴァイアサンは、ワニだけでなく鯨や蛇、竜とみなされることもあるからだ（ハインツ＝モーア　三三五）。ワニは豊穣と力の象徴であると同時に「エジプト象形文字では狂暴、悪、専制政治を表す」という（ド・フリース　一五〇）。ここで歴史的な背景を考慮すると、「私の夢」におけるワニが現実の君主を象徴しているという解釈も可能である。この詩が書かれたのは一八五五年三月とされ、一八五三年にクリミア戦争が開戦、その翌年にはイギリスとフランスがトルコに味方して参戦した。フローレンス・ナイチンゲールが戦地に赴く看護団のメンバーを募集した時にロセッティも志願したことはよく知られた話である。叔母のイライザ・

ポリドーリは戦地で活躍したが、まだ若く看護の経験もなかったロセッティは不採用となった(Marsh 160)。「英仏両国にとって、クリミア戦争は野蛮で専制的なロシアの脅威からヨーロッパの自由と文明を守るため」の戦いであったこと(ファイジズ 二六)、当時帝政ロシア皇帝が時としてワニとして描かれていたことも考慮すると(Jones 68)、ロセッティのワニとロシア皇帝とはいっそう重なって見える。

このように、「私の夢」が書かれた時代背景を考えると、クリミア戦争における暴君ロシアを白船のイギリス艦隊が鎮圧する、という風刺ととらえられる可能性もある。また、ユーフラテス川や、ワニの生息地として有名なナイル川という地域性に注目すると、この詩におけるワニは当時中東のこの地域を支配していたオスマン帝国と考えることも可能だ。クリミア戦争においてイギリス軍が同じキリスト教国であるロシアではなく、イスラム教国であるトルコ側に味方したことを考慮すると、白船の到来はイギリスによるキリスト教の布教としても解釈できる。いずれにせよ、このような政治的解釈の可能性をロセッティは恐れていたに違いない。真意はともかく、彼女は後年兄ダンテ・ゲイブリエル・ロセッティへの手紙の中で、エリザベス・バレット・ブラウニングのような政治的な詩を書くつもりはない、と述べている。

ブラウニング夫人のように政治や博愛主義的なことに目を向けるなんて、私の柄ではありませんので、今後もできないでしょう。そのような多面的な視点は私より優れた方にお任せします。書くべきことは書きましたので、静かに筆を置きます。("To Dante Gabriel Rossetti" 348)

「私の夢」創作においておそらくロセッティはクリミア戦争を意識していた。だが表面上はそう見られることを好まなかった。語り手に夢の解釈を回避させ、「本当の夢ではない」と後の草稿に書き記したのは、一つにはこのような理由によるのではないか。

もう一つには、この夢の詩がクリミア戦争という時代的な一つの出来事を反映するにとどまらず、より大きな枠組みでの解釈を詩人が望んでいたからではないか。細心の注意を払って言葉を選んだという語りが示す通り、この詩と聖書との呼応は語のレベルにとどまらず、夢という枠組みにも見られる。

語り手が見たという夢は聖書における夢のいくつかが下敷きになっている。一つ目はエジプトのファラオの夢である(4)(創世記　四一章一―四節)。夢の中でナイル川の側に立っているファラオの前に、川から美しく肉付きのよい七頭の雌牛が現れる。その後同じく川から七頭の雌牛が現れるが、こちらは姿が醜く肉付きも悪い。そしてこの後者の劣った七頭が前者の優れた七頭を食い尽くす、というものである。夢の中で川岸に立ち、川の中から現れる生き物の共食いを目にする、という設定が類似している。だが、サイモン・ハンフリーズが詳細に論じるように、末尾まで話の展開が類似しているのはダニエルの夢である(54)。ダニエルはバビロン捕囚時代に王ネブカドネザルに仕えた少年で、王の夢や突然現れた文字を解釈した預言者である。ここにも、詩中のユーフラテス川との接点が見られる。ダニエルは海から現れる四匹の巨大な獣の幻を見る(ダニエル　七章)。獣はそれぞれライオンや熊、豹などに似ているが他の動物の特徴も有する摩訶不思議な怪物である。中でも四番目の獣は際立って強く、他を「食らい」「かみ砕く」という横暴な振る舞いはロセッティのワニの王と重なる(ダニエル　七章七節)。この四番目の獣は天上の会議で裁きを受けて殺され、残りの獣たちの力も奪われる。その後天の雲とともに人の子のような者が現れる。ダニエルの見た夢は、四つの獣に象徴される諸国が最終的には神の裁きを受けて衰退し、終末の日がやってくることを告げるものであった。

聖書において夢や幻は預言者と密接な関わりがある。預言者とは何か、という問題を考えるにあたっては、聖書中の偽預言者に対する言及が役立つ。次の引用には、神が偽預言者を責める様子が描かれている。

夢を見た預言者は夢を解き明かすがよい。しかし、わたしの言葉を受けた者は、忠実にわたしの言葉を語るがよい。もみ殻と穀物が比べものになろうか、と主は言われる。
このように、わたしの言葉は火に似ていないか。岩を打ち砕く槌のようではないか、と主は言われる。
（エレミヤ　二三章二八―二九）

偽預言者として非難されているのは、彼らが神の言葉を忠実に民衆に告げるのではなく、自分勝手な預言をするからである。夢は古くから前兆や警告・神意を表すものとされ、幻もまた実在しない動物や超常現象を通して与えられる神の啓示であった。預言者とは、すなわち夢を解釈して将来を預言する者のことではなく、夢や幻を通して神の言葉を預かり、それを忠実に同胞に告げる者のことである。この預言者本来の姿勢が、「私の夢」末尾における語り手の態度を解釈するうえでのヒントになるように思う。

一体どんな意味かしら、とあなたは私に聞くでしょう
でも私はそれには答えず「一体どんな」と繰り返さねばなりません
そうして私はこの夢をその場で見たかのように話すのです（49-51）

この箇所についてハンフリーズは、語り手は夢の解釈を避ける、というより解釈する力がないと考えるが（54）、やはり解釈可能だがあえてしない、と考えるべきではないか。これまで論じてきたように、怪物や白船のイメージはもちろん、川の設定や言葉遣いにおいてもロセッティが聖書をよりどころとしていることは明確であ

る。また、先のエレミヤ書からの引用部分に見られる「殻」あるいは「もみ殻」（chaff）、「麦」あるいは「穀物」（wheat）、「火」という語は、興味深いことに、先述の洗礼を施すイエスの描写と呼応する。すなわち、ロセッティが詩の冒頭で「一言一句が量り分けあおり分けられた真実」と語るとき、彼女は預言者のように忠実に夢を語ろうとしているのだ。

このように、「私の夢」は聖書における夢を下敷きにした作品で、語り手を預言者としてとらえると、この作品で重要なのは、白船が近づきワニが涙を流す末尾だと言えよう。先に引用した白船は、白馬に乗ったキリストの再来を想起させ（黙示録　十九章十一節）、ワニの涙は単なる改心ではなくキリスト教的な改悛の象徴と解釈できる。「私の夢」はキリストの再来を確信し、悔い改めの重要性を強調する、信仰者としてのひたむきさが感じられるロセッティらしい作品と言える。だが詩人の目を最後までとらえて離さないのが涙を流すワニであり、ここにこの作品の皮肉が潜む。偽善の涙を流すワニを描くことによってロセッティは、神の国への入り口となる悔い改めの難しさを問いかけているのかもしれない。

＊本論文は二〇一五年一〇月二四日に行われた日本英文学会中国四国支部第六八回大会における研究発表に加筆・修正を加えたものである。

注

（1）現存するか定かではないものの、一九〇四年に出版された詩集の注釈にその言及が認められる（W. Rossetti 479）。

（2）Christina Rossetti, “My Dream” 51. 以下この詩の引用は本文中に行数にて示す。すべて拙訳による。
（3）以下聖書の引用はすべて新共同訳による。
（4）エゼキエル書二九章三節ではこの王が「ナイル川の真ん中に横たわる巨大なわに」と呼ばれていることは興味深い。

引用・参考文献

Beddoes, Thomas Lovell. “A Crocodile.” *The Works of Thomas Lovell Beddoes*. Ed. H. W. Donner. 1935. London: Milford-OUP. New York: AMS, 1978. 237-38.

Burlinson, Kathryn. *Christina Rossetti*. Plymouth: Northcote, 1998.

De Quincey, Thomas. *Confessions of an English Opium Eater*. Ed. Philip Smith. Mineola: Dover, 1995.

Hullah, Paul. “‘What Can it Mean?’: Christina Rossetti’s ‘My Dream’.”『岡山大学文学部紀要』二九号　岡山大学文学部　一九九八

Humphries, Simon. “Christina Rossetti’s ‘My Dream’ and Apocalypse.” *Notes and Queries*. 55.1 (2008): 54-57.

Jones, Kathleen. *Learning Not to be First: The Life of Christina Rossetti*. Morton-in-Marsh: Windrush, 1991.

Kaplan, Cora. *Sea Changes: Essays on Culture and Feminism*. London: Verso, 1986.

Leighton, Angela. *Victorian Women Poets: Writing against the Heart*. Charlottesville: UP of Virginia, 1992.

Marsh, Jan. *Christina Rossetti: A Literary Biography*. 1994. London: Pimlico, 1995.

Rossetti, Christina. *Christina Rossetti: The Complete Poems*. Ed. Betty S. Flowers. Harmondsworth: Penguin, 2001. Penguin Classics.

———. “Goblin Market.” Christina Rossetti, *Complete Poems* 5-20.

———. “My Dream.” Christina Rossetti, *Complete Poems* 33-34.

———. “To Dante Gabriel Rossetti.” ?April 1870. Letter 416 of *The Letters of Christina Rossetti*. Ed. Antony H. Harrison.

Vol. 1. Charlottesville: UP of Virginia, 1997. 348-49.
Rossetti, William Michael, ed. *The Poetical Works of Christina Georgina Rossetti, with Memoir and Notes by William Michael Rossetti*. By Christina Rossetti. London: Macmillan, 1904.
Trowbridge, Serena. *Christina Rossetti's Gothic*. 2013. London: Bloomsbury Academic, 2015.
The Bible: Authorized King James Version. New York: OUP, 1997.
岡田忠軒『純愛の詩人クリスチナ・ロセッティ——詩と評伝』南雲堂　一九九一
ド・クインシー、トマス『トマス・ド・クインシー著作集Ｉ』野島秀勝訳　国書刊行会　一九九五
ド・フリース、アト『イメージ・シンボル事典』山下主一郎他訳　大修館　一九九五
ハインツ＝モーア、ゲルト『西洋シンボル事典——キリスト教美術の記号とイメージ——』野村太郎・小林頼子監訳、内田俊一・佐藤茂樹・宮川尚理訳　八坂書房　二〇〇三
ファイジズ、オーランドー『クリミア戦争』染谷徹訳　上巻　白水社　二〇一五
『聖書　新共同訳——旧約聖書続編つき』共同訳聖書実行委員会訳　日本聖書協会　一九九二

ヘンリー・ジェイムズと幽霊小説
——十九世紀末作品を中心として——

ハンフリー　恵子

十九世紀のイギリスでは、産業革命を契機として技術革新が進み、とりわけ科学の進歩は目覚ましいものであった。それ以前の宗教を中心とする、目に見えない非現実的なものへの盲目的信仰は、理論にもとづいたより現実的なものへの信頼へと移行していった。チャールズ・ダーウィンが意を決して一八五九年に『種の起源』を発表したとき、それが神の神秘的力を信じる人々に与えた衝撃は、言うまでもなく大きかった。

こうした科学の勢いは十九世紀末に向けて文学作品の中にも影響を見せ始め、例えば、ロバート・ルイス・スティーヴンソンの『ジキル博士とハイド氏』では、科学実験の結果手に入れた薬品を飲んで変身するジキル博士の姿が描かれ、そこに人間に及ぼす科学の強大な力を見ることができる。また、H・G・ウェルズの『タイムマシーン』をはじめ、『透明人間』や『宇宙戦争』においても、科学の進歩がもたらした未知なるものへの知識や情報に、読者は圧倒され脅威を覚えたのである。

しかし、科学が世間を席巻する十九世紀末にかけて、不可解なものを解明しようとする風潮は逆に、人知では計り知れないものへの関心を高めていく。実際、その頃に超常現象を題材とした作品が多く出版され、M・R・ジェイムズの「消えた心臓」やブラム・ストーカーの『ドラキュラ』のように、人の想像を超える存在が物語に多く登場した。こうして、読者の関心は、科学の高まりに比例して、不可思議なものや非現実的なもの、超自然的なものへと向かい、「幽霊たちが群れをなして、出版社リストにあがる」（Sheppard 116）こととなったのである。

リアリズム作家と称されるヘンリー・ジェイムズだが、彼がこのような十九世紀末の科学と超自然に対する興味の高まりに無関心であったはずがない。ジェイムズは、初期に「ある古衣装のロマンス」を始め幾編かの超自然小説を書いてはいたものの、その後は国際物語の代表作『ある婦人の肖像』から社会小説『ボストンの人々』や『カサマシマ公爵夫人』などに見られるように、より現実主義的な作品へと移行していく。まさにリアリズム作家としてのジェイムズの姿がここにあるのだが、しかし劇作への挑戦を経て迎えた一八九〇年代、彼は再び幽霊の登場する作品を多く書き始める。

ジェイムズの幽霊小説の代表作は、言うまでもなく『ねじの回転』である。美しい二人の兄妹マイルズとフローラにつきまとう、下男ピーター・クウィントと前任の家庭教師ジェスル嬢の幽霊たちの話が雑誌に連載されると、「これほど不快で、これほど不必要に陰鬱な話は読んだことがない」（Hayes 304）と評されるほどに、当時の読者にジェイムズの幽霊は恐れられ、嫌悪された。しかし、ジェイムズ作品の幽霊は、いわゆる恐怖小説の中の現実離れした空想の産物とは異なる。彼はその当時の、科学と超自然という相容れないものの隆盛を十分理解した上で、自ら考える「幽霊」を描くのである。

ではリアリズム小説を書いていたジェイムズがなぜこの時期に再び幽霊小説に注目するのか、彼にとって幽霊とはどのような意味を持つのか、これらをジェイムズと超自然全盛の十九世紀末社会との関わり、そして『ねじの回転』の幽霊たちから、考えてみたい。

まず、ジェイムズが、時流である超常現象とどのように関わっていたのかを考える。ジェイムズ自身は、手紙の中で「どんなところにも幽霊が見える」（Despotopoulou and Reed 1）と言うが、これは文字通りに彼が幽霊を見ていたということではないだろう。ジェイムズが自分の目で幽霊を目撃することがなかったとしても、彼の日常生活の中には身近に「幽霊」が存在していたのである。ベイドラーは、「十九世紀末には、幽霊の憑依はかなりよくある現象であった」と指摘し、そのため「幽霊の憑依は公に報告され、名のある人々からも注目に値するものと考えられていた」（Beidler 164）と述べている。このように、幽霊に関する報告は日常的に人々の口に上がる程に身近なものであった。実際『ねじの回転』では、ダグラスが保管する女家庭教師の手記が彼によって読み上げられるという構図で物語が展開するのだが、このダグラスが手記を披露する場は、「ある古い屋敷でクリスマスイヴに奇妙な物語を」（"Screw" 175）話そうと人々が暖炉の前に集まったときであった。こうした場面からは、ジェイムズが会食の場などで気楽に幽霊話を楽しんでいた時世を十分に認識していたことが読み取れよう。実はジェイムズ自身にも、会食の場で幽霊話を耳にした体験がある。その一例が、一八九五年一月十二日に、友人のアーサー・ベンソンを訪ねたときのことである。ジェイムズは友人の父であるカンタベリー大主教と会食をともにし、「カンタベリー大主教が私に話してくれた幽霊物語」（Edel and Powers 109）を聞く。彼はこれを「覚え書き」に書き留め、これが後に『ねじの回転』のプロットとなるのである。このように見ると、確かにジェイムズの日常の「どんなところにも幽霊が」いたのであり、それは彼の作品にも影響を及ぼす程であったと言えよう。

しかし、ジェイムズと幽霊との関係は、単に一般的な社会の流行として心霊現象を楽しむというだけにとどまらない。このカンタベリー大主教エドワード・ベンソンとの出会い[1]、そして、心霊研究協会[2]の中心的人物であるフレデリック・マイヤーズとの個人的親交は、ジェイムズが超常現象を科学的に解明しようとしていた時世と直接的に関わっていたことを示している。実際、ジェイムズとマイヤーズとの親交の深さは、彼がマイヤーズから『ねじの回転』に関する質問の手紙を受け取っている事実からも窺える。[3] また、ジェイムズの兄ウィリアム・ジェイムズがこの協会の会員であったことも見逃せない。心理学者であり哲学者でもあるウィリアムは、一八八四年に入会して以降亡くなるまで会員であり続け、心霊研究協会のアメリカ支部を設立したり、副会長を十八年間、会長を二年間務めるなど、精力的に活動した。そしてウィリアムが調査したアメリカ人霊媒師パイパー夫人の報告書を、一八九〇年、ジェイムズはマイヤーズから協会の集会で代読するよう依頼され、ためらいを感じながらも実際集会に参加するのである。[4] こうしたジェイムズの交友関係および心霊研究協会との関係は、彼が心霊ブームに全く無知ではなかったことを示している。そして、出版市場や読者の反応に敏感なジェイムズが、このような時世を作品に取り入れないはずがない。こうして一八九〇年の心霊研究協会集会への出席の後、ジェイムズは再び超自然小説を書き始め、エデルの言う「一連の幽霊物語の始まり」(Edel vol.8 11) を迎えるのである。

では、心霊研究を十分認識していた彼が作品に描く幽霊とはどのようなものだろうか。ジェイムズの幽霊物語のうち、その代表作とされる『ねじの回転』に注目し、その下地とも位置づけられる「友だちの友だち」にも触れながら、ジェイムズの幽霊を考えてみる。

ジェイムズは諸エッセイの中で幽霊物語の在り方について触れ、「良い幽霊物語は、百に上る点において、日常生活のありふれた事物と結びついていなくてはならない」と述べて (James, *Literary Essays* 742)、フィクションである幽霊物語を実生活と関連づけることの重要性、必要性を説いている。なぜなら「幻想的ないし超自然的要素は、厄介ながらも平穏な現実主義を背景としたとき、驚くほどに際立つ」(Lustig 54) からであり、それがあってこそ「良い幽霊物語」になると言うのである。確かにジェイムズの幽霊たちは、心霊研究協会が研究する超常現象としての幽霊とは異なり、日常生活の中に人間味ある姿で描かれる。

『ねじの回転』の家庭教師が初めて幽霊を目撃するとき、彼女はそれを非現実的存在だと認識してはいない。家庭教師としての生活に慣れた頃、彼女はブライ邸の庭をそぞろ歩いているとふいに塔の上の人影に気づく。それは、かつてブライ邸で下男として働いていたピーター・クウィントの幽霊であると後に分かるのであるが、そのときの彼女は「古い屋敷に興味のある大胆な旅行者がいい眺めを得ようと、誰からも見つかることなく、中に入り込んだのだ」("Screw" 193) と考える。ここにはその幽霊としての存在を疑う様子は全く見られず、男は実体ある存在のように扱われ、家庭教師の日常に自然に無理なく侵入してくるのである。このような幽霊の姿は「友だち」においても見られるものである。「彼」が目撃する彼の母の幽霊も、「彼女」が遭遇する彼女の父の幽霊も、日常生活の中に自然な姿で登場し、それらが目撃されたときは「幽霊」として認識されず、むしろ、実体あるものとして受け止められる。また、後に彼が出会ったとする彼女の幽霊についても、彼が「彼女は生きていたんです」("Friends" 169) と主張するように、非現実のものとして認識されてはいない。このようにジェイムズは、超自然物であるはずの幽霊を、登場人物たちに実在の人物として思わせるほどに現実感を持たせ、語り手たちの実生活の中に投入するのである。(5)

実はジェイムズ自身は『ねじの回転』を「単純で純粋なおとぎ話」(James, *Literary French* 1183) と呼び、その幽霊たちについて、「ピーター・クウィントとジェスル嬢は『幽霊』などではない」と断言している。そして「我々が現在認識しているような意味での幽霊ではなく、小鬼や妖精、小悪魔、悪鬼といった、かつての魔女裁判で認識されていたような、自由な意味での存在である」(James, *Literary French* 1187) と説明する。ここで言及される「小鬼や妖精」はファンタジー、つまり「おとぎ話」の中に登場する類いのものであり、当時の人々が解明しようと議論した類いの幽霊とは異なる。ジェイムズは、超自然物である幽霊を題材とした「おとぎ話」として彼の作品を位置づけながら、その幽霊たちに現実味を付与し、そこにリアリティーを持ち込もうとしているのである。この意味では、心理主義作家でありリアリズム作家として認識されるジェイムズが、一八九〇年代に入り幽霊物語を多く書き始めたとしても、彼の中からリアリティーを求める姿勢は消えてはいないと言えよう。むしろジェイムズ自身、「リアルとロマンティックの間に境界線を引くことは、南北の境界線に標石を据えることほど難しい」(James, *Literary French* 1067) と述べており、彼が幽霊に傾倒していくのは、幽霊が「現実と非現実」という問題を生み出すからだと考えられないだろうか。ジェイムズは、彼の幽霊たちに現実味を与えて語り手たちの日常の中に忍び込ませることで、リアルとロマンティックの間の境界線を見出そうと試みている、つまり現実と非現実の領域を見定めようとしていると考えられるのである。ここにジェイムズの幽霊物語の存在意義があると言えよう。

「友だち」において、五年もの間偶然が重なって会えなかった語り手の友人と語り手の婚約者は、友人の死と前後してようやく会うことができる。ここでは、婚約者が友人と会ったのが、彼女の死の前か後かが問題となる。実際に生きている彼女と会ったのだと彼がいくら説明しても、語り手「私」は、友人が生きている間には「彼らはやはり一度も会ってはいないのだ」("Friends" 170) と確信し、彼が会ったのは彼女の死後、つまり彼女の幽霊だったのであり、そして彼らは今もまだ会い続けているのだと考える。

「彼女は埋葬されましたが、亡くなってはいないのです。世間の人々からすると彼女は亡くなりました。私にとっても彼女は亡くなっています。しかし、あなたにとって彼女は亡くなってはいないのです。」

……

「あなたは彼女に会っているのです、彼女に会っているのです。あなたは毎晩、彼女に会っているのですわ!」(“Friends” 172)

幽霊としての彼女の存在を、自分と婚約者との間から拭い去ることのできない「私」は、結局彼との婚約を破棄することを決意する。ここで注目すべきは、彼女の幽霊の出現が、死者の亡霊の過去からの訪問として描かれてはいないことである。「私」は「現在」という時の中で幽霊を認識し、実生活の中にその存在を認めている。さらにそれは生きた「私」の中にイメージとして居座り続け、「私」の日常に入り込んで共存するのである。ジェイムズはこうして、非現実のものと現実を近づけ、やがて両者を重ね合わせていく。そもそも「私」は、偶然が何度も重なり二人が会えないのは「神の指先」(“Friends” 159)からの「おかしな魔法」(“Friends” 158)のためだと考える。つまり現実世界の単純な事実を彼女のイマジネーションを用いて理由付けし、それを超自然の現象にしてしまうのである。さらに、二人がようやく会える機会がやってきたときには、「私はこの続きを引き受けなくてはならないのだ」(“Friends” 160)と二人の出会いを意図的に妨害して、神の仕業としたものを人為的に作り上げるようになる。このとき超自然現象は現実の行為と同義のものとなると同時に、彼女が認識する現象は自身のイマジネーションによる創造物となる。こうして非現実のものと現実が入り交じり融合することとなり、両者の境界は消滅するのである。

こうした現実と非現実の一体化は、『ねじの回転』ではさらに複雑にもたらされる。実はもともと、家庭教師の精神は常に現実と非現実の世界をさまよっている。初めて塔の上に見かけたクウィントの正体を思い悩むとき、彼女は物語の登場人物たちに思いを馳せる。美しいブライ邸に何か「秘密」があるのではないかと考えた彼女は、アン・ラドクリフの『ユードルフォの秘密』に登場する古城に幽閉された女主人公や、シャーロット・ブロンテの『ジェイン・エア』を思わせる、塔に監禁された狂人の存在の可能性を考える（"Screw" 192)。こうした現実を非現実と結びつける彼女の行為は、マイルズとフローラに対しても行われる。彼女は彼らを「ラファエルが画いた聖天使のように深く華美な落ち着き」（"Screw" 182）をたたえた子供たちと呼び、美しさ、純粋さ、愛らしさ、神々しさの権化として受け止める。天使のような子供たちとの、美しいブライ邸での生活をあたかもおとぎ話の世界のように例える彼女は、徐々に自身をもこの世界の中に投入していく。ここで必要となるのがクウィントたち幽霊の存在である。幽霊たちから子供たちを守る庇護者となることで、彼女は自身が作り上げたおとぎ話のいち登場人物となり、そこに「並々ならぬヒロイズムの高揚に喜び」（"Screw" 203）を覚え、やがては「私の中にはあらゆる正義」（"Screw" 423）があると自負するに至る。しかし当然のことながらクウィントの幽霊やマイルズがいなければ、このような家庭教師の空想の世界、自身の存在意義は成り立たない。つまり、彼女の空想の世界を確立させるためには幽霊は不可欠な要素であり、彼女のヒロイズムを高めるためには幽霊は悪しきものでなくてはならないのである。結果、彼女こそが、空想の世界を現実に持ち込んでいるのであり、幽霊の登場を促しているのだと言える。そしてこのとき、幽霊は彼女の意識の産物となり、非現実であったものが現実のものと融合して、両者の隔たりは消え去るのである。

このように現実と非現実を重ね合わせていく彼女の意識を、ジェイムズはマイルズと幽霊クウィントとの一体化という形でも描き出す。クウィントの影におののく家庭教師は、ある晩ベッドにいるマイルズの様子を見に行ったとき、彼がまだ起きていることに気づき学校について尋ね始める。しかし、彼女に答えるマイルズに「この子は待っているのだ、助けを呼んでいるのだ。……この子を助けるのは私ではなく、私が会ったあいつなのだ！」（"Screw" 240）とクウィントの存在をマイルズの近くに感じ、さらに次のように考えるのである。

途方もないことですが、実際この子は早熟であると確信していましたので、つまり、あえて端的に言うなら影響力の弊害と呼ぶべきものを確信していましたので、彼が内に抱える問題にかすかに息をついたとしても、彼をずっと年上の大人と同じように扱えると思っていたのです。そのため、私は彼のことを知的に対等な存在として扱わざるを得なかったのです。("Screw" 240)

わずか十歳ほどと思われる少年マイルズに見出す大人の姿は、彼女がクウィントの姿をマイルズの中に見ていることを示していよう。つまりここで家庭教師が見ているマイルズの姿とは、幽霊と実在の人間が重なり合った姿であり、彼女によって両者は同一視されているのである。そのため、彼女はマイルズを自分と同等の存在、ひとりの大人として認識する。

従って家庭教師がクウィントからマイルズを守ろうとする行為は、非現実を現実から切り離そうとする行為に他ならない。妹のフローラと家政婦のグロースさんが屋敷を去った後、マイルズと二人きりで食事をとった彼女は、いよいよマイルズ(=幽霊クウィント)と向かい合う。彼女の詰問に気圧されマイルズが答え始めたとき、そこにクウィントが「牢獄の前に立つ見張りのように」姿を現し、「ガラスに近づいて中を覗き込み、もう一度その呪われた白い顔」("Screw" 262)を見せる。ここで注目したいのは、家庭教師の意識の動きである。瞬時にクウィントをマイルズに見させまいとした彼女の行為を、彼女は「霊感」によってとられた行動だとし、それを霊感と呼ぶ以外「他の呼び方ができません」("Screw" 262)と説明する。幽霊によって非現実の世界に取り込まれることから少年を守ろうとしたにもかかわらず、ここで描かれる家庭教師はむしろ、彼女自身が非現実的な力にとらわれているのである。そしてこのとき、「一人の人間の魂を守るために悪魔と戦う」("Screw" 262)と考える彼女は、ヒロインとしての自分に陶酔し、優越感を覚えている。彼女がヒロイズムに浸り精神を高揚させていくほど、彼女の意識は現実から離れていき、彼女の空想の世界をさまようことになる。つまり、幽霊クウィントが現実の世界から人間マイルズを連れ去ることを恐れて両者を引き離そうとしながら、逆に家庭教師自身が空想の世界にはまり込み、彼女が現実から引き離されていく。こうして彼女の日常は、超自然と混じり合いながら一体化し、現実と非現実の隔たりは失われていくのである。

ジェイムズの幽霊物語では、現実と非現実、リアルとロマンティックの境界を見出そうと人間味ある幽霊を描いてそれを語り手たちの実生活に投入するものの、結局語り手の意識は現実から離れて幽霊たちのいる世界と混じり合い、両者は融合するという展開に終結する。実生活の中に出現したはずの幽霊が、やがては語り手の意識の産物となったとき、それは彼女たちの空想の世界を助長するものへと発展する。語り手たちが幽霊の存在を意識すればするほど彼女たちは現実を離れていき、やがては現実を見失っていく。そうした語り手による空想の世界への忘我が、現実と非現実の融合という形でジェイムズによって提示されているのである。

このような現実から意識が切り離されてさまよう構図は、ジェイムズがニューヨーク版『アメリカ人』に付した序文で述べた彼のロマンス論を彷彿とさせるものである。彼はここで、ロマンスとは様々な種類の自由な経験、つまり「我々の低俗な社会に付随する状況の不自由さから完全に解放された経験」を扱うものだと説明する。そしてこの解放された経験を気球にたとえ、我々読者はその気球と地上をつなぐ非常に長い綱が許す範囲でフワフワと漂いながら「想像力のかご」に乗って楽しんでいるのであり、作家ジェイムズは、読者に知られないうちにこっそりとその綱を切ってやるのだと言う(James, *Literary French* 1064)。ここでは読者と作品との関係について述べているのであるが、この構図を幽霊物語の中の、現実と非現実に挟まれた語り手の位置づけに当てはめてみるならば、そこに彼女たちの意識の動きが見えてこよう。現実の世界にいるはずの語り手たちは、幽霊に誘い込まれて知らないうちに空想の世界という気球のかごに乗せられ、フワフワと漂っているうちに作者によってその綱が切られて、非現実の世界に飲み込まれてしまう。このとき、語り手たちの意識は幽霊のいる空想の世界と融合し、現実と非現実を区別することができなくなってしまう。つまり、現実と非現実の境界線を見定めようとしていたはずの作者が、語り手たちの意識を非現実の世界へと運び去るのである。

ジェイムズにとって超自然小説とは、超常現象を始めとする不可解な超自然がもてはやされる時世に対する、ジェイムズ流の挑戦だったのだと考えることができよう。科学による超自然研究は、言い換えると科学で解明できなかった事象を完全なる超常現象であると証明する行為であり、それは現実と非現実を明確に定める行為でもある。幽霊物語を「おとぎ話」と捉えるジェイムズにとって、この科学と超自然との関係はまさにリアルとロマンティックの境界線を定める行為と同義ともなり、こうした関係を現実と非現実の狭間をさまよう語り手の意識を通して作品の中に再現するのである。科学が超自然を解明しようと挑んだように、ジェイムズもまた現実と非現実を明確に見定めようと試みる。しかし、彼は語り手たちの意識を現実から切り離して両者の隔たりをなくしてしまう。ここに、超自然と現実の境界を定めること、つまり、リアルとロマンティックを区別することに対するジェイムズの答えが読み取れよう。語り手たちの意識が、次第に現実を離れ空想の世界を漂うとき、そこには現実か非現実かという問いかけは存在しない。むしろ、両者を隔てようとする行為自体を嘲笑うかのように、彼は語り手の乗るかごの綱を切って空想の世界に解放し、ただそれを大いに楽しめばいいのだと示すのである。

ジェイムズが心霊研究協会と深い親交があったとしても、彼自身がその会員になったり、熱心な協力者となることはなかった。兄とのやり取りの中で触れているように、ジェイムズは自身を「部外者」(James, *Letters* ed Edel 302) と呼び、「その方面の分野には全く疎い」(James, W. 152) として、超自然、心霊研究に関して全くの門外漢であることを明らかにしている。ここには、超自然を科学の力で解明しようとする動きに同調できないジェイムズの姿が読み取れないだろうか。上述したように、ジェイムズは彼の幽霊たちをおとぎ話のものとして認識する。その上で、人間味ある幽霊を創造して実生活の中に投入することで、かえって超自然の存在を現実味ある姿で際立たせ、さらに、現実と非現実の隔たりを消し去ることで、超自然現象を科学で解明しようとする行為の限界を提示する。ジェイムズは超自然と科学が注目された時世を利用して幽霊物語を描きながら、しかしそこに彼自身の社会への批判も忘れてはいない。この意味では、ジェイムズは超自然小説を書きながらも、やはりリアリズム作家であったと言えるのである。

注

（1）一八四八年から一八五二年にケンブリッジ大学在学中、超常現象を科学的に研究する「幽霊協会」を設立し、その後の心霊研究の礎を築いた人物である。この幽霊協会が、後に彼のいとこヘンリー・シジウィックによって一八八二年に設立される「心霊研究協会」に発展した。

（2）The Society for Psychical Research. ベイルダーは、この協会の目的を「偏見も先入観も交えず、科学で多くの問題解決を見出そうとする、冷静で正確な精神を持って、催眠術、心霊現象、交霊術などと称される現象の大部分を調査すること」であると説明する（Beidler 25）。つまり、あらゆる超自然現象を科学的方法論に基づいて解明しようとするのである。この協会の中心的メンバーには十九世紀末の代表的な文化人や知識人たちが名を連ねており、これが学術的に真剣に超常現象を議論する集まりであったことが分かる（吉村 一五五）。

（3）実際にマイヤーズがジェイムズに宛てた手紙は残されていないが、ジェイムズから彼への返信は残されており、そこに「『ねじの回転』について私にくださった質問」と言及されている（James, *Letters* ed Horne 314）ことから、ジェイムズが手紙を受け取った事実は窺える。

（4）兄ウィリアムはこれを「兄弟として最も美しく愛情深い行為」(James, W. 153) と喜び、弟ヘンリーは後に朗読会が大成功に終わったと兄に報告している (James, W. 154)。

（5）加えて、一八九一年に出版された「エドマンド・オーム卿」においても、同様の幽霊が登場することを指摘したい。語り手の「私」が初めて教会でオーム卿の幽霊を目撃したとき、彼はそれを想い人シャーロットの隣に座った「紳士」（"Orme" 77）としか受け止めておらず、その後もマーデン夫人から告白されるまで、オーム卿を幽霊であると疑うことすらしていない。むしろ語り手が描写するオーム卿の様子は、生々しく具体的で人間臭く、そこに現実離れした超自然の要素はない。それは、あまりにも自然にシャーロットの生活に登場し、現実の中に堂々と居場所を獲得するのである。

引用文献

Beidler, Peter G. *Ghosts, Demons, and Henry James*. Columbia: University of Missouri, 1989.

Despotopoulou, Anna & Kimberly C. Reed. *Henry James and the Supernatural*. New York: Palgrave, 2011.

Edel, Leon. *The Complete Tales of Henry James*. Vol.8. New York: Lippincott, 1963.

Edel, Leon & Lyall H. Powers. *The Complete Notebooks of Henry James*. Oxford: OUP, 1987.

Hayes, Kevin J. *Henry James: The Contemporary Reviews*. Cambridge: Cambridge UP, 1996.

James, Henry. *A Life in Letters*. Ed. Philip Horne. New York: Penguin, 1999.

———. *Letters*. Vol.2. Ed. Leon Edel. Boston: Harvard UP, 1975.

———. "Sir Edmund Orme." *Ghost Stories of Henry James*. Ed. Martin Scofield. Hertfordshire: Wordsworth Editions Ltd., 2001. pp.67-91.

———. "The Friends of the Friends." *Ghost Stories of Henry James*. Ed. Martin Scofield. Hertfordshire: Wordsworth Editions Ltd., 2001. 153-74.

———. "The Turn of the Screw." *Ghost Stories of Henry James*. Ed. Martin Scofield. Hertfordshire: Wordsworth Editions Ltd., 2001. 175-266.

———. *Literary Criticism: French Writers, Other European Writers, The Prefaces to the New York Edition*. Eds. Leon Edel

and Mark Wilson. New York: The Library of America, 1984.
———. *Literary Criticism: Essays on Literature, American Writers, English Writers*. Eds. Leon Edel and Mark Wilson. New York: The Library of America, 1984.
James, William. *The Correspondence of William James*. Vol.2. Eds. Ignas K. Skrupskelis & Elizabeth M. Berkeley. London: UP of Virginia, 1993.
Lustig, T. J. *Henry James and the Ghostly*. Cambridge: Cambridge UP, 1994.
Otis, Laura. *Literature and Science in the Nineteenth Century*. Oxford: OUP, 2009.
Scofield, Martin. "Introduction." *Ghost Stories of Henry James*. Ed. Martin Scofield. Hertfordshire: Wordsworth Editions Ltd., 2001. vii-xxii.
Sheppard, E. A. *Henry James and "The Turn of the Screw."* Oxford: OUP, 1974.
吉村正和　『心霊の文化史──スピリチュアルな英国近代』　河出ブックス　二〇一〇

オスカー・ワイルドの『ドリアン・グレイの肖像』とシェイクスピアの『ソネット集』

――裁判とソネットへの「自然に反する」愛――

須田　久美子

若者を熱烈に崇め、愛することは、どんな芸術家にとっても全く自然なことだと思います。(Hyde 112)

十九世紀末を賑わせた裁判において、オスカー・ワイルドは述べる。彼の代表作『ドリアン・グレイの肖像』は、男性間の猥褻行為の廉でワイルドを有罪に導くための資料として法廷で槍玉に挙げられた[1]。画家バジルの絵のモデルをしている美青年ドリアン・グレイが、画家の友人ヘンリー卿の導きのもと、肖像画を見て己の美に目覚め、永遠の美と若さを願うという物語である。裁判で問題視されたのは、バジルがドリアンに向けた感情を吐露する部分であった。ワイルドが、バジルのドリアンに対する感情は「自然な」ものだと言うのに対して、相手側弁護士カーソンは「自然に反する」ものではないかと主張する。作家自身もまた、小説の登場人物と同様の悪癖を持つのではないかと問われたワイルドは、次のように答える。

カーソン　「ではあなたはそのような感情を持ったことがないというのですね。」

ワイルド　「ええ。すべてのアイデアはシェイクスピアから借りたのです、残念ながら――ええ、シェイクス

ピアのソネット集からです。」（Hyde 112-13）

ワイルドは応酬の中で、小説のインスピレーションとなった作品を口にしたのである。本稿では、シェイクスピアの『ソネット集』に描かれた「自然に背く」愛を再現しているこの作品が、裁判における攻守の一つの要点として扱われたことに注目する。『ソネット集』の読み方についての議論が当時あったという背景の中で、ワイルドが、『ソネット集』の「自然に反する」解釈者として断罪される姿を浮き彫りにしたい。

ワイルドが裁判で述べたとおり、『ドリアン・グレイの肖像』はシェイクスピアの『ソネット集』の言葉やイメージを多く取り入れている。両作品は時代を隔てているが、作家と『ソネット集』との繋がりは深く、小説の前年に出版した『W・H氏の肖像』はソネット集についての批評であり、当時のワイルドの執筆状況に鑑みても、その頃は彼が特にソネット集に大きく関心を寄せていた時期であることが分かる。小説は「軽い夏の風」がそよぐバジルのスタジオの描写で始まる（169）。そこを訪れたヘンリー卿は、青年ドリアンの肖像画を見て、この青年は「夏」にあっては涼やかで、冬にあっては常に「夏」を思い起こさせる存在だと言う（170）。そして画家バジルは、ドリアンは自分のことを「夏の一日の装飾品」のように弄ぶと自嘲しながら、彼を「夏の一日」に喩える（178）。「夏の一日」といえば、「君を夏の一日に喩えようか？」という一行から始まるシェイクスピアのソネット十八番が思い起こされる。詩では、青年の美が「夏の一日」に喩えられ、次は調子を変えて、その夏の美しさがいかに儚いものかという内容に続いていく。小説もまた、その流れと歩調を同じくして展開していく。「夏の一日」の美を誇るドリアンは、若さという彼の「夏」は年をとることによってたちまち失われることをヘンリー卿に警告され、激しく嘆く。ソネットでは、青年は詩の中にうたわれることにより、その「永遠の夏」は色褪せないと続くように、小説においても、ドリアンの美しさは肖像画として永遠に保たれることになるはずなのだ。つまり、「夏」を連想させる青年が芸術作品の中で永遠の夏となるという過程を、小説は詩と一致させている。その後の場面でも、ドリアンは、「幾夏を経ても」美しく（284）、「二十の夏の青年」と表現されるなど（331）、小説を一貫してソネット十八番でうたわれる「永遠の夏」を体現した人物として描写されている。十八番に限らず、ソネット集でうたわれる言葉やイメージは随所に見出すことができるが、物語の終盤において、ヘンリー卿がドリアンの衰えぬ美を讃えて、こう締めくくる。

君の人生は君のソネットだ。（352）

この言葉は、ドリアンの人生に終止符が打たれる直前にあって、輝き続ける常夏の美を際立たせている。「ソネット集からアイデアを借りた」この小説が、出版から数年後には法廷で読み上げられることになるとは誰が想像しただろうか。当時、年若い恋人アルフレッド・ダグラスの父親クィンズベリー侯爵から目の敵にされていたワイルドは、「男色家（somdomite）を気取るオスカー・ワイルドへ」と書かれたカードを受け取る。"somdomite"とは、「男色家」（sodomite）の綴りを誤ったものだが、この侮辱に対してワイルドは侯爵を名誉棄損で訴える。クィンズベリー侯爵が提出した正当化事由抗弁書は、ワイルドがこれまで関係をもったとする複数の男性との交際を列挙するのに続いて、「『ドリアン・グレイの肖像』という題の物語形式をとった、ある種の不道徳で卑猥な作品」と小説を名指しする（Hyde 326）。その作品は、「ソドミーの、かつ自然に反する習慣、趣向、行為」を描く意図をもつばかりか、そのように「読者の理解」を誘導するというのである。さて、法廷において、相手側弁護士カーソンは、小説に狙いを定める。彼は小説を手にしながら、「『ドリアン・グレイの肖像』の芸術家の愛着と愛情は、そこにはある種の傾向があると普通の人に思わせませんか」と質す（Hyde 110）。登場人物の画家バジルに関する描写には、「ある種の傾向」すなわち男性間の不適切行為の悪癖が表されているとの追求である。

カーソンは小説から主に二つのパッセージを引用し、読み上げるのだが、それらはワイルドが念入りに修正を施した箇所であった。まず彼が引用したのは、第一章において、画家バジルがドリアンとの出会いの興奮と感動を吐露する部分である。この箇所でバジルは、ドリアンと目と目があった時の衝撃、ドリアンが自分の芸術作品そのものになったこと、彼が傍にいるからこそ絵の傑作が描けると語る。カーソンは、「成熟したばかりの若者に対して一人の男性がいだく、この感情の描写は適切なのでしょうか、それとも不適切なのでしょうか」と問う（Hyde 111）。カーソンが目をつけたこの箇所には、手書きの段階では、より「不適切な」表現が盛り込まれていた。

そして彼（ドリアン）はそれ（バジルの絵）を見るために身をかがめ、彼の手は私の手に触れた。彼が私の手を握る時に、世界は若返るのだ。そして私が彼を見る時には、幾世紀もの時間はその秘密をすっかり明らかにするのだ。（13）

このくだりは結局は削除されており、相手側弁護士の追求の対象にはなっていないのだが、ここには、バジルとドリアンとの肉体的な接触がはっきりと描かれている。また、ドリアンがいてくれることによって「世界が若返る」という箇所は、『ソネット集』に描かれるような、若者とともにある時に若返る詩人の姿と重なりながら[2]、情熱的な言葉となって紡がれている。出版にあたり、バジルの興奮と情熱を控えめに修正してもなお、法廷において問題視される箇所であったのだ。

さらに、次に裁判で読み上げられるパッセージでは、修正の事実そのものを追求されることになる。『ドリアン・グレイの肖像』は、一八九〇年に『リコピットマガジン』に掲載された版と、加筆・修正された一八九一年に本として出版されたものの二つの版があるのだが、相手側弁護士カーソンが手にしているのは、一八九〇年のものであった。二つの版には違いがある点を、彼は厳しく指摘する。カーソンは画家とドリアンの会話の部分を読み上げる。

一人の男性がその友人にふつう与える以上の、ずっと大きなロマンスの感情と共に、私は君を崇拝してきたのは全く本当のことだ。どういうわけか、私は女性を愛したことは一度もなかった。時間がなかったのだと思う……(原典)。君と出会った瞬間から、君という人物は私にもっとも並外れた影響を与えたのだ。私はすっかり認めよう、私が君のことを狂おしいほどに、途方もないほどに、不条理なほどに崇めていることを。(Hyde 111)

カーソンは、「ここは粛清した版では省略されていますね」と指摘する。すなわち、この部分は、一八九一年版に改訂するにあたり意図的な操作があったことをほのめかしているのである。バジルの台詞は「ある種の傾向」すなわち不適切な男性間の欲望が読みとれ、その危険性を作者自らが自覚しており、本として出版する際にカットすることで、同性愛的要素を意図的に「粛清した」ということである。そして、もとの引用部分におけるバジルのドリアンに対する愛着は、「自然な感情」とは言えないのではないかと攻め込む(Hyde 112)。彼によれば、小説自体がワイルドの罪を自白しており、ワイルド自身もそれを自覚していたがゆえに、隠ぺいのために修正を施したことが示唆されているのである。修正箇所においてもなお、「自然に反する」罪が隠しきれずにあることをほのめかす弁護士の狙いは、慎重な修正があったことに鑑みれば、ある意味で的を射ているといえる。
カーソンは、一八九〇年版には書かれ、一八九一年版では消されたバジルの台詞を再度読み上げる。

しかしフレーズごとに調べてみましょうか。「私はすっかり認めよう、私が君のことを狂おしいほどに崇めていることを」。それについてなんとおっしゃいますか。あなたはこれまでに若者を崇めたことはあるのですか。（Hyde 112）

バジルの愛は「自然に反する」ものではないかと執拗に問うてくる相手に対し、ワイルドはウィットでもって渡り合う。

ワイルド　「いいえ、狂おしいほどに、ということはありません。愛と言う方がいいでしょう、より高い形の――」
カーソン　「そんなことはどうでもいいのです。我々が今いるレベルに落としてください。」
ワイルド　「私は誰も崇めたことはありません。自分を除いては。」（Hyde 112）

ワイルドの当意即妙の受け答えはギャラリーを沸かせる。そして、なおも同じ質問を繰り返す弁護士に対し、ワイルドは小説のアイデアをシェイクスピアの『ソネット集』から借りたと述べるのだ。口にした『ソネット集』という言葉は、相手に新たな攻撃口を与える。

カーソン　「あなたはシェイクスピアのソネット集が自然に反する悪徳を示唆すると示した評論を書いたと思われますが。」

ワイルド　「反対です、そうではないということを示すために、私はその論を書いたのです。シェイクスピアに対して押し付けられた、そのような曲解に対して反対したのです。」(Hyde 113)

弁護士が言及した評論とは、『ドリアン・グレイの肖像』の前年に出版され、シェイクスピアがソネット集を捧げた相手の正体をめぐる作品『W・H氏の肖像』のことである。ワイルドは、『ドリアン・グレイの肖像』をめぐる応酬において、詩人が青年の美を賞賛する内容を含む『ソネット集』の名を出すことによって、小説中のバジルの愛はソネット集で詩人が美青年に向けた感情と同様のものであり、何ら問題のあるものではないと主張したのである。しかし、相手側弁護士は、ワイルドの『ソネット集』の解釈はシェイクスピアの作品を「自然に反する悪徳」に結びつけるものだったと逆に非難する。

『ドリアン・グレイの肖像』を含むワイルドの著作物に対しての審問が終わった後で、次に対象となったのは、ワイルドがダグラスに宛てて書いた手紙であった。

君のソネットはとても素敵だ。そして、君の赤い薔薇の花びらの唇が、歌という音楽のためだけではなく狂おしいキスのためにつくられたことは驚くべきことだね。(Hyde 101)

この、運悪くゆすり屋の手に渡り、法廷で晒された手紙について尋ねられ、ワイルドは答える。

私は平凡な手紙を書いたりはしませんでした。あなたは、リア王やシェイクスピアのソネットが適切かどうか私に尋問しているのも同じなのです。（Hyde 115）

ワイルドは、手紙は文学的創作物であるとして、文学の土壌から切り返す。厳しい追求に対して、ワイルドの巧みな答弁は会場に笑いを引き起こしながら渡り合う。次に、相手弁護士は、ワイルドが不適切な交際をしていたという男たちの名を挙げて、文学の座に居座るワイルドを切り崩しにかかる。彼は、ワイルドが交わっていた男たちはワイルドよりも社会階級が低く、「文学的」教養に欠けた種の人間であることをさかんに印象付ける。次々に挙がる名前と交友の事実、不意打ちの証人の存在に、ワイルドの旗色は次第に悪くなってゆく。ワイルドはクィンズベリー侯爵に対する名誉棄損の訴えを取り下げた。

今度はワイルドが刑事裁判の被告席に立つことになる。彼は、より不利な状況で再び『ソネット集』を口にすることになる。彼は、編集者として自分の名を出していた雑誌に掲載された恋人ダグラスの詩について尋問を受け、詩の中の「その名を口にできぬ愛」というフレーズについて説明を求められる。検事ギルが尋ねる。「その名を口にできぬ愛」とは、いったい「自然な愛」か「自然に反する愛」なのですか、と（Hyde 201）。ワイルドは以下のように答える。

この世紀における「その名を口にできぬ愛」は、年上の男性が年下の男性に向けた立派な愛情で、……ミケランジェロやシェイクスピアのソネットの中に見出されるものなのです。それは深く、精神的な愛情で、完璧であるのと同じくらいに純粋なのです。シェイクスピアやミケランジェロのような偉大な芸術作品に影響を与え、普及させたものなのです。……それには自然に反することは何もありません。

ワイルドの熱弁は、自ずと聴衆の大喝采を引き起こす。若者に向ける愛とはシェイクスピアの『ソネット集』に描かれた愛と同質なのであり、決して罪に問われるものではないとの主張である。そしてワイルドの主張に沿って考えれば、詩人が作品に描いた愛、あるいは読者が作品に読み取る愛を「自然」かどうかと問うことは、シェイクスピアの『ソネット集』に描かれた若者への愛を、自然に反するものだと断罪するに等しいことになる。『ソネット集』に描かれる愛の価値を訴えることは、自分に対する弁護であると同時に、文学作品を世間の道徳の問題と混濁させることに対しての抗議でもあるのだ。

最初の裁判においてワイルドがソネット集の名前を出した場面は、ある新聞[3]の報道では別の表現で記載されている。

> 表現はシェイクスピアから借りたのです。(qtd. from Foydy 11)

『ドリアン・グレイの肖像』の着想の源になった具体的な作品名は書かれていない。このことからは、『ソネット集』は、ひいては『ソネット集』に対する解釈は、何かしらデリケートな問題をはらむものであったことが窺われる。

裁判では、『W・H氏の肖像』はシェイクスピアの作品を「自然に反する悪徳」と評した論であるとの評価を下されたが、当時のシェイクスピアに関する批評家たちの議論がその背景にあると考えられる。十九世紀はシェイクスピアが爆発的な人気を博した時代であり、その名声が国民的なものとして浸透し、演劇や出版の両文化において一大産業ともいえるほどの興隆を見せた。ワイルドもまた、シェイクスピア演劇の名優たちとの交友、ストラットフォードでのシェイクスピアの彫像の除幕式におけるスピーチ[4]など、その大人気の中に身を置く一人として知られている。批評の分野においてもシェイクスピアは研究され、多様な本や論文が書かれた。『ソネット集』に関しては、内容が内容だけに、半ば神聖視された国民的詩人が既婚者でありながら「黒い女」、通称ダーク・レディと浮気をしているばかりか、若い男性と関係をもっているということが問題視され、十九世紀の批評家たちを困惑させたことは想像に難くない。

ワイルドは、『ソネット集』の批評として『W・H氏の肖像』を執筆している。この作品は、シェイクスピアに夢中な青年が、シェイクスピアが詩を捧げた相手W・H氏の正体をめぐって自説を披露するというものであり、ワイルドはその「主題についての完全に新しい見解」を与えるものだと豪語している（*Letters* 398）。『ソネット集』に関する様々な著作物がある中で、ワイルドが参照したと考えられる批評の一つに、ジェラルド・マッシーの本がある。[5]彼は、詩人と若者の関係について次のように書いている。

　ソネット二十番のもっとも下品な読みを受け入れる者は、詩人は伯爵とは大変仲が良く低級でみだらな言葉で呼びかけていても、それはエリザベス朝の読み方というより現代の読み方のせいであると認めるべきである。個人的なソネットは二人の友人の親しさを示し、描くものであるのだが、その親密さも、シェイクスピアのもっとも純粋で、高尚で、男らしい性質がなしたことだと証明しているのだ。私の解釈は（そのような）親しさを仮定してるのだが、……彼ら（下品な読みを受け入れる者）の解釈は……自然に反している。

（103）

マッシーは、潔癖で男らしく、道徳的に正しいシェイクスピア像を作ると同時に、詩人とW・H氏との関係に不適切な要素を読みとる者は「自然に反する」読者なのであり、自分の解釈こそ「自然な」読み方であると主張する。また、別のソネット集に関する著作においても、男性に宛てて書かれたとされているソネット集を複数挙げて、「自然の法を順守する」詩人が、「自然に反して下品にも罪を犯しただろうか」と疑問を呈している(6)(27)。今でいうホモエロティックな欲望を読みとる読者は下劣であり、そのような欲望を排する読み方こそが「自然な」解釈であるとしている。批評家たちにとって、シェイクスピアがソネットを捧げた相手について論じることは、道徳の問題に直面することであり、『ソネット集』の読み方は時代の価値観や道徳と大きく関わっていたのだといえる。

『ソネット集』に対する批評家たちの態度が様々に分かれる中で、ワイルドは『W・H氏の肖像』において、ソネット二十番の中の「ヒューーズ」(Hews)という言葉は実はある人物の名前であり、W・H氏の正体はシェイクスピアが愛した少年俳優ウィリー・ヒューーズ(Willie Hughes)だという説を披露する。着想そのものはワイルドに発したものではないが、シェイクスピアの道徳的人格が損なわれることへの配慮をせず、彼を少年俳優に恋する詩人として仕立てている。法廷では、このことを相手側弁護士は厳しく追及している。国民的作家としての地位を築いていたシェイクスピアの『ソネット集』は、それ自体、人々にとって、何かしら「その名を口にできない愛」という類の問題を含みもつものであったが、その『ソネット集』の解釈は、水面下に潜在していたこの問題を議論としてわき起こす可能性をもっていたのである。時代の道徳にそった望ましい読み方に従わず、ワイルド流に「自然に反して」解釈し、詩人が同性愛者であることをほのめかすことは、批評において、また法廷においても、当時の道徳規範への挑戦であった。批評家として『ソネット集』に解釈を施し、作家としてそこに描かれた愛を小説に再構築したことで、批評家を含めた当時の人々が触れずにいた、「口にしてはならない」問題の蓋を開けたのであった。

『ソネット集』に描かれる愛を引き合いに出したワイルドの訴えは功を奏することなく、この裁判に敗北した彼は牢獄へと送られる。『W・H氏の肖像』の中ではソネットに描かれた若者に対する愛を解釈し、『ドリアン・グレイの肖像』ではその愛に別の形を当てて再現したワイルドだが、彼は不謹慎かつ「自然に反した」批評家として、作家として、非難を受けることになったのである。そのようなレッテルを張られたワイルドであるが、現代ではこのワイルドの『W・H氏の肖像』は多くの批評家に言及され、今なお我々は『ソネット集』を読むときにはワイルドの足跡と功績を目にすることになる。ワイルドが読んだと考えられる別の批評家リチャード・シンプソンは、様々な角度からソネットを検証し、推論を立てる中で、こう書いている。「脳が沸騰する」のだと(77)。『ソネット集』は、推測や、時には妄想まで掻き立てるほど読者を夢中にさせる作品だというのだ。ワイルドの『W・H氏の肖像』の中には、『ソネット集』を夜が更けるまで夢中になって読み、そこからウィリー・ヒューズ説という途方もない妄想を紡ぎだす、『ソネット集』に夢中になるあまりに暴走する人間の姿が描かれる。シンプソンが言う「脳が沸騰」状態の、ソネットの読者の姿である。『ソネット集』は、ワイルドをして「自然に反する」と断罪されたその熱い読み方にこそ、裁判の場でのソネットに描かれる愛の価値についての訴え、『W・H氏の肖像』を書かしめ、『ドリアン・グレイの肖像』にインスピレーションを与えた。裁判において「自然に反する」と断罪されたその熱い読み方にこそ、裁判の場でのソネットに描かれる愛の価値についての訴え、窮地に立たされたときの熱弁、さらには作品の源を見出すことができるといえるのだ。ここから、作家としての、また批評家としてのワイルドの、『ソネット集』に対する愛と、時代に抗った姿が見えてくるのである。

注

（1）ワイルドは、一八八五年の修正刑法第十一条によって、ソドミー行為には至らない男性間の猥褻行為を取り締まる法律への違反を問われた。

（2）ソネット二十二番「私の鏡は私が年老いたと説得しない。若さとあなたが同じ長さである限りは」と謳う詩人の姿と重なる。ドリアンと同じ時間を過ごすことで若返るバジルの姿は削除されたが、ドリアンに婚約者ができ、彼が離れてしまう時には「何年も年老いてしまったように思える」とあり、二十二番のイメージが再出する（237）。

（3）*Daily Telegraph*, April 4, 1895.

（4）John Stokes. "'Shopping in Byzantium': Oscar Wilde as Shakespeare Critic." *Victorian Shakespeare*. Eds. Gail Marshall and Adrian Poole. Vol. 1. New York: Palgrave Macmillan, 2003. に詳しい。

（5）Gerald Massey. *Shakespeare's Sonnets Never Before Interpreted*.

（6）Gerald Massey. *The Secret Drama of Shakespeare's Sonnets Unfolded*.

引用文献

Foldy, Michael. *The Trials of Oscar Wilde*. New Haven: Yale University Press, 1997.

Hyde, Montgomery. *The Trials of Oscar Wilde*. Harmondsworth, Middlesex: Penguin, 1962.

Massey, Gerald. *Shakespeare's Sonnets Never Before Interpreted*. 1866. New Delhi: Isha Books, 2013.

———. *The Secret Drama of Shakespeare's Sonnets Unfolded*. 1872. <http://catalog.hathitrust.org/Record/100134084>.

Simpson, Richard. *An Introduction to the Philosophy of Shakespeare's Sonnets*. 1868. New York: AMS Press, 1973.

Tyler, Thomas, ed. *Shakespeare's Sonnets. The First Quarto, 1609, A Facsimile in Photo-lithography*. 1886. Hathi Trust

Digital Library. 1 May 2015. <http://catalog.hathitrust.org/Record/004113994>.

Wilde, Oscar. *The Complete Letters of Oscar Wilde*. Eds. Merlin Holland and Rupert Hart-Davis. London: Fourth Estate, 2000.

———. *The Complete Works of Oscar Wilde: The Picture of Dorian Gray: The 1890 and 1891 Texts*. Ed. Joseph Bristow. Vol. 3. New York: OU Press, 2005.

Ⅲ　二十世紀以降

ヴァージニア・ウルフの信仰
――言葉が世界を創出する――

市川　緑

超自然というテーマとヴァージニア・ウルフという作家はなじむと思われるだろうか。なじまないと思われるだろうか。精神疾患による幻聴のエピソードや、作風の神秘的なイメージが先行するなら前者、フェミニズムを標榜した作家のイメージが強ければ後者となろうか。本稿では、さまざまな角度からウルフと超自然なるものとの関係を概観しつつ、ウルフにとって超越的な意味を持つ存在とは何であったかを検討したい。

一　「向こう側の世界」

さしあたって、超自然なるものを幻想や宗教に関するものと考えたい。「超越性」をテーマにした文学ジャンルには「幻想文学」と「宗教文学」があると、沼野充義は述べている。幻想文学を、「日常生活では普通起こることのない超自然的なこと（つまり「幻想的」なこと）を描いた非リアリズム文学」と定義し（沼野　四）、「超越的なものに向き合う」体験として宗教的体験と幻想的体験は同質（沼野　一一）であるという観点から、幻想文学と宗教文学を併置している。

この分類に従ってウルフの文学を考えてみると、まずウルフは「幻想文学」と呼べる長編を『オーランドー』一作を除いて書いていない。『オーランドー』の主人公は、十六世紀から二十世紀までの時空を生き、途中で男性から女性へと性転換する架空の詩人である。作風から言えば、ウルフの作品群のなかで例外的な位置づけにある。この壮大でユーモアに満ちたファンタジーを取り上げることは、ウルフの書いた超自然を論じる方法のひとつになるかもしれない。ただ、フェミニズム、英国社会、英文学に関する見解など、ウルフの他の作品に見られる重要なテーマが『オーランドー』にも通底していることから、他の作品群とは作風の点で異なるだけであるとも言える。四百年余りの近代史を（男性・女性双方の立場で）経験する一人の人物の伝記という超越的手法は、英国の社会と文化がどのように変化したかを浮き彫りにするための手段であったと考えることができる。ここでは、『オーランドー』に特化した分析ではなく、作家ウルフの全体像を、超自然という観点を軸に検討してみたい。

ところで、ウルフは一九一八年、タイムズ・リテラリー・サプリメントに『現代英国のフィクションにおける超自然』という本の書評を寄せている。この本は同時代の米国作家ドロシー・スカボローによる学位論文であり、十九世紀から二十世紀初頭の英国のゴシック小説、恐怖小説などを概説したものである。「向こう側の世界（"Across the Border"）」と題されたこの書評は、超自然的なものに対するウルフの見解や姿勢を読み取る一助となる。

ウルフの見解は次のようなものである。人間には不思議なことや怖いものに惹かれる本能があり、十八世紀の合理主義の時代には、人びとはその本能が抑制されたことへの反動として幽霊や怪奇現象を扱った超自然小説を求めるようになった。その後、文学の扱う超自然の性質が変化し、「現代」の恐怖小説は、ヘンリー・ジェイムズがその典型であるように、「われわれ自身のなかに住まう亡霊」を見出す点を特徴とする（"Across the Border"

218-19)。「現代」は、「口にすることなどできない悪」や「追求されたことのない欲望」など「われわれのなかの超自然」に関心を向ける時代であり、無意識という概念をはじめ心理学研究もその種の超自然に惹かれる本能に応えるものである。かつての幽霊物語はともすれば誇張や滑稽さと紙一重であるのに対して、「自然なもののなかに織り込まれた超自然」のほうが恐怖感は深い（"Across the Border" 219-20）。つまりウルフは、自然や日常の内部にこそ解明すべき知られざるものが潜んでいると見る傾向が、「現代」の作家と読者にあることを指摘している。この傾向はウルフ自身のものでもある。社会を描写するには、制度や慣習や物理的側面を見るだけでは不十分であり、その背後に渦巻く人びとの意識、思想、感情に分け入る必要があるというのが、ウルフの基本的な観点だからである。日常の背後に真相あるいは隠れた意味があると考える点で、ウルフの観点は超自然なるものに惹かれる感覚と共通する。

二　宗教思想とウルフ

次に、「超越性」の文学の要素としてもうひとつ沼野が挙げる宗教について言えば、ウルフは宗教小説と呼べるものを書いていない。ウルフは、父レズリー・スティーブン、さらに夫レナード・ウルフをはじめとするブルームズベリー・グループの仲間と同じく、不可知論者であり信仰の対象を持たなかった。もっとも、ウルフに広い意味での宗教的性質を見る論考はいくつかある。前協子は、『ダロウェイ夫人』で主人公クラリッサの内的独白に用いられる「奇跡」「神秘」「啓示」などの言葉について論じている。クラリッサは、若い頃に妹の事故死を目の当たりにしてから「一瞬たりとも神を信じておらず」（*Mrs Dalloway* 33）、不可知論者T・H・ハクスリーやジョン・ティンダルを愛読し、娘の家庭教師である熱心なクリスチャンを嫌悪しているが、それにもかかわらず宗教用語を使う。

たとえば、クラリッサは二十歳頃にサリーという革新的な友人に出会って恋愛感情の目覚めを体験するのだが、その回想のなかに見られる。サリーにキスをされた瞬間に「紙に包まれたダイヤモンドの輝きが……包み紙を焼き切って現れたような」衝撃を受け、それは「まさに啓示、宗教的感覚」であった（*Mrs Dalloway* 40）、というように。ほかにも、人にはそれぞれ侵害できない「魂の自由」というものがあると悟った時に、「これこそ奇跡、これこそ神秘」という言葉を用いている（*Mrs Dalloway* 140）。

前論文は、ハクスリーやティンダルが、宗教を通じずとも深い宗教感覚や宗教的感情を得ることができると考えていたことに注目し、ウルフはその考え方に基づいて、「『啓示』『神秘』『奇跡』という言葉をいわゆる既存の宗教とは切り離して用いることができた」としている（前　一二）。

ウルフがクラリッサを通してこのような思想を展開した背景には、ブルームズベリー・グループの思想的核とも言える存在であった無神論者の哲学者、ジョージ・エドワード・ムーアの影響もある。彼は「善とは何か」という問いを追究した結果、人間同士の交流や美の享受に最大の価値をおいた。ムーアは時間や空間の実在を否定する観念論を批判し、形而上学や神学の影響を退けて、「常識」に依拠する哲学を展開した。ムーアを特に崇敬したジョン・メイナード・ケインズは、その思想を「世俗的な宗教」と呼んでいた。ちなみに『ダロウェイ夫人』でも、クラリッサ特有の思想を、友人のピーターが「善のために善を施すという無神論者の宗教」と呼んでいる（*Mrs Dalloway* 87）。

このようにウルフは、超現実的な出来事ではなく、あくまでも常識や日常的感覚を基盤とした思想になじんでいた。クラリッサの描写に見られるような、何かを直感したり感得したり苦しみが氷解したりする感覚は、不可知論者の経験でありながら宗教感覚に限りなく近いものとして読むことも可能ではあろう。しかし、特定の宗教思想を表現するためではなく、そのような精神的経験の特異性を表現するために、ウルフは宗教的な言葉を借りているのである。

キリスト教ではなく東洋の宗教哲学がウルフに影響を与えたとする見解もある。ダーウィニズム以降、東洋の宗教哲学の影響を受けた神秘主義思想、神智学がヨーロッパに広まっており、知識人の間でもたとえば輪廻転生の有無などが論争されたというような背景がある。ジュリー・ケインは、『ダロウェイ夫人』のクラリッサや『灯台へ』のラムジー夫人の内面描写に、「啓示」や一種のトランス状態、幽体離脱とも解釈できる表現が用いられていることを指摘し、神智学の書物の影響があると見ている。しかし、ケインは、そのような「神秘的」な表現を「比喩的なものとして読むか文字通りに読むか」については議論の余地があると留保している（Kane 336）。このことから、東洋の宗教哲学が思想的な影響をウルフに与えたとは言えないまでも、ウルフの作家としての表現手法に影響を与えた可能性は否定できない。ウルフは、人が時に非日常的で特別な感覚を内的に経験することに着目する作家であり、それを描写する際に、キリスト教であれ東洋の宗教哲学であれ特定の宗教の枠組みに依拠することなしに宗教的用語を用いていると言える。

三　精神疾患とウルフ

ケインは、ウルフが生来的に何らかの神秘主義的感覚を備えていたと主張しているが、この点についてウルフの持病との関連も示唆している。ウルフ自身、日記や書簡で自らの症状を客観的に記録しようと試みながら、「私の場合、この病気には、何というか神秘主義的なところがあると思う」と表現している（*Diary* 287）。「病むことについて」でウルフは、病気になると（それがインフルエンザのような一般的なものでも）世界の見え方が変わると書いている。病気になると、健康な時の常識が覆される。普段は天気を確認する時くらいしか見ない空が、実は頭上でダイナミックな活動を果てしなく続けていることを知る。健康な時に詩を読んでも「知性が感覚を支配する」（「病むことについて」八六）が、病気の時は言葉が直接感覚に伝わってくる。病床では「人生の全風景が、はるか海上を行く船から眺めた陸地のように、遠く美しく横たわる」（「病むことについて」七七）。「健康の光の衰えとともに姿をあらわす未発見の国々がいかに驚くばかりか」（「病むことについて」七三）。このような美しい表現で綴られているからといって、もちろんウルフが持病に苦しんでいなかったわけではない。

ウルフの精神疾患は躁うつ病もしくは双極性障害（Lee 176）とされ、生涯にわたって数年から十年ごとに重い躁状態とうつ状態を繰り返すものであった。躁状態の時には、頭がアイデアにあふれ、歓喜に満ち、二、三日間ほとんどずっとしゃべり続けたり、死んだ母親と話をしたり、庭の鳥がギリシャ語でさえずるのが聞こえたりした。逆にうつ状態になると、強い罪の意識にさいなまれて自分を責め、読むことも書くこともできず、食物を求める自分の体を下劣だと感じて食事を摂らなくなった。「これほど自分の身体に振り回される者もいないだろうと思う」とウルフは書いている（*Diary* 174）。ウルフが十三歳の時に母親と死別したことや、異父兄から性的虐待を受けていたことが精神疾患の原因であるように語られることが多いが、トマス・カラマーノが言うようにむしろ遺伝因子による部分が大きいと思われる。父レズリー・スティーブンの兄弟や、父と前妻との間の子、ウルフの従兄などに精神疾患があったことがわかっている（Caramagno 13）。

たとえば躁状態について、「この奇妙な時期は」インスピレーションをもたらすため、「作家として最も実り多い時になっている」とウルフ自身が言うように（*Diary* 254）、精神疾患と創作とは無関係ではなかっただろう。その点に注目するカラマーノによれば、躁状態の患者は「深遠な（だが言い表しようのない）洞察を得たような感覚」や「人生の真の意味が突如ヴィジョンとなって見える」のを経験するという（Caramagno 14）。その極度に覚醒し高揚した精神状態が、クラリッサやラムジー夫人の経験する「啓示」的瞬間の描写に反映されているのかもしれない。症状のある時に知覚する現実と、ない時に知覚する現実とのギャップを経験していることから、「現実」とは何かという問いがつねづね実感としてウルフにあったとのカラマーノの指摘（Caramagno 17）には同意できる。ウルフの精神疾患は、「現実」の本当の姿は日常の背後に隠れているという感覚と、それを解明し表現したいという作家としての動機につながっているのかもしれない。

四　物理学とウルフ

ウルフはヒュー・ウォルポールに宛てて「私から見るとあなたの人物には現実味がない」と批評し、「あなたの人物を現実味があると思う人もいれば、私の人物を現実味があると思う人もいる。何が現実かは誰にも決められない」と言っている（*Letters* 402）。ウルフにとって、「現実」とは視点によって異なる相貌を表す主観的なものであり、その客観的な姿を知ることが困難なものであった。ウルフのそのような現実観と共鳴したのが、「現実」の新しい見方を提示した同時代の物理学である。

一九二〇―三〇年代、量子力学の新しい知見が新聞やラジオを通じて人びとの関心を集め、特に物理学者のジェイムズ・ジーンズやアーサー・エディントンが書いた一般向け科学書はベストセラーになった。ウルフもジーンズの著作を読んでいる。当時、ウルフをはじめ一般の人びとにインパクトを与えたのは、ミクロの視点で物質の実体を素粒子の集合として考える概念の新奇さであったと思われる。「『物質の本質』が永遠に知りえないものであるなら、コティヨン（ダンスの一種）が現実の舞踏会で踊られているのか、映画のスクリーン上で踊られているのか、ボッカチオの物語のなかで踊られているのかという違いは大して問題にはならない」とジーンズは書いており、究極的には物の実体というものは精神のなかに存在するイリュージョンだとさえ示唆している（Beer 115）。

エディントンも同様に、「固体の性質もイリュージョンである」とし、「現実というものはイリュージョンという乳母がいなければ生きられない子供であるとも言える」と書いた（Beer 120-21）。ここでは物理学が精神世界論に近接しており、実際にエディントンは科学と神秘主義とを結びつけようとすらしていた。ウルフの作品には科学の与えたこのようなインパクトを反映している部分がある。『幕間』にはエディントン、ジーンズの名前が登場し、「科学のほうが物を霊的（spiritual）にとらえるそうだけど、変な話ね。……今いちばん新しい考え方では、固い物質なんてないんだって」（*Between the Acts* 232）という台詞も見られる。「床板も物質としての固さを持たない」から、ドアから部屋の床へと踏み出すのは「ハエの群れの上に足を置くようなものだ」（Beer 122）と言うエディントンと、朝日に照らされた部屋を「あらゆるものが柔らかく形を失った。陶器の皿も流れ出し、鋼のナイフも液体となったかのように」（*Waves* 20）と表現するウルフは明らかに発想を共有している。

このように、同時代の物理学の発想と表現は、作家として「現実」の性質を探求していたウルフの関心を引くものであった。「現実というものはイリュージョンという乳母がいなければ生きられない子供であるとも言える」と言うエディントンの言い回しの、「イリュージョン」を「言葉」に変えてみれば、そのままウルフの信条となる。「言葉にしなければ何事も本当の意味で起こったとは言えないのよ」（Nicolson 2）。ウルフの身近で育ったナイジェル・ニコルソンは、小さい頃にそう言われたことを覚えている。だから、できるだけ手紙や日記を書きなさい、と。

五　言葉の超越性

「キッチンテーブルを想像してごらん……ただし自分がそこにいないとしてね」（*To the Lighthouse* 40）。『灯台へ』で、父ラムジー氏の「主体と客体および現実の性質について」の研究を説明しようとするアンドリューの言葉である。ラムジー氏はヒュームを崇敬したレズリー・スティーブンがモデルとされている。見ている自分が介在しないようなかたちで、キッチンテーブルを思い浮かべることができるのか。キッチンテーブルは（観念論者ヒュームの考えたように）知覚にすぎず、そこに実体があるとは言えないのか。知覚する者がいなくても、物は知覚されている時と同じように存在し存続するのか。『灯台へ』には、このような現実の性質への問いかけが繰り返されている。

『灯台へ』の第二部には、誰も住むものがいなくなった家が、時の経過とともに風雨にさらされ、繁茂する植物に埋もれていく様子を描写した箇所がある。そこには家を眺めている人物はいない。ビアによれば、「物質世界がここでは書かれることによって存続している。ただし知覚する人物の気配をあえて完全に消した書き方で」（Beer 39）。その文体は、まるでそこにたまたま設置されたカメラが連続的にレンズの前の出来事を記録していくような印象を与える。ビアの論じるように、ウルフはここで、主観を排除したところに客観的に存在する物（あるいは人や出来事）そのものを書こうと試みている（Beer 40-47）。特定の知覚者の主観がとらえるのは物事の一面にすぎず、それも誤ったものであるかもしれず、しかも知覚者によってその姿は変わる。日常的なものや出来事、身近な人であっても、本当に理解し得ているのだろうか。知覚者とは無関係に存在する対象の本当の姿を解明して、その存在を永遠にとどめることはできないか。

画家のリリーは敬愛するラムジー夫人の、心のなかも含めた全体を知りたいと願い、「あの一人の女性を知るには五十対の目があっても足りない」と考える（*To the Lighthouse* 303）。

いちばん必要なのは、空気のように澄んだ、ある種の密かな感覚だ。そういうものなら鍵穴から忍び込んでいって、ひとりで編み物をしたり独り言を言ったり窓辺に静かに座ったりしている夫人の周りにいられるし、ちょうど汽船から立ち上る煙の跡を空が抱くように、夫人の考えていることや想像や欲望を吸いこんでとどめておける。（*To the Lighthouse* 303-04）

夫人の真の姿に迫ろうとすれば、部屋も人の心も自由に出入りできる何か霊的なものにならなければならない。この空想にはウルフが対象をどういう方法で書こうとしていたかが表れている。無人の家の描写と同じく知覚者を介在させるのではなくて、いわば属性を持たない知覚という機能そのものを想定し、それを対象と半ば一体化させる方法である。

このように対象と一体化する知覚を想定して書く方法を、ウルフは晩年まで追及していた。それを明らかに示しているのが、『幕間』の草稿に見られる不思議な一節である。『幕間』の最終稿では消されており、作家のアイデアを書きとめたメモのようでもある。小説の舞台である屋敷の、空っぽの食堂が描写された後、「その静けさに、誰もいないことに、注意を向けているのは誰なのか」という自己言及的な文章が始まる。空っぽの食堂を知覚している「名前のない霊的なもの」がそこに存在しているはずだとされ、その存在が果たす機能が長々と説明される。

その存在は、絵やナイフ、フォーク、男や女を、知覚するだけでなく、それらと半ば一体化して、精神の見

> えない部分にも入り込むことができる。それだけでなく精神から精神へ、表面から表面へ、体から体へと移りゆきながら、精神でも体でもなく、表面や深層でもない、ある共有領域を作り出す。そのなかでは、滅びる運命にあるものも保存されるし、ばらばらのものもひとつになる。この存在は、こういう方法で不滅なるものを作り出すのではないだろうか。他にも同じように触知できない存在に名前がつけられているが——たとえば神とか、精霊とか——保存する者、創造する者のなかでも最大のこの存在に名前をつけるとすれば、小説家とか詩人とか彫刻家とか音楽家となろう。けれど、……この存在には名前がない。それ自体に名前はないが、名前のある他のあらゆるものと半ば一体化して、韻やリズムになり、着替えや飲み食いといった行為になり、受胎や興奮や、愛、憎悪、欲望、冒険になり、犬や猫と同化し、蜂や花や、コートとスカートを身に着けた体にもなる。（*Pointz Hall* 61-2）

この存在は端的に言えば一種の語り手を意味すると思われるが、あくまでも特定の価値観や視点を持たない空気のような存在であるとされる。この存在は物語を語っている実在の小説家とは別だ、という但し書きもある。言い換えれば、物語の世界を外からの視点で語る全知の語り手とは異なる（この語り手の特異な性質については那須論文を参照）。この語り手は、一般的な語り手にまつわる意思や意図や操作性が極力消されたもの、つまり、知覚し語る機能そのものと想定されている。そして対象となるあらゆる人や事物や行為や現象と重なり合い一体化することができる。『灯台へ』に見られる、ラムジー夫人の心と一体化する霊的なもののように、外から対象を見るのではなく対象そのものになってしまう。主観の色付けを排して、対象の「現実」を浮かび上がらせる試みである。

この語り手は言葉そのものに限りなく近づいたものと言うこともできる。この語り手（言葉）が対象を移り行くことによって展開される「ある共有領域」とは、あらゆるものが言葉によって創出される言語空間を意味するのではないだろうか。言語空間では、「ばらばら」で意味をなさなかったものもひとつの意味をなす統一体となり、世界が構築される。そこでは、「滅びる運命にあるもの」つまり移ろう感情や記憶、死者の思い出なども保存される。言葉を介して人びとが世界を共有でき、その世界は共有されることによっても滅亡を免れる。言葉が対象である現実世界を映し出すということではない。言葉によって「現実」が表れ、世界が現前するのである。肉体的な目で見ている世界とは別の次元で世界が立ち上がるのである。

『幕間』と同時期に書いていた回想記のなかで、ウルフは書くことと「現実」に関する独自の「哲学」を記している。日常生活はたいてい、特に意識して生きているわけではなく何気なく過ぎていく曖昧模糊とした時間［ウルフの表現では「非存在（non-being）」あるいは「綿（cotton wool）」］から成るが、時折、絶望や喜びなど感情が強く動かされたり、物事を感得したりする瞬間［ウルフの言う「存在の瞬間（*moments of being*）」］がある。「存在の瞬間」は「表面的な現象の背後に何か真なるものがある証」であり、「それを私は言葉に表すことで現実のものにする」とウルフは述べる（*Moments of Being* 72）。

ここから私は哲学とも呼べるものに到達する。ともかくずっと私が持ち続けている考えである。つまり、綿の背後には文様が隠されていて、われわれ人間はみな、その文様と結びついている。世界全体はひとつの芸術作品であり、われわれはその一部である、という考えだ。（*Moments of Being* 72）

日常生活の「綿の背後には文様が隠されて」いる。「文様」とは世界が秩序を持って表れた姿であり、いわばひとつの「芸術作品」である。さらに言えば、芸術作品とはその「文様」そのものである。ウルフの場合、その

「隠された文様」は言葉で書き起こされるものであり、それがすなわち「世界全体」である。『幕間』草稿で示されていた、語り手である言葉とともに世界が立ち上がるイメージは、明らかにこの「哲学」とつながっている。

『ハムレット』やベートーベンの四重奏曲は、われわれが世界と呼ぶこの茫漠とした塊についての真実である。ただしシェイクスピアもいないし、ベートーベンもいない。強く言うが、間違いなく神もいない。われわれがその言葉なのだ。われわれがその音楽なのだ。われわれがその作品なのだ。（*Moments of Being* 72）

作品と世界の間に作家が介在しないというのは、常識的に考えて不可解な話である。実際は、言葉は作家の内から生み出される。しかし、ウルフの「哲学」では言葉は自律しており、作家はまるで霊媒師のように言葉すなわち世界を現前させるただの装置である。この「哲学」はひとつの信仰と呼んでもいいかもしれない。ウルフにとっては言葉こそが超越的な存在であった。言うなれば、ウルフにとって、言葉が神であった。

引用文献

Beer, Gillian. *Virginia Woolf : The Common Ground*. Ann Arbor: The University of Michigan Press, 1996.

Caramagno, Thomas C. "Manic-Depressive Psychosis and Critical Approaches to Virginia Woolf's Life and Work." *PMLA*, 103 (1) 1988, 10-23.

Kane, Julie. "Varieties of Mystical Experience in the Writings of Virginia Woolf." *Twentieth Century Literature*, 41 (4) 1995. 328-349.

Lee, Hermione. *Virginia Woolf*. London: Vintage, 1997.

Nicolson, Nigel. *Virginia Woolf*. New York: Viking Penguin, 2000.

Woolf, Virginia. "Across the Border." *The Essays of Virginia Woolf*. Ed. Andrew McNeillie. Vol.2. New York: Harcourt Brace Jovanovich, 1987.

———. *Between the Acts*. 1941. London: Hogarth Press, 1965.

———. *Moments of Being : A Collection of Autobiographical Writing*. Ed. Jeanne Schulkind. 1977. San Diego: Harcourt, 1985.

———. *Mrs Dalloway*. 1925. London: Hogarth Press, 1980.

———. *Pointz Hall : The Earlier and Later Typescripts of Between the Acts*. Ed. Mitchell A. Leaska. New York: University Publications, 1983.

———. *The Diary of Virginia Woolf*. Ed. Anne Olivier Bell. Vol. 3. New York: Harcourt Brace, 1980.

———. *The Letters of Virginia Woolf*. Eds. Nigel Nicolson and Joanne Trautmann. Vol 4. London: Hogarth Press, 1981.

———. *The Waves*. London: Hogarth Press, 1931. London: Penguin, 1992.

———. *To the Lighthouse*. 1927. London: Hogarth Press. 1982.

那須雅子「〈焦点化者X〉の存在と効果――『幕間』にみられる語りについての考察」『ヴァージニア・ウルフ研究』第二十二号　日本ヴァージニア・ウルフ協会　二〇〇五　一―一八頁

沼野充義「まえがき――日常を超えたものと向き合うために」『岩波講座文学８　超越性の文学』岩波書店　二〇〇三　一―一六頁

前協子「*Mrs Dalloway* と宗教問題――ハクスレーとティンダルを読むクラリッサ」『ヴァージニア・ウルフ研究』第十四号　日本ヴァージニア・ウルフ協会　一九九七　一―一五頁

ウルフ、ヴァージニア『病むことについて』川本静子編訳　みすず書房　二〇〇二

参照ウェブサイト

"George Edward Moore (Stanford Encyclopedia of Philosophy)." http://plato.stanford.edu/index.html

『神の恩恵』に描かれた超自然的世界に見られる旧約性と近代性

島津　厚久

バーナード・マラマッドの長編最終作『神の恩恵』は、これまでの長編のリアリスティックな作風とは一線を画し、英語を話す九匹のチンパンジーと、最終核戦争、およびそれに対する神の懲罰としての大洪水を生き延びた唯一の人間たるカルヴィン・コーンが、とある島で文明の再構築を図るという超自然的なモチーフを中核に据えている。リー・ガーチクも、作品の「超自然的ファンタジーと哲学を組み合わせた形式は、マラマッドの過去の小説とは様相を異にする」（Garchik 120）と言っている。作品は第一章「洪水」から第六章「神の慈悲」に及ぶが、筆者が見るところ一貫しているのは、コーンにおける旧約的自我と近代的自我の混在であり、その二つの力を自分の内と外に向けて発揮する中で、最終的に、チンパンジーたちと築いた超自然的文明の崩壊とコーン自身の死が招来される。そして、そこに至る過程において示唆されているのは、近代西欧文明に対する一つの思想的洞察であるように思われる。以下、そういう観点からこの作品を論じていく。

コーンにおける旧約的自我と近代的自我の混在については、既に何人かの研究者が指摘している。例えばフィリップ・デーヴィスは、作品においては「旧約の神の上から下への視線と、ダーヴィニズム的進化論という下から上への視線の二つが作用している」（Davis 325）と述べているし、アーヴィング・ブーケンは、コーンの二重の役割として、「被造物」としてのそれと「創造主」としてのそれがあると言い、前者を神に代わって命名する者としての「アダム」、後者を「コーン福音書に基づく素晴らしき新世界」（Buchen 27）の指導者、という自我にそれぞれ対応するものとしている。さらに、こうしたコーンの二重性につき、追加として、彼が古生物学者という自然科学者であり、かつまた、敬虔なラビを父に持ち、自分もかつてラビを志したことがあり、したがって、旧約についての該博な知識を有しているという明々白々な事実以外に、筆者の立場から見て興味深い象徴的事例を二つ挙げておきたい。

まず、カルヴィン・コーンという名前であるが、遠藤晶子によれば、カルヴィニズムは、「自然科学・資本主義」（遠藤　一一二）と結びついたものとされる。一方で、コーエンとかコーンという姓は、「古代イスラエルの聖職者の子孫であることを示す」（Rosten 192）。もう一点、先行する短編小説「最後のモヒカン」との関連で浮かび上がってくることを述べておきたい。なぜなら、ジェームズ・バイアーも述べているように、「マラマッドは、自分の作品を、それ以前の自分の作品への言及で満たす」（Beyer 89）傾向があるからである。コーンは、「脚が若干曲がっている」（11以下、『神の恩恵』からの引用はページ数のみ示す）とされる。「最後のモヒカン」でその外貌が共通する人物は、ユダヤ的エートスの塊のようなユダヤ人サスキンドである。一方、コーンが、「光り輝く天使」（13）が姿を現すのではと期待して空しく空を見上げる場面は、ユダヤ人でありながらまったくその意識に欠けているアーサー・フィデルマンが、ジオット研究のため訪れたローマにおいて空に天使を見た錯覚に陥る場面と重なる。なお、フィデルマンが傾倒しているジオットとは、『世界美術全集一　ジオット』の解説によれば、「人間の復活」、「人間の実体性の主張」（全集　九五）をなした「ルネサンスの夜明けを告げた先駆者」であり、「近代的思考の第一の特色はその人間中心主義的性格」（Strauss 102）という思想と軌を一にする画家といえる。コーンという一人の人間の中にユダヤ的要素と近代的要素という二つの傾向が混在していることが、他のマラマッド作品との比較からも支持されるのではないか。

さて、ユダヤ哲学、西洋哲学の研究者であるレオ・シュトラウスは、十八世紀に開花した近代的進歩主義精神の人間中心主義に関して、「地球が大災害に見舞われてもそれとは関係無しにこの世での人類の無限の可能性は保証される」、「人類に始まりはあっても終わりはない」（Strauss 96）という説明を加えている。その中身をもう少し詳しく言うと、「人間理性の展開は進歩へと向かう」「知的発展と社会的発展は同時進行する」「人類がある段階まで発展すると堅牢な床ができ、それより下には二度と沈まない」「人間は、自分の境遇を優位なものとするために、自然の主、所有者となって自然を征服する」「その手段は新たな科学と技術であって、それによって人間の力は幾倍にも増した」（Strauss 97-8）といったことになる。しかし、他方、シュトラウスは、近代科学の発展は、「人間から善悪の別を判断する力を失わせ」（Strauss 98）てしまったと言う。近代の価値観においては、「前の文明よりも優れた文明」（Strauss 100）を生み出すことに最大の力点が置かれ、そういう「現実主義」においては、「道徳的原理に訴えること、例えば説教などは意味のないものとされてしまう」（Strauss 101）と言うのである。

このような近代精神を発揮するだけ発揮していった結果が、シュトラウスに言わせれば、原爆やホロコーストに象徴されるような蛮行であり、彼は、これ以上近代精神を「進める」のではなく、むしろ「退く」ことを提案する。その退く先として彼が挙げるのが旧約的価値観の世界である。言い換えれば、「知力と思考力」（Strauss 109）を振るう人間という人間観に対置すべき、神の定めた「律法に服する」（Strauss 106）人間という人間観である。そういう価値観においては、「人間は理論的、知性的、思索的存在ではなく、神に対して子供のような従順さをもって生きるよう求められる」（Strauss 115）。そして、そこで言及されている神とは、いわゆる第一原因、つまり、自分以外のすべてのものを創造しながら自身は何物にも由来しないという不可思議な存在であり、その意味で、何者にも支配、理解されえぬ全能性、不可知性こそがその最も特徴的な属性の一つといえる。それゆえ人間は神の意志をはかりかね、「希望と同じくらい恐怖と怯え」(Strauss 108)の気持ちをもって神に対するのである。

『神の恩恵』に戻ると、カルヴィン・コーンにおける近代精神と旧約精神の同居というのは、シュトラウス流に言い換えると、「進む」エネルギーと「退く」エネルギーの共存ということになる。それがチンパンジーたちと作り上げた超自然的文明と彼自身にどう作用していったのかを見ていくことになる。

作品第一章「洪水」は、核戦争とそれに対する神からの懲罰としての洪水を、たまたま潜水艇で海に潜っていたがゆえに生き延びたコーンと、洪水の張本人たる神との対話で本格的に幕を開ける。コーンの主たる論点は、「二度と地球を滅ぼすような大洪水は起こさない。それは、ノアとすべての生きとし生けるものとあなたとの契約ではなかったか」(4)という立場からの神批判である。しかし、シュトラウスによると契約とは、「自立した者同士によって自由に交わされる契約ではない。聖書によれば、神が人間に実行を命じる契約なのである」(Strauss 115)。したがって、あたかも対等な者同士の如く、約束違反といった理屈で神を平然と槍玉にあげるコーンの自我は、神を恐れることを知らぬ、まさに人間中心主義のそれであり、神絶対の旧約的価値観とは相容れない。それゆえ神は、「お前を殺さねばならない」(6)と宣告する。それ以外にもこの第一章では、母船内で自分以外の者の存在に気付いたコーンが樽に飲み水を入れ、その減り具合から少なくともそれは鳥ではないと推論するなど、実験精神を備えた近代の科学者らしいコーンの描写が続く。そして、コーンは、十字架を首から下げたチンパンジーを遂に船内で見つける。後にバズと彼によって名付けられることになるそのチンパンジーがうっかり檻に自らを閉じ込めてしまった時に彼が嘲笑混じりに発した一言、「まず考えること」(19)は、まさに理性最優先の近代精神の発露であろう。シュトラウス言うところの、理性の力ゆえ自らを自然より優位に置く近代精神である。しかし、このような近代精神は、作品中の神によれば、核戦争という形で人類を自滅させたし、シュトラウス自身も、近・現代に人間が犯した様々な蛮行を念頭に、前述の、（人間理性が築き上げる）「これ以下には沈まない堅牢な床」というのは幻想であったと認めている。この考え方と、あえて作品内の描写を結びつけて考えてみると、核戦争という、近代科学技術が産み落とした蛮行が行われているまさにその最中に、科学者コーンが潜水艇で「海底まで潜っていた」（8）という件は、理性的人間は、自分は沈まないと思い込んでいるが、実際には沈んでしまう可能性が大いにあり、最終的には自滅へと向かうのだというシュトラウスの認識を絵に描いたようなものである。マラマッドがシュトラウスを読んでいたという記録はないが、興味深い対応関係であると思う。

このように近代的理性の香りを漂わせている一方で、コーンは、かつてラビになることを志したというだけあって、旧約的思考法も備えている。神が、すべての生き物を殺すと言いながら、自分のみならず一匹のチンパンジーも生き残らせたことについて、彼は、「神はミステリアス。神の言葉は沈黙。その存在はミステリー」（23）という感懐を漏らす。作中の神自身、「神の意図を知りたいなどと言うお前は何者?」（136）という言い方でコーンを不安に陥れる。先にシュトラウスが言った、旧約の神は「不可知」でなければならないという理屈と一致するものである。実際コーンは、神の意志を折に触れて意識しており、例えばある場面で、「神は善意の存在」（185）と口にするや、神の名をみだりに唱えてしまったという意識から、雷や地震という形で叱責が追ってこないかどうかを心配する。自分の言動が神に支持して貰えているかどうかを神経質に気にするのである。そして、チンパンジーとも、「父と息子とはいかなくても、兄弟のようになりたい」（26）と願う。それはまさに、「全人類の父たる神が全人類を兄弟にする」（Strauss 108）という旧約的理念に沿うものである。やがてバズともども無事に無人島にたどり着けると、コーンはそこに神の意志を読み取り、その日は断食しようと決心する。「神はとうとう自分に生き続けることを許して下さった」(27)という彼の思いは、「人間は自分よりも高いものに服する」(Strauss 102)という旧約的人間観の表れである。

このように、進歩と科学を信奉する、いわゆる「進む」自我と、人間中心、理性中心とは正反対の、神を頂きに置いてそれに服する「退く」自我、という相反する二つの傾向を内に持つコーンであるが、後々明らかになるように、彼自身がその相反性を強く意識している気配はない。むしろ相補的と捉えているふしがある。そのコーンが、相棒バズと島で共同生活を送る様が第二章「コーンの島」では描かれている。相反する傾向の共存というのは、マラマッド作品全体に流れる一つの特色であると筆者は理解しているが、この作品も例外ではない。ただ、それが単なる表現技巧の域にとどまらず、もっと広い視野から、人間とチンパンジーが織りなす超自然的世界に仮託する形で、西欧文明のあるべき姿についての思考を促す点にこの長編の意義があると思う。

「コーンの島」についてまず注目すべきことは、自身の有する科学や技術の力を用いてコーンが自然に手を入れ、新たな文明の基礎を築いていく場面である。洞窟を住処とするところから始まり、運び込んだ木から棚、テーブル、ロッカーを作って最低限の調度品を整える。島になるバナナからビールを醸造し、自然石を窯代わりにして船に残っていた小麦からパンを焼き、などして自分とバズのための当座の食生活に目途をつける。さらに木を彫ってボール、ピッチャーなどの道具に仕立てて食生活をさらに文明化し、サボテンの繊維から服を作ることにも成功して、結局自分達の衣食住生活を確立する。のみならず、石と枯れ木を用いて小川の流れを変え、堰き止めて灌漑用水路とし、その上で田圃を作り、安定した食料の生産と供給を確保するまでに至る。これまでは、自生するキャッサバやココナツからサラダを作ったり、先のバナナや小麦にしても、既にあるものを利用してきた、いわば採集生活であったのが、ここに来て農耕生活に進化したと言ってよい。シュトラウスは、「近代的展開の目的は、……先立つすべての文明に優る文明を作り出すこと」(Strauss 100)と述べているが、自身の生活でそれを成し遂げたコーンは、近代精神を漲らせていると言ってよい。そして、本章においてその精神が最も衝撃的な形で顕現しているのがチンパンジーのバズに英語を話させる場面である。元々コーンは、「この感性と知能豊かな生き物を深め、人間化したい」（55）という意図を持っていた。要は、自然に手を入れ、自己の思い通りに改変するという近代人特有の自然所有欲である。そして、バズの元飼い主ビュンダー博士によって既に取り付けられていた発声器から雑音を取り除くという形で、聞き取り易い英語をバズが話すことを可能にした。この、ビュンダーによる開発、コーンによる改良という二段構えも、採集生活から農耕生活へと同様に、「先立つ文明に優る文明を」という近代精神を強調する役割を果たしている。先のシュトラウスの言を借りれば、核戦争という地球の「大災害」後であるにもかかわらず、コーンは科学文明のさらなる「可能性」を実現しているのである。

こうして、英語を話すチンパンジー、コーン言うところの「メタチンプ」（65）が誕生する。これからこの島で展開される超自然的世界の、これが出発点である。グロリア・クローニンが、発話能力は「自身の内在的限界より上にバズを引き上げる」（Cronin 126）と述べているように、人間と対等の言語能力を持ったバズは、人間と等しい思考、発想、感性を身につける。そういうバズからの、「僕はいつセックスできるの？」（71）という問いかけは、近代科学の手でチンパンジーを超自然化させることの是非を問いかける。そもそもこういうチンパンジーを科学の力で生み出すことは、近代精神がもたらした道徳的無分別とも見える。この「性」の問題は後々この島の文明を根底から揺るがすことになるのであり、このバズの一言は、作品後半部分と響き合っている。

シュトラウスによれば、近代人の思考においては、「パタンを新たに生み出していく」ことが良き生き方であり、一方、旧約的価値観においては、「人間の意志に先立つパタンに従う」（Strauss 100）ことこそが良い人生とされる。新たなパタンを作るという近代性がコーンに横溢していることは見た通りであるが、同時に、神を恐れ、神に従うという旧約的価値観にも同じくらい強く根ざしているのがコーンの人間としてのありようの特徴と言ってよい。具体例は作品中に多数見出せるが、その最たるものは、アブラハムが神の命により息子イサクを殺そうとするという、旧約の中でも神の絶対性、神を恐れることの重要性を強調した場面を何度もバズに話して聞かせ、様々な解説を加えていることである。そして、結論として、「神は人間をひどく不完全なものとして創った。多分神の念頭にあったことは、もし人間を完全で平和的で善良なものとしていたら、人間は向上する必要を感じないだろうし、もしそうなれば、人間は本当の意味の人間になれないであろうということだ」（75）と述べ、人間中心、理性万能の近代精神が忘却しがちな、「人間の不完全性」、それを前提とした「道徳的向上」の必要性を、神からの要請として論じている。

シュトラウスは、「西欧の知性の歴史、西欧精神史の核・根源は……旧約的人生観と哲学的［科学的］人生観の葛藤である」と述べ、前者を神学者、後者を哲学者と言い換えた上で、両者の相反性をさほど意識していないコーンとは違い、「誰も哲学者と神学者の両方になることはできない。あるいは、その点で言うと、我々が哲学と神学を超越したり統合したりという可能性もない。神学の挑戦を受ける哲学者か、哲学の挑戦を受ける神学者か、どちらかにしかなれない」（Strauss 116）と、強く主張している。コーン本人と、これからコーンが、自身に宿る旧約精神と近代精神の二つを駆使し、さらに統合させることを通して島に築こうとしている新文明の行く末を予言しているかのごとき言葉であるが、その予言は作品の中で現実化される。

結論を先に言えば、新文明建設のために近代精神（「進む」）と旧約精神（「退く」）を駆使した挙句、コーンは、出発点から先にも進めず、出発点より後ろにも下がれず、結局そこにとどまる結果となってしまうのである。この「元のまま」というのがコーンを待ち受けている運命である。そして、この「元のまま」に関しては、作品に散見される円環イメージに着目したい。例えば、ラビであった父親の朗詠を録音したレコードがある。プレーヤーと共に彼が母船から持ち込んだものであるが、近代技術の所産たるレコードにユダヤの朗詠が吹き込まれているということ自体、コーンの存在様式の二重性に対応する。そして、それが円い訳であるから、つまりは堂々巡り、自身の二重性に基づき企図されたことが結局は出発点に戻るという彼の運命を予言している。また、二人が暮らす島が閉じられた構造をしていることは言うまでもないが、その島を彼は二週間かけて「一回り」(43)する。その間コーンは、植生から島の位置を推測するなど科学者として振る舞うが、最後に、「神はこのありさまをご存じだろうか?」(45)と、不可知なものとしての神に思いが向く。コーンの二重の存在様式と円環構造が、ここでも結び付けられている。

「コーンの島」においては、コーン、バズに加えて、第三の住人、コーンによってジョージと名付けられたゴリラが登場する。ジョージは、コーンの死に際してヤムルカを被り、カディッシュを詠んだことからも分かるように、ユダヤ的エートスの象徴である。これに関しては、ジョージが「コーンのユダヤ教を共有することを選んだ唯一の猿」(Benedict 103)であることが指摘されるなど、多くの識者がその方向で解釈している。コーンが朗詠レコードをかける度にジョージは森から出てきて感動的に聞き入るが、その彼に対し、ビュンダー博士にキリスト教徒として育てられていたバズは(コーンがバズと名付ける前は、ゴットローブという「新約的な名」[遠藤 二一五]を持っていた)、「石、スプーン、竹の棒」を投げつけ、相手が逃げ出すとさらに「カップ、ソーサー、木像を投げつけ」(77)た。まさにキリスト教徒によるユダヤ人迫害の寓意といえる。また、ジョージは、「森の中の放浪者」であり、「一人で放浪していた」(78)とされ、さまよえるユダヤ人のイメージにも重なる。ただ、ジョージに最も特徴的なことは、決してバズのように人間の言葉、英語を話さないということである。これは、旧約的価値観とは相容れないとされる、言語を出発点とする人間理性中心主義、さらにそこから進んだ近代科学を彼が拒否していることを意味する。そういうジョージの旧約的立場からすると、レコードに象徴されているような、ユダヤ性とは逆方向の傾向をも帯びているコーンのありようは一種苛立ちの種であり、一枚のレコードを破壊するという挙に出るのである。この場面は、コーンのありように対する旧約の立場からの善意の警告といえる。

作品第三章「木の中の学校」において、さらに五匹のチンパンジーが登場し、しかも彼らもバズを通して英語を習得するに至り、いよいよコーンの指導下、超自然的新文明の建設が本格化する。「七―八匹の生き物からなる小規模なものであっても、機能性のある社会的単位があればそれが文明化する力となり、かつて下位層にあった生き物に、より高次の行為秩序を産み付けることになろう」(127-8)という彼の意気込みは、人間に成り代わったチンパンジーたちの、終わりなき「無限の可能性」を示唆しており、近代精神の顕現である。そして、核戦争で「生き物のみならず大事な世界を失った」(128)人間の轍を踏まないためにも第一に必要なことは教育だとコーンは考え、宇宙論、人間進化の歴史(ダーヴィニズム)、人間の矛盾した性格などについてチンパンジーたちに講義を行う。「知的発展と社会的発展の同時進行」というシュトラウスの言に対応する近代的発想といえる。

その一方で彼は、旧約的道徳も利用しようとする。近代的進歩主義、つまり「進む」理念に基づく事業を旧約的精神、「退く」理念で後押しし、それによって両者を統合した新文明を目論むのである。例えば、チンパンジーたちを集めてのセデルの場面はそれに該当する。セデルとは、エジプトで奴隷にされていたユダヤ人たちがモーセに率いられて脱出し、カナンの地に戻れたことを祝福する「過ぎ越しの祭り」に先立つ儀式で、家族単位で催される(Rosten 292)。その場でコーンは、「我々を今日まで生かし、永らえさせてくれた神に感謝」(112)という敬虔な一言から始め、出エジプトと核戦争後の洪水を重ね合わせた上で、苦難から自分たちを救ってくれた神のことを自覚して「将来は平和的に共存することが我々の責務」(114)と説き、「知的発展」とはまた別の、旧約的道徳の立場から来るべき文明のあるべき姿に言及する。チンパンジーたちに家族的連帯の重要性を説くにはふさわしい儀式の選択といえる。ただ、それとてユダヤ的エートスの体現者たるジョージには受け入れがたい。セデルに招かれて挨拶しようとした時、彼は、「咳込み、緊張し、吐息をついた。喉は膨れ、便秘に抗っているかのようにうめき声を上げげた。熱があるかの如く彼の黒い体が震えた。必死になってジョージは立ち上がり、胸をドシドシ叩いた。……怒りの叫び声をあげ、彼はチーク材のテーブルを引っくり返した」(123)。このように、このセデルの場は、ジョージにとっては苦痛に満ち、怒りをかきたてるものであった。ユダヤ性とは相反するものの存在をそこに嗅ぎ取ったからである。ビュンダーとコーン、二人の科学者の技術の申し子で、セデルの場で平気で十字を切るメタチンプ、バズの存在、儀式に必要な子羊の骨の代わりに、考古学という自然科学の産物たる化石が使用されていることなど、旧約的立場にとっての不純物を見出したのである。いかに島が人手不足(バズしか手伝ってくれる者がいない)、物不足とはいえ、旧約精神にそれと逆行するものを接ぎ木したコーンへの、これが二度目の警告である。

第四章、「木々の中の処女」においては、さらに三匹のチンパンジーが加わり、島の文明はコーンの予想以上に繁栄する。その推進力の一つになったのは、やはりコーンが自在に操る科学の力であった。今回彼は、島に自生する様々な植物から薬を作り出し、バズの眼精疲労を治してやったのを皮切りに、虫下しや虫歯の治療などを施し、彼らの身体を文明建設のための労働に耐えうる健康なものにしている。そして、ここでもジョージが登場する。ある時、鼻水を流しているジョージを見つけたコーンは薬草を処方してやろうとするが、「ジョージはそれを受け取ることを拒否した」(145)。再三指摘している、近代科学を拒否するユダヤ的エートスの表れといえる。また、その場面でジョージは七回くしゃみをし、それに対してコーンは、「神の祝福あれ」(145)と応じる。オックスフォード版『ユダヤ教辞典』で言及されているように、ユダヤ教において「七」という数字は、六日でこの世を造って一日休んだ神を象徴するものとされ（Werblowsky and Wigoder 505）、まさにジョージにふさわしい数字であるが、それに対し、ジョージの本質に気付かぬまま「神」と返すコーンの姿には、所謂ドラマティック・アイロニーに近いものがある。

一方、共同体の繁栄を支えたもう一つの柱は、セデルの場でコーンが説いた「平和共存」の精神である。幼いチンパンジーは田圃での仕事を「手伝い」、それを年長の者が「監督する」（147）。メスのチンパンジーは幼い者や年寄りの「面倒を見てやり」、バナナその他果物の木の植栽をチンパンジーたち皆で「手伝う」（147）。そして、仕事が終わると皆がコーンの洞窟に「集った」（148）。あたかもシナゴーグに集う会衆のようである。

このように、近代科学と旧約精神の統合を基礎にしたこの文明は当初順調に発展し、チンパンジーたちは皆直立歩行をし、自分たちのことを「人間《メン》」（172）と呼び、ユダヤの休日には朗詠レコードに合わせて踊ったりもするまでに至る。唯一ジョージはその文明に加わらず、無言で指背歩行を行っているが、シュトラウスが不可能と主張した近代精神と旧約精神の統合が、現段階では成就しているかに見える。

しかし、同時に、この繁栄の下には、統合崩壊の契機となる事情が隠蔽されている。それは、先にバズによって示唆された性《セックス》の問題である。キャスリーン・オクショーンも指摘しているように、この作品では「セックスとセックスの欠如」（Ochshorn 295）が大きな役割を果たしているといえる。なぜならこの問題が、進歩から崩壊へと転じる、ちょうど文明の折り返し地点を示すからである。シュトラウスによれば、近代精神においては「感情《パッション》はある意味解放される。……道徳それ自体が感情として解される。換言すれば、道徳が感情に対して調整的、抑制的……に働くという考えは捨象される」（Strauss 103）。他方、旧約的思考においては、「感情は道徳に従属する」（Strauss 103）。あるいは、「トーラーに対する……反逆は、……快楽の人生に浸りたいがため」（Strauss 171）のものということになる。また、このこととの関連で、彼は、「近代以前の社会では義務に強調が置かれていた。……近代においては、第一の座を権利に与え、義務を二義的とみなす傾向がある」(Strauss 103)とも言っている。

性の問題が、近代性と旧約性の相反性を示す事例となっていることをふまえ、作品後半のプロットの中核たるコーンと性の問題について考える。コーンは、美しく知的なチンパンジー、メアリ・マデリンに対する「疼くような欲望」(156)を覚え、デートから始めて、「やってみるだけの価値がある」(165)こととして彼女とのセックスを本気で考え出す。このように、彼の恋愛感情《パッション》は次々に拡大されており、まさに近代人らしいメンタリティーである。ただ、同時に、申命記にある「何であれ獣と寝る者に災いあれ」(161)という一文を想起し、旧約的立場からの逡巡も作用する。まさに「進む」自我と「退く」自我が彼の中で葛藤する訳であるが、結局彼は、自身の中で両者を統合させることで解決を図る。つまり、メアリとの獣姦へと進んだとして、その結果二人の間にできる子供は、「神の創造物の中で最も知的な二種」である今の人間、チンパンジーに比しても「分子時計において若干進み」(165)、「さらに豊かな遺伝子プール」(166)を備え、「より良い文明、より理想に近く、利他的な文明」(211)の出発点になるという近代的進歩思想と、ロトの娘たちがソドム滅亡後の人類のために父親と一緒に寝たという旧約の故事と自分の行為は同じもので、したがってトーラーに反する快楽主義とは違うという理屈を合体させたのである。つまり、この獣姦は、近代的、旧約的双方の価値観に合致するものであり、どちらの立場からも「挑戦」を受けない、その意味で双方を統合した「道徳」たりうるという立論である。現文明の建設開始時同様、「近代」と「旧約」を一体化させることで過去の文明を越えられるというコーンの理念が一層自覚的に強められている。が、今回その理念は性という新たな問題と直面することとなり、それが最終的に統合の矛盾を露呈させてしまう。いずれにせよ、獣姦、生まれてくる混血児、その子を始祖とするさらに高次の新文明の構想といった具合に、この島は超自然度をさらに増していくのである。

一方で、親密度を増していくコーンとメアリを見たバズは、「自分だって性体験ができる年齢だし、メアリと交わりたい。彼女は自分と同類であってあなたの仲間ではない」（157）と言って自己の同等の権利を主張する。それに対してコーンは、欲望の「昇華」（158）を求めた。同じことを第五章「予言者の声」で、チンパンジーのボス格にあたるエサウにも言っている。自分は、近代的（進む）、旧約的（退く）価値観の統合に基づく欲望充足、それを通しての文明のさらなる高度化という独自の途を選び取りながら、バズやエサウには同等の生き方を認めず、旧約的に「退く」ことのみを求める。このコーンの二重基準はバズに不信感を抱かせ、コーンとチンパンジーたちとの後の全面対立の遠因となる。さらに、チンパンジーたちの「嫉妬がすぐに爆発することを予知」（Ochshorn 298）したコーンは、七戒という形で彼らが守るべき「義務」を定める。自らは近代人よろしく欲望を解放させ、チンパンジーたちは旧約的義務に縛り付けるというやり方では相互の信頼は損なわれる。かつてコーンは彼らに向けて、「自由は相互の義務に依存する。それが最低線だ」（101）と諭しているが、その相互性から逸脱している点で、彼自身その最低線より下に沈み込んでいる。なぜなら、今の彼は、近代性と旧約性を利己主義的に使い分けてチンパンジーたちを組み敷く形になっているからである。つまり、統合の理念を具現化するために利己主義が必要になるという矛盾が生じており、今現在繁栄しているかに見える超自然的文明の根底で、看過できぬ歪みが胚胎しているのである。

第五章「予言者の声」で描かれた、性的に抑圧されてきたチンパンジーたちの手になるヒヒ殺しは、利己主義に陥ったコーン流統合の矛盾が爆発したものといえる。コーン流統合の理念から推し進めた獣姦が、新文明の契機となるどころか現文明崩壊の原因として作用している。殺さないことを「右手を挙げて誓え」（195）と命じるコーンに対してエサウが左手を挙げて応じる場面は、統合から派生した今のコーンによる行為規範の、性の問題に対する無力さを強調する。やがてチンパンジーたちとの亀裂が決定的になり、生命の危機を感じたコーンは、バズの発声器の線を切って彼から言葉を奪い、同時に他のすべてのチンパンジーも言葉を失う。それをもって、コーンと彼らとでこれまで成功裡に築いてきた文明は一瞬にして無に帰する。そして、線を切る時にコーンが発した言葉は、「神は与え、奪う」（215）という、まさに旧約的神絶対主義を反映したものであった。それを振りかざして近代知の源泉たる言葉――「言葉を通して……人間は……文明化された人間になる」（69）――を奪うという行為は、コーンの中で自覚されていたはずの統合の崩壊を意味し、近代主義と旧約主義は窮極のところ相対立する運命にあるというシュトラウスの立場に呼応する。さらに、性欲という利己的動機に発するとはいえ、同じく両者の統合に基礎を置き、人間とチンパンジーの雑婚に由来するもう一段階高次の文明を担うはずであった混血児レベカもチンパンジーたちに殺され、こちらの可能性も潰える。シュトラウスの説の正しさが作品の中で立証された形であり、その点で本作品は、前述の如く、超自然的・文学的モチーフを用いた西欧文明論として位置づけうる。近代性と旧約性の統合というのは空論であり、何がしかの矛盾を来しては瓦解する運命にあるもので、したがって文明の維持、進化に資するものたりえない。そういう教訓をこの作品は物語っている。

最終章「神の慈悲」において、アブラハムによるイサク殺害未遂を彷彿させる風景の中、コーンがチンパンジーたちによって刑場へと引き立てられていく。その際、「七本指」（221）をした物乞いと行き合う。前述したように旧約の神と関連した存在といえるが、彼は、コーンを救うことなく「雪崩のように深いもやの中に消えて行った」（222）。善意のゴリラ、ジョージもそこにはいない。「近代」、「旧約」の双方を統合させようとした結果、近代精神の所産といえる進化したチンパンジーたちとの連帯、そして、もう一方の拠り所であった神からの保護、どちらも喪失した今のコーンの姿は、新たな文明建設に乗り出す以前、核戦争を起こして自滅した近代文明の廃墟に一人佇み、神から死を宣告された時点への逆戻りといえる。クローニンも、作品の語りに内在するパタンとして、「世界の破壊と再植民のサイクル」（Cronin 128）を挙げているが、出発点への逆戻りを象徴する円環構造はここで閉じる。そして、殺さねばという神の言葉通り、チンパンジーたちが手を下すよりも早くコーンは突然出血してこの世を去り、唯一人、ジョージの唱えるカディッシュに送られる。文明と同時にその根源たるコーン自身の二重性もその死と共に消失し、さらにそれに呼応するかのように、コーンが主導する不純物混じりの文明をこれまで拒否してきたジョージがユダヤ性の体現者としてヘブライ語カディッシュを語り出す。これは作品の論理に適う展開といえる。作品全体を俯瞰的に見ても、文明化されたチンパンジーをコーンが「助言者、保護者」（127）として指導するという超自然のあとに、野生化したチンパンジーがコーンを罪人として刑場に引き立てるという、まさにまったく逆方向の超自然を突き合わせることにより、前者は無化され、先程述べたように出発点へと引き戻される。

引用文献にある「進むか退くか?」は、一九五二年に行われた講演が元になっており、『神の恩恵』の出版は一九八二年である。いずれも米ソ冷戦、核戦争への懸念が深刻さを増していた時代で、どちらの作品もその懸念から出発している。実際、ガーチクも、『神の恩恵』のモチーフは「核戦争と人類絶滅」、「現在の世界情勢への絶望感」であり、作品そのものも、「メタファーではなく作者の恐怖感の絶対的描写」（Garchik 121）であると指摘している。哲学と文学という異なる分野で産出されながらも、右記のような共通点を有する両作品を照応させることから始めることで、チンパンジーたちからなるグロテスクな超自然的文明の盛衰を描いたこの小説作品も新たな相貌を帯びるのではないかと考えた次第である。

引用文献

Benedict, Helen. “Bernard Malamud: Morals and Surprises.” *Antioch Review* 41, no.1 (Winter 1983): 28-36. Rpt. in

Conversation with Bernard Malamud. Ed. Lawrence Lasher. Jackson and London: University Press of Mississippi, 1991. 130-38.

Beyer, James. "*God's Grace* and Bernard Malamud's Allusions: A Study in Art and Racial Insult." *Studies in American Jewish Literature* 12 (1993): 87-93.

Buchen, Irving H. "Malamud's *God's Grace*: Divine Genesis, Mortal Terminus." *Studies in American Jewish Literature* 10, No.1 (1991): 24-34.

Cronin, Gloria L. "The Complex Irony of Grace: A study of Bernard Malamud's *God's Grace*." *Studies in American Jewish Literature* 5 (1988): 119-128.

Davis, Philip. *Bernard Malamud: A Writer's Life*. Oxford: OUP, 2007.

Garchik, Leah. "Malamud's Sense of Despair." *The San Francisco Chronicle Review* 5. 5 September 1982, 1, 9. Rpt. in *Conversation with Bernard Malamud*. Ed. Lawrence Lasher. Jackson and London: University Press of Mississippi, 1991. 119-126.

Malamud, Bernard. *God's Grace*. NY: Farrar Straus Giroux, 1982. Kyoto/Tokyo: Rinsen, 1998.

———. "The Last Mohican." *The Magic Barrel*. NY: Farrar Straus Giroux, 1958. 155-182. Kyoto/Tokyo: Rinsen, 1998.

Ochshorn, Kathleen G. *The Heart's Essential Landscape: Bernard Malamud's Hero*. NY: Peter Lang, 1990.

Rosten, Leo. *The Joys of Yiddish*. NY: Penguin, 1971.

Strauss, Leo. "Progress or Return?: The Contemporary Crisis in Western Civilization." *Jewish Philosophy and the Crisis of Modernity: Essays and Lectures in Modern Jewish Thought*. Ed. Kenneth Hart Green. Albany: State U. of NY Press, 1997. 87-136.

Werblowsky, R. J. Zwi and Geoffrey Wigoder, eds. *The Oxford Dictionary of Jewish Religion*. New York, Oxford: OUP, 1997.

遠藤 晶子 「『神の恩恵』論──ユング的自己統合のロマンス」『バーナード・マラマッド研究』 佐渡谷 信（編） 東京 泰文堂 一九八七 二〇三─一九

『世界美術全集一 ジオット』集英社 一九七九

参考文献

Abramson, Edward A. *Bernard Malamud Revisited*. New York: Twayne, 1993.

Alter, Iska. *The Good Man's Dilemma: Social Criticism in the Fiction of Bernard Malamud*. New York: AMS Press, 1987.

Avery, Evelyn, ed. *The Magic World of Bernard Malamud*. Albany: State University of New York Press, 2001.

Bloom, Harold, ed. *Bernard Malamud*. New York, New Haven, Philadelphia: Chelsea House Publishers, 1986.

Davis, Philip. *Experimental Essays on the Novels of Bernard Malamud: Malamud's People*. Lewiston, Queenston, Lampeter: The Edwin Mellen Press, 1995.

Ducharme, Robert. *Art and Idea in the Novels of Bernard Malamud*. The Hague: Mouton, 1974.

Field, Leslie A. and Joyce W. Field, eds. *Bernard Malamud and the Critics*. New York: New York University Press, 1970.

Richman, Sidney. *Bernard Malamud*. Twayne, 1966.

創り出された「超自然」
――ジェシカ・カワスナ・サイキ「妖怪」における一考察――

平野　真理子

ハワイ出身の作家、ジェシカ・カワスナ・サイキについてはあまり知られていない。これまでの彼女の主たる作品は、処女短編集、『プルメリアの日々』、そして『ハワイ物語――日系米人作家ジェシカ・サイキ短編集Ⅱ』である。彼女は作品によって判断されたい、として自身についてはほとんど語っていない。そんな彼女の、『ハワイ物語――日系米人作家ジェシカ・サイキ短編集Ⅱ』からの短編、「妖怪」では、音楽家であるマルカム・スティルウエイトが、冒頭より「変人」（the odd man）として定義づけられ、作品は次のように始まる。

変人も、都会でなら、大半の人から無視されるので、身を窶《やつ》すことができる。ところが、同じ人物を小さな町に置くと、いやでも目につく。ルナリロでは、マルカム・スティルウエイトがそうした存在だ（Saiki 87）。

実際、彼のインタビューを担当する、新聞社勤務の「私」による彼の描写においても、「おかしな男」、「奇人」、「狡猾な役者」あるいは「いんちきな」といった否定的な言葉が多用されている。確かに、彼の浮世離れした生活には、いわゆる「普通」の生活とは異なる点が多々描かれてはいるが、その点だけを取り上げて彼を「変人」扱いすることには違和感を抱かずにはいられない。しかもサイキは、読者に確認するかのように、スティルウエイトが「変人」である、と作中何度も「私」に語らせている。なぜスティルウエイトに冒頭から変人のレッテルを貼り、読者に彼についての判断をゆだねることをサイキは拒むのか。このような形で読者に解釈の余地を与えない意図はどこにあるのであろうか。本稿では、彼を変人扱いすることへの「私」の「違和感」が解消されていくプロセスを見ていきたい。そこにはハワイの移民と独自の宗教そして文化のあり方が深く関わっている。読者に違和感を抱かせる、この短編におけるサイキの手法について、タイトルである、"specter"の意味から考察してみたい。

一　神道に傾倒するマルカム・スティルウエイト

スティルウエイトのインタビューのために、彼の家を初めて訪れる「私」の視点から、彼の人物像に迫ることから始めたい。夏のコンサートシリーズのためのインタビューを編集長のジョージから依頼された「私」は、事前にスティルウエイトの変人さを警告されていた。カロロ通りの奥にある彼の住まいは「人目を避けたがっていて「たどり着くために随分骨折った」のちにやっと出てくる場所に建てられている。彼は北欧人であるが、「黒い木の梁を使い、削いだような輪郭となっている重々しい感じの古い京都風の建物」に住んでおり、浴衣で「私」を出迎える。その後に続くインタビューでは次のことが語られる。彼は交響楽団の指揮者になる夢をもつものの、母親から医者になることを望まれ、自身の意思に反してハーバード大学の医学部に進む。しかし「完全に神経が参って」しまい、二年で中退した後は心身を癒すために日本へ渡る。そして彼の人生はそこから「始まった」。その後、ハワイに来てからは、音楽家として、地域の文化活動に精力的に取り組んでいるのだが、彼独自の日本びいきは、周囲の人間を遠ざけるには十分であり、実際「私」は彼の自宅への訪問で不可解な点が多く残るのである。自ら神社を管理し、両親の墓に花を飾る点などからは、彼がかなり信心深く、神道に傾倒していることがうかがえる。彼は自ら「神社を見たいか」と、「私」に尋ね、庭園へ「私」を案内する。彼の神社は、完璧に整えられた庭園の中にあり、祭壇の真ん中には線香の供えてある仏像が祀られている。また、そばには陶器の鉢が置かれ、**LY-YK**という木片が入っている。かなり立派な祭壇であることがうかがえる。

二　パテのような女性、キソ

次に、スティルウエイトを語るうえで鍵となる、キソについて考察してみたい。キソは、一人娘を溺愛する両親によって「今日日《きょうび》の若者の乱暴な生き方」から彼女を避難させるためにスティルウエイトのもとで働かされているのだが、彼によって、

「彼女は愛らしい日本の女性です。落ち着いていて辛抱強く、礼儀正しく、大人しく、その上、パテのように私の思いのままです」(Saiki 90)。

と称賛されるほど、忠実に勤めを果たしている。それだけでなく、彼の要求はキソの容貌の細部にまで至っている。キソにお茶を出された際に「私」は次のような姿を目にする。

キソは優美な十代の娘で、この場には優雅すぎるキモノを着ていた。そんなに贅沢な紫の藤の染めものを私が最後に見たのは、美術館の展示でだった。彼女は胸にきちんとオビを締めていた。帯は、おぼろにちりばめられた葉の模様が金色に光り、細く赤い房のついた組み紐で一層引き立っていた。この娘はどこから来たのだろうかと私は自問した。彼女はゲイシャのように正装していて、ハワイではまるで風変わりだった。私は、万華鏡のように飾りをちりばめた直ぐにそれと分かる黒いかたい毛のかつらや、おしろいを塗った顔、紅色のアイシャドーまでもしげしげと眺めた。その娘がお茶を注いだ時、彼女の振る舞いには型にはまった優雅さがあった。モナ・リザの唇のような閉じ具合の彼女の唇は、さもなければ謎めいていただろう顔に唯一理解の手掛かりを与えていた。きつい着物を着て彼女は快適だろうかと私は思った。私たちにお茶を注ぐと、キソは控えめにスティルウエイトをちらっと見た。彼は微かにうなずき、彼女を下がらせた。彼女は入って来た時と同じように、静かに出て行った（Saiki 89）。

というものだった。このようにキソの個性を完全に封印し、視線だけで彼女を指図して家の中を取り仕切きらせるスティルウエイトは、自らも質素な家で伝統を墨守し、すべてが計算しつくされた部屋に家具を配置し、庭園は丹精込めて庭師に刈り込ませるなど、とにかく隙がない。このような雰囲気の中で「私」が居心地の悪さを感じるのも無理はなかろう。

三　「変人」にされたスティルウエイト

このように、「私」を通して読者はスティルウエイトが「変人」であるという見方へと誘導されてゆくのだが、いったい彼の何をもって「変人」と定義づけることができるであろうか。「私」は編集長の警告が妥当なものだったとしながらも、インタビューを終えて腑に落ちないのである。

工夫を凝らした怪奇な雰囲気の中で超自然に触れるという、忘れ難い謎めいたインタビューだった。インタビューのメモを判読してみると、その男は変人であるというジョージの警告を裏づけるものだった。謎を振り払うことができなくて悩んだ。彼が専心していることが馬鹿げているのか、それとも私たち、ルナリロの住人が彼を理解していないだけなのか（Saiki 92）。

スティルウエイトは「私」を自身の神社に案内するのだが、「私」は、その美しさに素直に感動し、「滅び」が日本文明の精神だと説くラフカディオ・ハーンに対する彼の称賛に耳を傾け、彼の生き方にいささかの共感を寄せる。

スティルウエイトの過去の幽霊に囲まれたその場に立ち、人生が死によって支配されていると語るのを聞き、まるで彼自身がラフカディオ・ハーンの化身のようにこうした生き方を選んだ理由がほんの少し分かった気がした（Saiki 92）。

作品の鍵とも言えるのは、スティルウエイトが囲まれているのが「幽霊」（eidolons）である点であり、それらは彼の両親や、彼の頭の中に存在するイメージを指している。彼は、「私には私の神々とほかに仲間」がおり、「死者はこの世に留まっていますね。彼らはみな神で、彼らの幸せは生きている私たち次第です」と語る。こうした一連の彼の発言に理解を示しながらも、「私」は戸惑うのである。もし「私」が編集長のように、彼を完全に「変人」扱いして馬鹿にしているならば、彼の発する言葉をこのように正面から受け止めようとはしないであろう。いったい何が「私」を戸惑わせるのか。

この、作品を通しての「私」の腑に落ちない思い、戸惑いに対する答えは、作品の最後のシーン、インタビュー翌週に訪れたカフェにおいて、「私」の目前で明らかになる。

注文したものを待っている間に、雑誌を取り出し、何げなく店内をちらっと見た。三人の客が大笑いをしていた。若い娘が一人と、エスコート役の二人の若者だった。彼らは真っ直ぐカウンターに向いていた。驚いたことに、その娘はキソだった！　目の錯覚だろうか？　もう一度見た。かつらをつけていない！　白塗りもしていない！　髪は自然にたらしている。スティルウエイトの東洋のマネキンが、流行を追っかける小娘になってしまっていた！（Saiki 93）

煙草をふかし、ハンバーガーをむさぼりながらコカコーラをすする、まさに「今日日《きょうび》の若者」がキソであった。この、思いもよらぬキソの姿を目にした「私」は、スティルウエイトの精緻で神聖な世界はすべて、創り出された「超自然」であると知るのである。彼の神聖なる世界は、「給料」のために役目を果たすに過ぎない娘が「ゲイシャ」に化けることによって成立していたのだ。

四　「幽霊」と「お化け」

ここで注目したいのが、この作品には、「妖怪」（specter）というタイトルが付けられている点である。しかし、先に述べた、スティルウエイトを囲むのは「幽霊」（eidolon）である。なぜサイキはわざわざ異なる語を用いているのだろうか。この問いについて考えるにあたって、柳田國男の『妖怪談義』の中の言葉の定義から紐といてみたい。柳田によると、お化け（妖怪）と幽霊との間には、明白な違いがある。しかし、両者は長い間混同され、あいまいに使用されてきた。両者の違いとして柳田があげているのが、まず、お化けは出現する場所がたいてい決まっており、避けてそのあたりを通らなければ一生出くわさずに済ますこともできるという。一方幽霊は、足がないとよく言われるが、にもかかわらず、自分の方からこちらのほうにやってきて、いったん相手を狙ったら、相手がいくら遠くに逃げようとしても逃すことはなく、どこまでも追いかけてくる。さらに、お化けは相手を選ばず多数の者に向かって交渉をしているように見えるのに対して、幽霊は、これぞと思う者だけに思い知らせようとする。ここで、スティルウエイトが囲まれているのは幽霊であり、幽霊にとって対象となるのは彼だけである。これに対して妖怪は、日本人なら誰もが子供のころにどこかで一度は耳にしたことがある昔話や伝説の中に登場し、神道とのつながりが深く、幕末の神道学者の事業のうち、最大の功績は、幽冥のことを研究した点にあると言われるほどだ。神道では、この世の中は、現世と幽冥から成り立つと考えられており、人は死ぬと幽冥に行く。そしてそこで、自分たちの子孫や、日本の国を見守る守護神となる。それゆえ、熱心に先祖をお祀りすればするほど、自身が先祖から守ってもらえる力が増すと考えられてきた。柳田はこの現世と幽冥の間の交通について、現世からは幽冥に、幽冥からは現世に働きかけることにより、交通が成り立つ場合がある、と論じている（柳田二一〇―二一一）。スティルウエイトが「私」を庭園に案内した際に語ったように、彼は、自身の両親や「仲間」たちと交流をもち、一方では、キソとの交流ももつ。そのように考えると、彼の世界は神道の世界観を具現化していると言えるのではないだろうか。

このようにサイキは、「幽霊」、「妖怪」、というこれら二つの語を使い分けており、スティルウエイトの超自然の世界は、先ほど述べた、彼の両親である「幽霊」と、キソ、つまり生身の人間が化けた「妖怪」によって成立している。第二次世界大戦前に、和歌山県出身の両親のもとに生まれ、日系二世としてハワイで暮らすサイキは、ハワイに渡った日系一世や二世たちの日常生活を、自らも彼らと同じ視点に立って描き出している。彼女の作品に登場するのは、ありふれた生活の一場面であり、日本からもたらされた懐かしい風習や文化である。日本の風習や神道にまつわる霊的存在についても、さまざまな視点から作品に取り上げている。そのようなサイキが意識的に「幽霊」と「妖怪」を使い分けていることは想像に難くないだろう。「超自然」という言葉の意味は、自然界の法則をこえた、理論的に説明のつかない神秘的な現象と言えるが、スティルウエイトの世界では、その"eidolons"との交流という「超自然」的現象が人工的に創り出されているのである。そのからくりが見えなかったからこそ、「私」はスティルウエイトを訪問した際に何とも言えぬ不可解さと、居心地の悪さを感じたのであった。だが、今や「私」は、スティルウエイトが、さまざまな道具立てによって「神々」と共に生きる世界を創り出していることを理解したのである。

五　神道とハワイ

次に、ハワイにおける宗教について考察してみたい。ここでは、スティルウエイトの信奉する神道に焦点をあてて論じることとする。今日ハワイには仏教系、神道系の宗教施設が多数存在し、場所によって宗派が決まっている。二十世紀初頭には八百以上のヘイアウ(ハワイの宗教遺跡)や神社が研究者により発見されている(Cunningham 83)。一般人によって作られた神社も多く現存しており、神社を建てるにあたっては特別な許可や僧侶の立会などは一切必要ない。スティルウエイトの管理する神社がどのように建てられたものかは不明だが、北欧人である彼が神道を受け入れ両親を敬う姿は、当時のハワイの状況をかんがみれば、十分に考えられることである。

というのも、実際二十世紀の初め、ハワイにはさまざまな国からのプランテーション労働者が集団で生活をしており、それぞれの民族が自分たちの文化や風習をハワイでの生活の中にうまく取り入れていた。労働者たちの仕事は過酷でその労働環境は良いとは言えないものも多数いたが、それゆえに彼らは自分たちの国に対する強い帰属意識を持ち続け、彼らの生活環境は多民族、多文化の共同体となっていった。ベータ号でやってきたノルウェー人移民は、マウイ島での三年契約が満了した際に、自由をたたえる祝宴を催し、プランテーションの中央にノルウェーの国旗を翻したという。ドイツ人、中国人、ノルウェー人、ポルトガル人、フィリピン人、そして日本人といった多岐にわたる民族が、休暇の際には自由に自国の伝統や祝い事を楽しんだという。日本人も、盆になるとキモノ(着物)を着て盆踊りを催し、日本でそうであったように、生命の回帰と四季の移り変わりを祝福し、タイコ(太鼓)の響きに合わせて輪になって踊ったそうである。しかし、こうした彼らの習慣が労働の妨げになる場合もあり、プランテーション経営者は彼らと交渉せざるをえないことがあったが、彼らの姿勢は、概ね労働者のやりたいようにさせるしかない、という寛容なものだったらしい(Takaki 162-65)。このように、二十世紀においてハワイへの移民労働者は、自国から自らの祝日や祭り、食べ物、社会的組織を通して、祖国の伝統や習慣を復活させていった。その結果、プランテーション・キャンプのいたるところに、それぞれの民族的背景をもった労働者階級の社会が出現したわけだが、これが新しいハワイの文化的豊かさと多様性の素地となったのである。このような社会の中で日本固有の神道も、移民とともにハワイに渡り、ハワイの風土とあいまって発展していった。

ハワイ社会における独自の文化的発展について、山中は次のように分析している。ハワイでは移民の第一世代によって出身地の文化や生活様式が維持されるが、第二世代では第一世代から受け継いだ文化が変化を遂げてゆく。ハワイでは自らの文化を伝えようとする一方で、気に入ったものがあれば他の民族グループの文化様式を取り入れようとする柔軟な姿勢が見られる。さまざまな文化背景をもつ人々同士が必要に応じてお互いの文化や生活様式を自分たちの生活の中に巧みに取り込むという社会なのである。彼はさらに、このようなハワイ社会に見られる法則を「快適原則」と名づけている（山中 七二―七四）。自分にとって快適であれば、他の国の文化が採用される、というものである。十人いれば十通りの生活様式が生まれることになる。北欧人であるスティルウエイトの生活はまさにこの快適原則にのっとったものであると言えよう。スティルウエイトが町はずれに住み、近隣住民との交流を持たない風変わりな暮らしをすることを、細部に至るまで詳細に描くことによってサイキは、彼の深い神道への傾倒を、そして、彼を取り巻く超自然の世界を、少しずつ、かつ丁寧に描き出していく。そしてここで見過ごしてはならないのは、サイキがこのようなスティルウエイトを「変人」扱いしたまま終わってはいない点である。物語が展開するにつれて、冒頭部分から彼に貼られた「変人」のレッテルは、彼を取り巻く「超自然」の世界が実は「人工的」な事象の上に成り立つことを明らかにしていく。サイキは作品の冒頭からその導線を引いていたのである。対極をなす二極によって生み出される世界、つまり、人工性が創り出す超自然は、神道に生きるスティルウエイトの世界の精巧さ、そしてその広がりと深みを表しているに他ならない。

スティルウエイトは「超自然」を人工的な世界で支え、そこに住まうことによって幸せな人生を歩んでいる。「私」は、スティルウエイトを「変人」扱いする既成観念にとらわれた見方を脱却し、彼とともに「時間と空間を超越し、はるかかなたの不思議なコーラスを聴き」、彼の至福の時をしかと共有したのである。

注

「妖怪」からの引用文については池田訳を参照し、部分的に変更を加えた。

引用・参考文献

Cunningham, Scott. *Hawaii Magic & Spirituality*. Minnesota: Lewellyn Publications, 2000.
Grove Day, A. *Hawaii And Its People*. Australia: Mutual Publishing, 1993.
Saiki, Jessica K. *From The Lanai and Other Hawaii Stories*. Minnesota: New Rivers Press, 1991.
Takaki, Ronald. *Pau Hana Plantation Life and Labor in Hawaii*. Honolulu: University of Hawaii Press, 1983.
池田年穂、倉橋洋子訳『ハワイ物語——日系米人作家ジェシカ・サイキ短編集Ⅱ』西北出版　一九九八
白水繁彦編『多文化社会ハワイのリアリティー——民族間交渉と文化創生』御茶の水書房　二〇一一
白水繁彦編『ハワイにおけるアイデンティティ表象——多文化社会の語り・踊り・祭り』御茶の水書房　二〇一五
後藤明『南島の神話』中央公論新社　二〇〇九
後藤明、松原好次、塩谷亨編著『ハワイ研究への招待——フィールドワークから見える新しいハワイ像』関西学院大学出版　二〇〇四
矢口祐人『ハワイの歴史と文化——悲劇と誇りのモザイクの中で』中公新書　二〇〇九
柳田國男『妖怪談義』講談社学術文庫　二〇一一
山中速人『ハワイ』岩波新書　二〇一四

あとがき

滝口　智子

「文学と評論」の会が創立三十周年記念として、二〇〇三年に初めての書籍を刊行してから、今年で十三年目を迎える。これまでの書籍を順に紹介すれば、『未来へのヴィジョン』、『ロマンティシズム』（以上英潮社）、『文学とサイエンス』（英潮社フェニックス）、『文学と戦争』（英宝社）であった。今回の『超自然』で五冊目となる。副題はすべて「英米文学の視点から」である。「超自然」のテーマは、年一回開催の合評会で提出された案をもとに話し合い決定された。投稿論文はすべて、年刊論文集『文学と評論』と同じく厳しい査読を経たものである。

私自身、第一回目の書籍からの執筆者として、また一読者として、統一テーマのもとに集まった論考に毎回大きな刺激を受けてきた。それらは互いに響き合い、文学作品や作家、およびその歴史・文化・思想的背景についての新しい発見をもたらしてくれた。それが次の研究に向けて走り続ける糧となっていた。いわば「文学と評論」の会に育てられてきた私が、編集に参加するようになったのは三年ほど前からのことである。このたびはじめて編集のとりまとめをすることになり、不慣れゆえの苦労も多かった。しかし経験豊富な同人たちのサポートを得て進めていくなかで、多くのことを学ばせていただいた。

この収穫は、豊かな含意と可能性をもつ「超自然」のテーマによるところも大きい。テーマが決まった際に、上野和廣氏による基調コンセプトの提示があり、私たちが執筆を始める際の足掛かりを与えてくれた。その一部をここに紹介させていただく。「自然」の多義性を紹介した後で、上野氏はこう続ける。「超自然は人間の理性ではなく信仰や直覚、感覚によってしか捉えることができません。そのため、超自然的なことは、神秘的であったり神聖であったりします。例えば、水がワインに変わったり、死んだ人が生き返ったりする超自然現象は、神の仕業であると解釈して、'miracle'と呼ばれています。神の存在を否定すると神の摂理という解釈ができなくなり、すべてのものは永遠に存在する自然の法則に従って動いていることになり、その法を超越したり違反したりすることが超自然となります。無神論的立場に立つと、超自然に見えるものは、まだ人間が知り得ていない自然の法則に従って生じたものであり、科学の進歩によっていずれ合理的な説明が可能になるものです。神秘的なオーロラも極地で起こる磁気嵐と説明されてしまったように。」

自然と超自然は時空を超えて様々な意味をまとい、変化してゆく。中世、ルネサンスにおいて超自然的感覚は文学の王道にあったかもしれない。だが近代や現代においても文学には、現実世界を描くように見えて、いつの間にか非現実世界へと読者を誘う瞬間がある。超自然（supernatural）の「超」（super）には、ふたつの意味があると大まかに捉えることができる。ひとつは明らかに現実を超えて見えるもの。もうひとつは、現実を突きつめ突きぬけてしまったもの。そこで描かれる異世界は私たちの知らない世界であり、身近にあって気づかずにいた世界でもあろう。現実と非現実の境界を越えてゆく文学の想像力。その豊かな鉱脈の一端を、十三編の論考が掘り起こすことができたとすれば、それにまさる喜びはない。

今回書籍のカバー絵として、ウィリアム・ブレイクによる色彩版画『憐れみ』を使用した。この作品は、シェイクスピアの『マクベス』第一幕七場から霊感を受けて創作された。マクベスがダンカン王を殺害し、その悪行が世に知られたら、王に対する憐れみは「生まれたての裸の赤子の姿となり、疾風にのり駆けまわるだろう」とマクベスは怖れる。「智天使《ケルビム》たちも天馬に乗り、悪行を人びとの目に吹き付けるのだろう」と。ブレイクの描いた、憐れみの具現である赤子は、女性から天使に託されたものだろうか。彼女は雨降る荒野に横たわり、憔悴した静かな表情をしている。その姿は、美徳をもつ王の命の終焉を暗示するのかもしれない。文学の想像力とリンクした、詩人／画家ブレイクの超自然的な幻視。この画像の使用許可をくださったテイト・ギャラリーに感謝しています。

いつも合評会で司会者として、会員の活発な議論を引き出してくださる村田辰夫先生から、今回も「まえがき」をご寄稿いただき、ありがとうございました。また、私たちの会を支え、ご指導くださいます方々に、深く感謝の意を表します。最後になりましたが、本書の出版を快諾してくださった英宝社の佐々木元社長、編集にあたって数々の貴重なご助言をいただいた編集部の宇治正夫氏に、心からお礼申し上げます。

ラドクリフ、アン（Ann Radcliffe, 1764-1823） 151
『ユードルフォの秘密』（*The Mysteries of Udolpho*） 151
ラファエル前派（Pre-Rahaelite Brotherhood） 106

（リ）
リチャード二世（Richard II, 1367-1400） 12, 44

（ロ）
ロセッティ、クリスティーナ（Christina Rossetti, 1830-1894） 131-144
「ゴブリン・マーケット」（"Goblin Market"） 131, 132
『ゴブリン・マーケットその他の詩』（*Goblin Market and Other Poems*） 131
「私の夢」（"My Dream"） 131-144
ロセッティ、ダンテ・ゲイブリエル（Dante Gabriel Rossetti, 1828-1882） 139
ロセッティ、ウィリアム・マイケル（William Michael Rossetti, 1829-1919） 131

（ワ）
ワイルド、オスカー（Oscar Wilde, 1854-1900） 106, 159-171
『W・H 氏の肖像』（*The Portrait of Mr. W.H.*） 165, 167, 168, 169, 170
『ドリアン・グレイの肖像』（*The Picture of Dorian Gray*） 159-171

ブリン、アン（Anne Boleyn, 1507-1536）96
ブルーム、リチャード（Richard Brome, ?-1652 頃）106
The Late Lancashire Witches 106
ブロンテ、シャーロット（Charlotte Brontë, 1816-1855）151
『ジェイン・エア』（*Jane Eyre*）152

（ヘ）

ヘイウッド、トマス（Thomas Heywood, 1574-1641）106
The Late Lancashire Witches 106
ベートーベン、ルートヴィヒ・ヴァン（Ludwig van Beethoven, 1770-1827）187
ベドーズ、トーマス・ラヴェル（Thomas Lovell Beddoes, 1803-1849）133
ベンソン、アーサー（Arthur Benson, 1862-1925）147
ベンソン、エドワード（Edward Benson, 1829-1896）147
ヘンリー四世（Henry IV,1367-1413）44
ヘンリー六世（Henry VI, 1421-1471）105
ヘンリー八世（Henry VIII, 1491-1537）96

（ホ）

ボエティウス（Anicus Manlius Torquatus Severinus Boethius, 480-524）11

（マ）

マイヤーズ、フレデリック（Frederic Myers, 1843-1901）147, 148, 156
マラマッド、バーナード（Bernard Malamud, 1914-1986）189, 190, 193, 194
『神の恩恵』（*God's Grace*）189, 190, 192, 204
「最後のモヒカン」（"The Last Mohican"）190
マーロウ、クリストファー（Christopher Marlowe, 1564-1593）20
『フォースタス博士』（*Doctor Faustus*）20

（ミ）

ミシュレ、ジュール（Jules Michelet, 1798-1874）106
『魔女』106

（ム）

ムーア、ジョージ・エドワード（George Edward Moore, 1873-1958）178

（メ）

メアリー一世（Mary I, 1516-1558）96

（モ）

モーセ（Moses, 出没年不明）122
モンテーニュ（Michel Eyquem de Montaigne,1533-1592）43
『随想録』（*Essais*）43

（ヤ）

柳田國男（1875-1962）213, 217
『妖怪談義』213, 217

（ユ）

ユウェナリス（Juvenal, 55-c.130）11

（ヨ）

ヨセフス（Flavius Josephus, 37/38-100?）88
『ユダヤ戦記』（*Bellum Judaicum*）88

（ラ）

「まだ生きたことのない人々である」（"Those not live yet"） 126
「繭から一匹の蝶が出る」（"From Cocoon forth a Butterfly"） 124
「もし私たちの最高の瞬間が続いたら」（"Did Our Best Moment last—"） 113
「もし私の船が沈んだら」（"If my Bark sink"） 122
「夜明けには私は妻になる」（"A Wife—at Daybreak—I shall be—"） 116
「私の後ろでは永遠が浸し」（"Behind Me—dips Eternity—"） 122
「私の川はあなたへと流れていく」（"My River runs to Thee—"） 116, 117
「私の船は海へと下って行ったのかどうか」（"Whether my bark went down at sea—"） 114
「私はあまりにも喜び過ぎていたとわかっている」（"I should have been too glad, I see—"） 124
「私は荒野を見たことがなかった」（"I never saw a Moor."） 111
「私は妻、私はあれを終えた」（"I'm 'wife'—I've finished that"） 116
「私は道が見えなかった、天は縫い閉じられていた」（"I saw no Way—The Heavens were stitched—"） 124
ディケンズ、チャールズ（Charles Dickens, 1812-1870） 93, 103
ティンダル、ジョン（John Tyndall, 1820-1893） 177, 178

（ト）
ド・クインシー、トマス（Thomas De Quincey, 1785-1859） 133
『阿片常用者の告白』（*Confessions of an English Opium Eater*） 133
ドニゼッティ、ガエターノ（Gaetano Donizetti, 1797-1848） 75
『ランメルモールのルチア』（*Lucia di Lammermoor*） 75
ドレイク、フランシス（Francis Drake, 1543-1596） 29

（ナ）
ナイチンゲール、フローレンス（Florence Nightingale, 1820-1910） 138

（ニ）
ニコルソン、ナイジェル（Nigel Nicolson, 1917-2004） 182

（ハ）
ハクスリー、T・H・（Thomas Henry Huxley, 1825-1895） 177, 178
バーン＝ジョーンズ、エドワード（Sir Edward Coley Burne-Jones, 1833-1898） 107
「欺かれるマーリン」 107
「いばら姫」 107
「キルケのワイン」 107
「シドニア・フォン・ボルク」 107
「シンデレラ」 107
「マーリンとニミュエ」 107

（ヒ）
ヒューム、デイヴィッド（David Hume, 1711-1776） 183

（フ）
フォークス、ガイ（Guy Fawkes, 1570-1606） 95
ブラウニング、エリザベス・バレット（Elizabeth Barrett Browning, 1806-1861） 139

65）11

（ソ）
ソクラテス（Socrates, 470?-399 BC）77

（タ）
ダルリンプル、ジェイムズ（Sir James Dalrymple, 1619-1695）スコットランドの法律家　59
ダーウィン、チャールズ（Charles Darwin, 1809-1882）42, 145
『種の起源』（*On the Origin of Species*）145
ダンテ、アリギエーリ（Aghieri Dante, 1265-1321）11

（チ）
チョーサー、ジェフリー（Geoffrey Chaucer, 1340?-1400 ）5, 6, 7, 8, 13, 14, 17
『カンタベリー物語』（*The Canterbury Tales*）5
「バスの女房の話」（The Wife of Bath's Tale）5, 9, 10, 15, 16, 17

（テ）
ディキンスン、エミリィ（Emily Dickinson, 1830-1886）111-120
「あたかも海が裂け」（"As if the Sea should part"）121, 122, 123
「嵐の夜よ、嵐の夜よ！」（"Wild nights—Wild nights!"）117
「永遠は現在から構成されている」（"Forever—is composed of Nows—"）112
「エデンよ、ゆっくりと来なさい」（"Come slowly—Eden !"）117
「穏やかな海が家の周りに打ち寄せた」（"A soft Sea washed around the House"）126
「彼女は羽を翔け、孤に達した」（"She staked Her Feathers—Gained an Arc—"）124, 125
「ここは日没が洗う土地」（"This—is the land—the Sunset washes—"）118
「小鳥が道に降りてきた」（"A bird came down the walk;"）118
「この不思議な海を」（"On this wondrous sea"）112, 114
「この世で天国を見つけられなかった者は」（"Who has not found the heaven below"）112
「三度私たちは別れた、呼吸と私は」（"Three times—we parted—Breath and I—"）119
「神聖な称号は私のもの！」（"Title divine—is mine!"）116
「ただ一枚のクローバーの葉が」（"A Single Clover Plank"）125
「漂う！小舟が漂う！」（"Adrift! A little boat adrift!"）114
「魂の明白な結びつきは」（"The Soul's distinct connection"）113
「つりがね草はガードルを緩めましたか」（"Did the harebell loose her girdle"）117
「飛び去るいくつかのものがある」（"Some things that fly there be—"）111
「二匹の蝶が正午に出かけた」（"Two Butterflies went out at Noon—"）120
「二人の泳ぐ者が帆柱の上でもがいた」（"Two swimmers wrestled on the spar"）115
「細い川は海に従う」（"Least Rivers—docile to some sea."）116

ジェイムズ、ヘンリー（Henry James, 1843-1916）145-158, 176
『アメリカ人』（*The American*）154
「ある古衣装のロマンス」（"The Romance of Certain Old Clothes"）146
『ある婦人の肖像』（*The Portrait of a Lady*）146
「エドマンド・オーム卿」（"Sir Edmund Orme"）157
『カサマシマ公爵夫人』（*The Princess Casamassima*）146
「友だちの友だち」（"The Friends of the Friends"）148, 149, 150-151
『ねじの回転』（*The Turn of the Screw*）146, 147, 148, 149, 151-153, 156
『ボストンの人々』（*The Bostonians*）146
シェリー、パーシー・ビッシュ（Percy Bysshe Shelley, 1792-1822）77-92
『アイルランド人民に告ぐ』（*An Address, to the Irish People*）79
「キリスト教について」（"On Christianity"）88, 89
『クイーン・マブ』（*Queen Mab*）79, 81, 82
『詩の弁護』（*A Defence of Poetry*）91
『無神論の必然性』（*The Necessity of Atheism*）77, 78, 80, 82, 83
『理神論への反論―ある対話』（*A Refutation of Deism*）82, 83, 87, 88
シジウィック、ヘンリー（Henry Sidgwick, 1838-1900）156
シャドウェル、トマス（Thomas Shadwell, 1641-1692）106
The Lancashire-Witches, and Tegue O' Divilly, the Irish Priest 106
ジョンソン、ベン（Ben Jonson, 1572-1637）105
The Divill is an Asse 105
The Masque of Queens 105

（ス）
スカボロー、ドロシー（Emily Dorothy Scarborough, 1878-1935）176
『現代英国のフィクションにおける超自然』（*The Supernatural in Modern English Fiction*）176
スコット、サー・ウォルター（Sir Walter Scott, 1771-1832）57-75
『スコットランド・ボーダー地方の民謡集』（*The Minstrelsy of the Scottish Border*）74, 75
『全集版』（*Magnum Opus*）59
『宿屋の亭主の物語』第三集（*Tales of my Landlord, the 3rd Series*）74
『ラマムアの花嫁』（*The Bride of Lammermoor*）57-75
スティーヴンソン、ロバート・ルイス（Robert Louis Stevenson, 1850-1894）145
『ジキル博士とハイド氏』（*Strange Case of Dr Jekyll and Mr Hyde*）145
スティーブン、レズリー（Leslie Stephen, 1832-1904）177, 180, 183
スチュアート、メアリー（Mary Stuart, 1542-1587）97
ストーカー、ブラム（Bram Stoker, 1847-1912）145
『ドラキュラ』（*Dracula*）145
スペンサー、エドマンド（Edmund Spenser, 1552?-99）75
『妖精の女王』（*Faerie Queene*）75

（セ）
セネカ（Lucius Annaeus Seneca, BC.5-

BC）77, 86
『神々の本性について』（*De Natura Deorum*）86
キーツ、ジョン（John Keats, 1795-1821）101
キャサリン（アラゴンの）（Catherine of Aragon, 1485-1536）96

（ケ）
ケインズ、ジョン・メイナード（John Maynard Keynes, 1883-1946）178

（コ）
ゴドウィン、ウィリアム（William Godwin, 1756-1836）77
コルテス（Hernán Cortés, 1485-1547）81
コールリッジ、サミュエル・テイラー（Samuel Taylor Coleridge, 1772-1834）101, 102

（サ）
サイキ、ジェシカ・K（ Jessica K. Saiki, 生年非公表）207, 208, 213, 214, 216
「妖怪」（"Specter"）207, 213, 214
サウジー、ロバート（Robert Southey, 1774-1843）102

（シ）
ジーンズ、ジェイムズ（Sir James Hopwood Jeans, 1877-1946）181, 182
シェイクスピア、ウィリアム（William Shakespeare, 1564-1616）19-37, 39-54, 75, 93, 105, 159, 160, 164, 166, 167, 168, 169, 187
『あらし』（*The Tempest*）39, 40, 41, 43, 44, 45, 47, 48, 49, 51, 75
『アントニーとクレオパトラ』（*Antony and Cleopatra*）49
『ヴェニスの商人』（*The Merchant of Venice*）43, 105
『ヴェローナの二紳士』（*The Two Gentlemen of Verona*）105
『お気に召すまま』（*As You Like It*）105
『オセロ』（*Othello*）45, 48
『十二夜』（*Twelfth Night*）105
『ジョン王』（*King John*）44
『シンベリン』（*Cymbeline*）45
『ソネット集』（*Shakespeare's Sonnets*）160, 162, 164, 165, 166, 167, 168, 169, 170
『夏の世の夢』（*A Midsummer Night's Dream*）20, 26, 28, 29, 35, 37, 39, 41, 48, 105
『ハムレット』（*Hamlet*）23, 25, 45, 47, 49, 75, 187
『冬物語』（*The Winter's Tale*）45, 49
『ヘンリー六世・第二部』（*Henry VI Part 2*）20
『マクベス』（*Macbeth*）20, 22, 24, 36, 45, 75, 93
『リア王』（*King Lear*）42, 45
『リチャード二世』（*Richard II*）44
『ロミオとジュリエット』（*Romeo and Juliet*）45, 48, 61
シェイクスピア、ジョン（John Shakespeare,1529-1601）45, 46, 47, 49
ジェイムズ一世（James I, 1566-1625）47, 50, 95, 97, 99, 101, 105, 106
『悪魔学』（*Daemonologie*）97, 99, 101
ジェイムズ、M. R.（M. R. James, 1862-1936）145
「消えた心臓」（"Lost Hearts"）145
ジェイムズ、ウィリアム（William James, 1842-1910）148, 156

索　引

（ア）

アダン、アドルフ（Adolphe-Charles Adam, 1803-1856）75
『ジゼル』（*Giselle*）75
アレクサンダー大王（Alexander the Great, 356-323 BC）84, 90

（ウ）

ウェルズ、H. G.（H. G. Wells, 1866-1946）145
『宇宙戦争』（*The War of the Worlds*）145
『タイムマシーン』（*The Time Machine*）145
『透明人間』（*The Invisible Man*）145
ウォルポール、ヒュー（Sir Hugh Seymour Walpole, 1884-1941）181
詩人《うたよみ》トマス（Thomas the Rhymer, 13th century）66, 68, 71, 72, 73, 74
ウルフ、ヴァージニア（Virginia Woolf, 1882-1941）175-188
『オーランドー』（*Orlando*）176
『ダロウェイ夫人』（*Mrs Dalloway*）177-179
『灯台へ』（*To the Lighthouse*）179, 183, 185
『幕間』（*Between the Acts*）182, 184, 186, 187
「向こう側の世界」（"Across the Border"）176
「病むことについて」（"On Being Ill"）179, 180
ウルフ、レナード（Leonard Sidney Woolf, 1880-1969）177

（エ）

エインズワース、ウィリアム・ハリソン（William Harrison Ainsworth, 1805-1882）93-94, 101-108
『ランカシャーの魔女』（*The Lancashire Witches*）93-96, 99-108
エディントン、アーサー（Sir Arthur Stanley Eddington, 1882-1944）181, 182
エドワード三世（Edward III, 1312-1377）8, 12
エリザベス一世（Elizabeth I, 在 1558-1603）29, 45, 46, 47, 50, 96

（オ）

オースティン、ジェイン（Jane Austen, 1775-1817）57

（カ）

カーライル、トマス（Thomas Carlyle, 1795-1881）103
『衣装哲学』（*Sartor Resartus*）103
ガワー、ジョン（John Gower, 1330-1408）7
『恋する男の告解』（*Confessio Amantis*）7
「フローレントの物語」（The Tale of Florent）7, 8

（キ）

キケロ（Marcus Tullius Cicero, 106-43

執筆者紹介 ［掲載順、＊は編集委員］
村田　辰夫（むらた　たつお）　梅花女子大学名誉教授
＊石野　はるみ（いしの　はるみ）　大阪国際大学名誉教授
＊上村　幸弘（うえむら　ゆきひろ）　梅花女子大学教授
＊須賀　昭代（すが　あきよ）　日本翻訳家協会員
＊滝口　智子（たきぐち　ともこ）　和歌山大学非常勤講師
＊上野　和廣（うえの　かずひろ）　神戸女子短期大学教授
田邊　久美子（たなべ　くみこ）　関西外国語大学准教授
＊濵田　佐保子（はまだ　さほこ）　岡山短期大学教授
佐藤　由美（さとう　ゆみ）　神戸大学非常勤講師
ハンフリー　恵子（はんふりー　けいこ）　名古屋外国語大学教授
須田　久美子（すだ　くみこ）　同志社大学嘱託講師
＊市川　緑（いちかわ　みどり）　中部大学非常勤講師
島津　厚久（しまづ　あつひさ）　神戸大学教授
平野　真理子（ひらの　まりこ）　大阪女学院短期大学専任講師

編集委員［五十音順］
＊川﨑　佳代子（かわさき　かよこ）　神戸山手短期大学名誉教授
＊水野　尚之（みずの　なおゆき）　京都大学教授

超自然──英米文学の視点から──

2016年5月25日　印　刷　　2016年6月1日　発　行

編　者 © 文学と評論社
編著者代表　滝　口　智　子

発行者　佐　々　木　元

発行所　株式会社　英　宝　社
〒101-0032 東京都千代田区岩本町 2-7-7
第一井口ビル
TEL 03 (5833) 5870-1 FAX 03 (5833) 5872

ISBN 978-4-269-75070-8 C3098
［製版：伊谷企画／印刷：（株）マル・ビ／製本：（有）井上製本所］
定価（本体 2,600 円＋税）